Der

Schattendieb-Dämon

von
Medea Calovini

Bibliografische Information der Deutschen Nationalbibliothek: Die Deutsche Nationalbibliothek verzeichnet diese Publikation in der Deutschen Nationalbibliografie; detaillierte bibliografische Daten sind im Internet über dnb.dnb.de abrufbar.

ISBN 9783746034263

Eins

Ich bin alt, schon uralt.
Mein Ursprung liegt so weit zurück, dass ich mich kaum erinnern kann.
Ich hole sie alle, seien sie nun reich oder bettelarm.
Manche haben Angst vor mir, doch die anderen lachen.
Ich suche sie aus, es ist wie ein Spiel.
Heute ist es eine blonde Frau, morgen ein dunkelhaariger Mann.
Sie wissen niemals, wann ich sie aufsuche.
Ahh, ich erinnere mich an ihre Blicke, die großen Augen, die zitternden Mundwinkel.
Doch niemand kann mir entgehen.
Oh, ich lasse ihnen Zeit, sich vorzubereiten.
Ich schicke allen eine Botschaft.
Aber verstehen sie alle?
Nein, sie denken es ist ein Traum und leben weiter wie bisher.
Dabei ist doch alles ganz einfach.
Ob es Tag ist oder Nacht.
Ich finde sie alle.
Niemand kann mir entgehen.
Denn ich bin der Schattendieb.
Und als Nächstes hole ich DICH!

Ich saß kerzengerade im Bett.
Der Schweiß lief in Strömen über meinen Körper.
Schwer atmend setzte ich mich auf die Bettkante und versuchte, meiner Sinne Herr zu werden.
Es war schon wieder passiert.
Das war jetzt schon das dritte Mal diese Woche, dass ich diesen Albtraum hatte.
Immer hörte ich diese Stimme, die Stimme eines Mannes.
Sie klang nicht unangenehm zuerst, sie war dunkel und wohlklingend – nichts, was Angst machen könnte - aber das, was ich hörte, das machte mir Angst.
Ich begann zu zittern.
An Schlaf war diese Nacht nicht mehr zu denken.

Schnell begann ich, überall das Licht anzumachen, so fühlte ich mich einigermaßen sicher. Dann nahm ich eine Dusche.

Es war mir egal, ob man das in dem Mietshaus hören konnte, in dem ich wohnte. Ich hatte immer Rücksicht auf andere genommen, heute konnten sie mal Rücksicht auf mich nehmen. Danach fühlte ich mich besser.

Ich machte mir Wasser heiß und bereitete mir einen Tee zu. Mit ihm setzte ich mich ins Wohnzimmer und trank in kleinen Schlücken.

Und so saß ich da, bis es Zeit war, mich für die Arbeit fertigzumachen.

„Diana, wie siehst du denn aus?", fragte mich meine Kollegin Sara, als ich zur Praxis kam.

Wir arbeiteten schon seit vier Jahren zusammen in der Arztpraxis von Dr. Heiner Peters, einem Allgemeinarzt in unser dörflichen Gegend.

Während dieser Zeit hatten wir uns angefreundet, zumal wir beide im gleichen Alter waren, nämlich vierundzwanzig Jahre.

„Sag nur, du hast schon wieder nicht geschlafen", forschte Sara weiter. „Meinst du nicht, du solltest mal den Doc fragen, ob er dir ein Mittel gibt?"

Ich winkte ab. „Du weißt doch, dass ich so etwas nicht nehme. Es wird schon gehen. Wenn ich nur wüsste, was dieser Traum zu bedeuten hat, dann wäre mir schon wohler."

„Wieder das gleiche?", forschte Sara.

Nickend machte ich mich an die Arbeit. Die ersten Patienten würden gleich kommen und ich musste die Blutentnahmen noch vorbereiten.

Sara holte verschiedene Karteikarten hervor. „Vielleicht kann ich dir helfen. Ich habe eine Freundin, die sich in weißer Magie auskennt..."

„Weiße Magie?" Erstaunt starrte ich sie an. „Du glaubst doch wohl selber nicht, dass es so etwas gibt!"

„Warum nicht?", fragte Sara. „Mir hat es jedenfalls geholfen."

Mit dieser rätselhaften Bemerkung ließ sie mich allein im Labor und ich konnte hören, dass unser Doktor Peters gekommen war.

Wir machten uns an die Arbeit.

Es war sehr ruhig für einen Freitag, aber für ein persönliches

Gespräch reichte die Zeit nicht aus.

Ich muss gestehen, es interessierte mich brennend, was Sara gemeint hatte. Vielleicht hatte sie recht und ich musste einfach Hilfe annehmen. Aber Hilfe von einem Menschen, der weiße Magie praktizierte?

Zunächst einmal wusste ich, dass das die „gute" Magie war, im Gegenteil zu der schwarzen, der „schlechten" Magie.

Ich wusste es deshalb so genau, weil ich rote Haare hatte und in meinem Heimatdorf schon mal als Hexe verschrien wurde, deswegen war ich auch sehr schnell dort weggezogen.

Meinen eigenen Gedanken nachhängend hatte ich kaum bemerkt, dass ein neuer Patient vor mir stand. Hatte der etwa mit mir gesprochen? Er sah so aus, als warte er auf eine Antwort.

„Entschuldigen Sie bitte", beeilte ich mich zu sagen, „Was meinten Sie?"

Er lächelte.

Ich registrierte, dass er schwarze Haare hatte, die etwas länger waren als üblich. Außerdem hatte er scharfe Gesichtszüge, die ihn energisch aussehen ließen.

„Ich möchte gern zur Sprechstunde", meinte er und seine Stimme klang dunkel und angenehm. „Was muss ich tun?"

Diesmal lächelte ich. „Sich anmelden", gab ich zurück.

„Gern" nickte er. „Mein Name ist Kai Buht. Ich habe Probleme mit dem Magen..."

Ich nahm diesen Herrn Buht mit zur Anmeldung, erledigte die anliegenden Formalitäten und setzte ihn ins Wartezimmer.

Sara hatte mich aus den Augenwinkel beobachtet und raunte mir zu: „Fesch, fesch - wäre der nichts für dich?"

Ärgerlich starrte ich sie an.

„Na, komm schon!", meinte sie lachend. „Irgendwann musst du Daniel vergessen!"

Daniel!

Es gab mir immer noch einen Stich ins Herz, wenn ich an ihn denken musste.

Daniel war mein Freund gewesen. Wir kannten uns schon aus dem Sandkasten heraus und als wir beide in diese Stadt gezogen waren, trafen wir uns regelmäßig. Irgendwann waren wir ein Paar und machten schon Pläne für die Hochzeit. Doch

5

dazu konnte es nicht kommen. Daniel gestand mir eine Woche vorher, dass er auf Männer stand und mich nur als Ausrede für die Gesellschaft gebraucht hatte. Er hatte sogar die Frechheit besessen, mir vorzuschlagen, es könne alles so weiter gehen wie bisher, das hätte doch alles prima funktioniert.

Ich schmiss die Hochzeit und Daniel aus der Wohnung.

Seitdem war ich eben Single - und Sara war der Meinung, ich hätte jetzt nur Angst, so etwas könne mir wieder passieren.

Sie versuchte, mich ständig mit irgendwem zu verkuppeln.

Irgendwo hatte sie natürlich recht. Ich wollte einfach keinen Mann wieder so nah an mich heranlassen, dass er mir so weh tat wie Daniel seinerzeit. Aber so langsam ging mir diese Kuppelei ziemlich auf den Keks. Doch wenn ich so nachdachte...

Kai Buht war ein sehr attraktiver Mann - er hatte diesen kleinen Touch von Gefährlichkeit an sich, die schon anmachen konnte. Alles an ihm war dunkel. Seine Haare, seine Augen, seine Stimme - sogar seine Kleidung.

Ich sagte mir, dass er das komplette Gegenteil von Daniel war und dass ich ihn deswegen wohl als angenehm empfand.

Genau, das war es - und da ich das jetzt wusste, konnte ich damit umgehen.

Herr Buht ging zum Doktor, bekam ein Rezept und war auch schon wieder verschwunden.

Hatte er mir zum Abschied etwa zugeblinzelt?

Ach was...

Gegen zwölf Uhr verliefen sich die Patienten und wir räumten auf und machten Schluss. Der Nachmittag war frei und wir verabschiedeten uns und wünschten noch schönes Wochenende.

„Hast du es dir überlegt?", fragte mich Sara, als wir zu ihrem Auto gingen.

„Du meinst wegen der weißen Magie?", forschte ich nach. „Ich weiß nicht..."

Sara zuckte die Schultern. „Maria ist eigentlich ein ganz normaler Mensch. Ich rufe sie mal an und frage sie wegen deinem Traum. Aber es wäre natürlich besser, du würdest selbst mit ihr reden. Hast du Angst vor ihr?"

Trocken schluckte ich. „Ist sie eine Art Hexe - oder was?"

„Keine Ahnung", meinte meine Freundin. „Ich habe sie auf einem

Edelsteinseminar kennengelernt. Sie hat eine Menge Ahnung und folgt ihrem eigenen Weg. Außerdem hat sie immer ein offenes Ohr für die Menschen mit Problemen."
„Mach mal einen Termin aus!", meinte ich dann mutig. „Meinst du sie weiß was zu meinen Albträumen?"
Sara nickte aufmunternd. „Wir versuchen es."
Wir machten aus, dass Sara mit dieser Maria telefonieren wollte, und mir dann Bescheid geben würde, wann wir zusammen zu ihr gehen konnten.
Während Sara in ihr Auto stieg, wollte ich noch etwas einkaufen gehen. Das war nur um die Ecke, das schaffte ich so.
Im Laden war es nicht voll, so dass ich schnell wieder bei meinem Auto war. Ich wollte gerade losfahren, als ich merkte, dass etwas mit meinen Reifen nicht in Ordnung sein musste. Es fühlte sich so rappelig an, als ob ich einen Platten hätte.
Resigniert stieg ich aus.
Richtig, hinten links war platt.
Auch das noch!
Während ich da stand und nachdachte, was als Nächstes zu tun war, hupte es plötzlich neben mir und ein dunkler BMW hielt an.
Langsam ging die Scheibe runter und ich erkannte - Kai Buht!
„Haben Sie Probleme?", fragte er und sah mich erwartungsvoll an.
„Ja", nickte ich. „Ich habe einen Platten."
„Warten Sie!"
Die Scheibe ging wieder hoch und Herr Buht parkte seinen Wagen auf der anderen Straßenseite.
Dann stieg er aus und kam auf mich zu.
Er ging in die Hocke neben meinem Platten und rüttelte am Reifen hin und her, während er ihn kritisch beäugte.
„Tja", machte er. „Wir brauchen einen Wagenheber, ein Radkreuz und den Ersatzreifen. Machen Sie mal den Kofferraum auf!"
„Ich weiß gar nicht, ob ich das alles habe", stotterte ich.
Kai Buht starrte in meinen Kofferraum. „Nun ja, einen Ersatzreifen haben Sie schon mal - aber der ist auch platt."
„Waaas?", rief ich entsetzt. Dann warf ich auch einen Blick drauf.
Richtig, völlig platt.

„Was mache ich denn jetzt?", hauchte ich entnervt.
Aber auch dafür hatte Kai Buht eine Idee. „Wenn Sie wollen, rufe ich meinen Freund an, der ist Kfz-Mechaniker. Der könnte Ihr Auto abholen und den Schaden in Ordnung bringen."
Ich nickte. „Das ist wirklich sehr nett..."
Er lächelte leicht. „Ach was! Dauert nur einen Moment."
In seiner Jackentasche hatte er ein Mobiltelefon, das er nun hervorholte und bediente. Ich konnte hören, dass sein Freund wohl im Augenblick zu tun hatte, sich aber später gern um das Auto kümmern würde.
Kai Buht legte auf und meinte: „Wir bringen ihm jetzt Ihren Schlüssel vorbei, dann kann er mehr sagen."
„Danke..."
Wir gingen zu seinem Auto. Er trug meine Einkäufe, als wäre es das Selbstverständlichste der Welt. Mir kam das auch ganz richtig vor.
„Ich bin Ihnen wirklich dankbar, dass Sie mir helfen", meinte ich, als wir losfuhren. „Ich glaube, ich habe mich noch gar nicht vorgestellt. Mein Name ist Diana Schulte."
„Diana", sagte er sanft und ich könnte schwören, dass er heimlich grinste. „Die Göttin des Waldes?"
Ich wurde rot. "Hmm ja...", machte ich.
„Das sollte Ihnen nicht peinlich sein", fand er. „Ich finde, der Name passt zu Ihnen. Sie haben etwas Energisches an sich. So als würden Sie für die Ziele einstehen, die Sie verfolgen. Außerdem war die Göttin Diana sehr tierlieb." Er sagte das so, als hätte er sie persönlich gekannt.
Mir fiel nichts ein, was ich darauf erwidern hätte können.
„Sie können mich Kai nennen", schlug er dann vor. „Wir sind da."
Wir hielten an einer kleinen Werkstatt, wo ein junger Mann an einem Golf arbeitete. Er hörte aber gleich auf als er uns sah und kam an Kais Fenster.
„Das ist Diana Schulte", stellte mich Kai vor. „Ihr Auto steht in der Goethestraße. Diana, gibst du Wolfgang den Schlüssel?"
Ich nestelte den Autoschlüssel von meinem Bund ab und reichte ihn quer durch das Auto.
„Ich habe einen Platten und der Ersatzreifen ist auch kaputt. Können Sie mal nachsehen?"
Dieser Wolfgang nickte. „Kein Problem! Ich habe einiges hier,

das krieg ich schon hin. Was fahren Sie für einen Wagen?"
„Einen roten Fiat", erklärte ich und gab ihm noch das Nummernschild und meine Telefonnummer.
Wir machten aus, dass er mich anrufen wollte, wenn er fertig sei.
Kai stieg noch aus und ging mit ihm ins Büro, weil er noch etwas Persönliches besprechen wollte.
Als er wiederkam, lächelte er mich an. „Und? Wo darf ich dich jetzt hinbringen?"
Etwas zögernd nannte ich ihm meine Adresse.
„Das ist wirklich nett von dir", meinte ich nach einer Weile. „Ich hätte jetzt nicht gewusst, wie ich nach Hause kommen sollte."
„Das ist doch selbstverständlich", gab Kai zurück. „Dein Glück, dass ich nochmal an der Praxis vorbeigekommen bin."
Wir waren angekommen. Kai parkte den BMW am Straßenrand. "Hier wohnst du also?"
Ich nickte. „Möchtest du noch einen Moment mit hochkommen?"
Kai musterte mich mit unergründlichen Augen. „Nein", meinte er langsam. „Das wäre dir nicht recht. Du bist ja jetzt schon beunruhigt."
Erstaunt riss ich die Augen auf. „Woher...?"
Jetzt lachte Kai. „Habe ich dir nicht gesagt, dass man in deinen Augen lesen kann wie in einem Buch? Muss ich wohl vergessen haben." Er kramte aus seiner Jackentasche einen Visitenkarte und schrieb etwas darauf. „Hier, das ist meine Handynummer. Wenn du möchtest, kann ich dich zu Wolfgang bringen, wenn er dein Auto fertig hat."
Ich starrte ihn sprachlos an.
Dann streckte er langsam seine Hand vor und strich mit seinem Zeigefinger ganz sacht über meine Wange.
„Du musst jetzt aussteigen", flüsterte er. Mit Bedauern zog er die Hand wie in Zeitlupe zurück.
Und ich stieg aus.
Er winkte mir noch zu, dann fuhr er mit quietschenden Reifen davon.
Offensichtlich muss ich dort noch eine ganze Weile gestanden haben, denn auf einmal stand mein Nachbar aus dem unteren Stockwerk vor mir und fragte: „Na, Fräulein Schulte? Haben Sie einen neuen Freund?"

Herr Pingel war ein fünfzigjähriger Mann mit Glatze, der aber so von sich eingenommen war, dass er meinte, alle Frauen würden auf ihn fliegen. Er war mir immer sehr unangenehm.

„Nein, Herr Pingel", gab ich zurück. „Nur ein guter Bekannter."

Ich beeilte mich, nach oben zu kommen. Mit Herrn Pingel wollte ich nicht mehr als nötig zu tun haben.

In meiner Wohnung ließ ich mich erst einmal aufs Sofa plumpsen und atmete tief ein.

Das war ja wohl ein Tag gewesen!

Ich war völlig fertig und es war noch nicht mal Abend.

Aufseufzend machte ich mich daran, die Einkäufe zu verstauen. Dann gab ich meinem Meerschweinchen Nicky sein Fresschen und ließ es laufen.

Ehrlich gesagt fürchtete ich mich schon vor der Nacht. Ich versuchte, mich mit allem Möglichen abzulenken, dabei war ich bis zum Umfallen müde.

Als ich mich auf die Couch legte, muss ich wohl eingeschlafen sein, ohne zu träumen. Ich wachte auf, als das Telefon klingelte.

Es war Sara. „Hör mal", meinte sie, „ich habe mit Maria gesprochen. Sie hat gesagt, wir sollen sie heute Abend mal besuchen. Was meinst du?"

„Ich weiß nicht recht", gab ich an. „Eigentlich ist mir das Ganze ein bisschen unheimlich. Was hat diese Maria denn für dich getan?"

Sara lachte. „Das glaubst du doch nicht. Du kennst doch Filippo."

Filippo war Saras Freund, mit dem sie zusammen lebte. Doch dieser Italiener war einem neuen Flirt nie abgeneigt und deswegen hatte Sara ab und zu Krach mit ihm. Doch in der letzten Zeit war das wohl nicht vorgekommen, wie ich gerade insgeheim bemerkte.

„Sie hat mir ein gutes Mittel genannt, dass Filippo nur Augen für mich hat", erklärte sie dann und machte eine Atempause. „Es hat gut geholfen."

Für einen Moment lang hielt ich die Luft an. „Du hast recht. Das glaube ich dir nicht."

„Denk, was du willst", riet mir Sara. „Nichtsdestotrotz hat es gewirkt. Soll ich nun Maria zusagen oder nicht? Du weißt, ich denke, sie kann dir helfen."

10

„Was muss ich denn wohl bezahlen?", wollte ich wissen.

„Bezahlen?" Sara lachte laut. „Maria ist meine Freundin. Da musst du nichts bezahlen. Ganz im Gegenteil. So wie ich sie kenne, bereitet sie gerade irgendwelche Knabbereien vor, die sie uns anbieten kann. Sie hat nämlich gern Besuch."

„Na gut", meinte ich versöhnlich und beschloss, mir selbst ein Bild von dieser Maria zu machen. „Aber du musst mich abholen. Mein Auto ist kaputt."

Dann erklärte ich schnell, dass ich einen Platten gehabt hatte und mein Auto nun in der Werkstatt wäre.

Kai verschwieg ich in dieser Version der Geschichte.

Ich weiß selbst nicht, warum ich es tat.

Vielleicht hatte ich einfach keine Lust auf Saras Kuppelei.

Sara versprach, mich gegen sieben abzuholen. Ich sollte bis dahin mal versuchen zu schlafen. Das hätte ich auch wirklich gern getan, aber ich hatte zu viel Angst. Also spielte ich mit Nicky und machte ein wenig sauber.

Zwei

Gegen sieben schellte es und weil es nur Sara sein konnte, lief ich runter. Ich wohnte im obersten Stockwerk und hatte eine Menge Treppen. Aber so blieb man wenigstens im Training.
Sara wartete im Auto.
Wir fuhren in ein kleines Dörfchen im Vorort.
Vor einem kleinen Haus hielten wir an. Es sah gemütlich aus, nicht irgendwie unheimlich oder so. Ich bemerkte, dass im Vorgarten Blumen der Saison standen. Hier kümmerte sich wohl ein Blumenliebhaber um den Garten.
Auf unser Klingeln öffnete eine kleine etwa dreißigjährige Frau mit halblangen, lockig-blonden Haaren. Sie trug eine legere Hose und einen hellgrünen Sweater.
Und sie nahm Sara in den Arm und drückte sie leicht. „Hey Sara!", lachte sie und es klang wirklich nett. Ihre Augen strahlten Wärme aus. „Wie geht's?"
„Prima" Sara drückte sie ebenfalls. Dann deutete sie auf mich. „Das ist Diana."
Diese Maria blickte mich an. Ihre Augen waren grün - ähnlich so wie meine. Würde die mich jetzt auch umarmen?
Nein, sie tat es nicht. Sie reichte mir die Hand. „Hallo Diana, ich bin Maria - Kommt doch rein!"
Ich sagte ebenfalls artig hallo und ließ mich in das Wohnzimmer führen. Es war klein und heimelig. Im Kaminofen brannte ein lustiges Feuer. Hier sah nichts aus wie in einem Hexenhaus.
Nun ja, in einer Ecke auf einem Sideboard standen Figuren von Frauen herum. Ich konnte eine ägyptische Göttin erkennen.
Maria versorgte uns mit Mineralwasser und setzte sich zu uns.
„Sara hat mir erklärt, du hast ein Problem?", begann sie. „Kann ich dir irgendwie helfen?"
Ich zuckte etwas hilflos die Schultern. „Vielleicht. Ich habe immer wieder denselben Traum. Das macht mich ganz wahnsinnig. Ich habe schon Angst, schlafen zu gehen..."
Aufmerksam hörte Maria mir zu. „Erzähl mal. Was träumst du denn?"
Aufgeregt räusperte ich mich. „An sich ist es nichts Schlimmes. Ich höre die Stimme eines Mannes. Er erzählt von sich, wie alt er

12

ist und das er alle Menschen besucht. Und es wird immer gefährlicher, habe ich den Eindruck. Er sagt, es sei ein Spiel und dass die Menschen manchmal Angst vor ihm haben, aber dass er sie alle kriegt. Dann sagt er, dass er der Schattendieb sei und das die nächste, die er holt, ich sein werde. Zum Schluss schreit er fast. Ich wache dann immer schweißgebadet auf und habe eine Heidenangst." Nervös nahm ich einen Schluck und knetete meine Hände.

„Hmmm", machte Maria. „Der Schattendieb?"

Ich nickte.

„Was verbindest du mit dem Wort?" forschte Maria.

Einen Moment dachte ich nach. Ich wusste nicht, was sie meinte.

Sie wartete noch auf meine Antwort. Als sie nicht kam, erklärte sie: „Was sagt dir der Schattendieb? Wie ist das Gefühl, wenn du das Wort hörst?"

„Ich habe Angst!", brach es aus mir heraus. „Es macht mir sogar Angst, darüber zu reden."

Sara strich mir über die Schultern.

„Was macht dir denn so Angst daran?" wollte Maria wissen.

„Ich will nicht sterben!", schrie ich völlig außer mir.

Dann war Stille.

Ich war mir selbst nicht sicher, was hier eigentlich vorging, aber mit einem Mal erkannte ich, dass es tatsächlich das war, was mir Angst machte. Mein Traum schien mich vor dem Tod warnen zu wollen.

„Früher dachten die Menschen tatsächlich, dass ihr Schatten ihre Seele enthielte", klärte uns Maria auf. „Wenn ihr Schatten weg wäre, würden sie sterben. Wusstest du das?"

Benommen schüttelte ich den Kopf.

Sie schaute mir tief in die Augen. „Ich erzähle dir jetzt mal was. Niemand kann dir deine Seele wegnehmen. Niemand! Hast du verstanden? Keiner! Kein Mensch, kein Zauberer und auch kein Schattendieb-Dämon! Klar? - Es sei denn, du willst es..."

Langsam blickte ich auf. „Was heißt das denn?"

Maria atmete tief ein. „Wenn du dir einredest, der Schattendieb wird dir deinen Schatten stehlen und dann würdest du sterben, wird genau das passieren. Wenn du aber sagst, nein, ich will das nicht, dann kann er dir nichts tun - verstehst du?"

Sara hatte es wohl verstanden. „Diana, hast du in deinem Traum jemals zu dem Mann gesagt, dass er sich zum Teufel scheren soll?"

„Nein", überlegte ich laut. „Ich war so versteinert vor Angst, dass ich gar nichts getan habe."

„Na, da haben wir es schon!", freute sich Maria.

„Ich muss also nur beim nächsten Mal sagen, er soll abhauen?", wunderte ich mich.

Maria nickte. „Und du solltest mal nachdenken, weshalb du diesen Traum angezogen hast."

Wieder zuckte ich verständnislos mit den Schultern.

„Na ja", meinte Sara dazu. „Du kannst nur etwas anziehen, was du auch aussendest. Wenn du Freundlichkeit aussendest, kommt die auch zu dir zurück. Deswegen kommen auch die bösen Menschen immer in schlechte Situationen."

Ich dachte mir meinen Teil. Die konnten doch nicht ernsthaft glauben, ich sei lebensmüde. Ausgerechnet jetzt, wo ich den netten Kai Buht kennengelernt hatte.

Ach ja, das wussten die beiden auch noch nicht.

Außerdem konnte ich noch ganz genau sagen, wie sich das weiter entwickeln würde.

Nein, lebensmüde war ich gewiss nicht.

Maria stand auf. „Ich schreibe dir einen weißmagischen Bannspruch auf. Du musst nicht daran glauben, ich sehe schon dein skeptisches Gesicht. Aber wenn du ihn aufsagst, wird er dir helfen."

Und sie holte einen Zettel und schrieb die Worte: „MENE MENE TEKEL UPHARSIN" darauf. „Am besten, du lernst ihn auswendig."

Damit gab sie mir den Zettel.

Ich nahm ihn und legte ihn in meine Tasche. Vielleicht würde ich ihn benutzen, vielleicht auch nicht, ich war mir noch nicht sicher.

Maria schien das zu wissen. Sie blinzelte mir verschwörerisch zu.

Dann wandte sie sich an Sara. „Und wie läuft's bei dir?"

Sara nickte ihr lachend zu. „Super. Bei uns ist alles okay."

Sie unterhielten sich noch über einige Sachen, die ich nicht so einordnen konnte, auf die ich mich aber auch nicht konzentrierte.

Später brachte ich dann auch was in das Gespräch ein und

merkte, dass Maria eine richtig nette Frau war. Man musste sie einfach mögen. Sie war so warmherzig und ich begann, mich richtig wohl zu fühlen.

Als wir uns verabschiedeten, nahm ich sie auch in den Arm.

„Na, hast du dich jetzt getraut?", fragte sie lächelnd. „Bei deiner Ankunft war dir das nicht so recht, weil du mich wohl für eine Hexe hieltest."

„Komisch", wunderte ich mich. „Das ist mir heute schon mal passiert, dass mich einer so durchschaut."

„Mach dir nichts daraus", meinte Sara. „Maria hat ein Auge für so etwas."

Dann gingen wir zum Auto.

Während der ganzen Fahrt lernte ich in Gedanken den Spruch auswendig. Ich hatte mich entschieden, Maria doch zu vertrauen.

Im Moment hatte ich ja auch keinen, der mir einen anderen Rat gegeben hatte.

Zuhause ließ mich Sara raus und meinte, ich könne sie jederzeit anrufen.

Ein wenig beklommen kam ich mir schon vor, als ich in meine Wohnung kam. Aber ich war zum Umfallen müde. Also zog ich mich aus und fiel ins Bett. Und ruck zuck war ich eingeschlafen.

„Ich bin alt, schon uralt.

Mein Ursprung liegt soweit zurück, dass ich mich nicht erinnern kann.

Ich hole sie alle, seien sie nun reich oder bettelarm.

Manche haben Angst vor mir, doch die anderen lachen.

Ich suche sie aus, es ist wie ein Spiel..."

„Neeeeeeeeeeeein", schrie ich im Traum.

Stille!

Es kam mir vor, als ob ich in einem weiten dunklen Raum stehen würde.

Ich atmete schwer.

Doch ich konnte nur meinen eigenen Atem hören.

War ich hier wirklich allein?

„Du willst dich sträuben?", fragte da die Stimme des Schattendiebes. Sie kam von überall her. Und sie klang ungläubig.

„Ganz genau!", schrie ich. „Egal wer du bist, du kriegst meinen

Schatten nicht!"

Ich konnte ihn lachen hören.

„Du kannst das nicht verhindern", sagte es aus allen Ecken mit Bedauern.

„Doch!", brüllte ich. „Das kann ich sehr wohl! MENE MENE TEKEL UPHARSIN!"

Wieder war Stille.

Ich hörte nur den Nachhall meiner Stimme.

War er weg?

Dann lachte er leise.

„Du kannst mich nicht mit diesem Spruch besiegen", flüsterte er sacht. „Mit keinem."

Ich fühlte mich so, als ob ich einen Schlag in den Bauch bekommen hätte.

„Weißt du eigentlich, was du gesagt hast?", tönte es leicht amüsiert. „Du hast mir gesagt, die Tage meiner Herrschaft seien gezählt."

Eine Weile war es still. Dann hörte ich seine Stimme wieder. Sie war direkt an meinem Ohr. „Ich erkenne es an. Du bist eine würdige Gegnerin, Diana, Göttin des Waldes. Im Moment gebe ich dich frei - aber ich werde wiederkommen. Zuerst hole ich noch einige Schatten aus deiner Umgebung. Sei stark und erwarte mich..."

Langsam wurde ich wach.

Ich atmete schwer, war aber nicht schweißgebadet.

Hatte ich gewonnen?

Nach und nach konnte ich besser atmen.

Ich stand auf und sah auf die Uhr.

Es war noch viel zu früh um aufzustehen, aber ich ging in die Küche und setzte Teewasser auf. Einen kleinen Sieg hatte ich davon getragen. Aber mir war klar, dass noch weitere Kämpfe folgen würden. Jetzt wusste ich jedoch, wie es ging, jetzt würde ich dem Schattendieb alles, was ich hatte, entgegenstellen.

Wie hatte er mich genannt?

Göttin des Waldes?

Ich würde kämpfen - bis zum bitteren Ende, das wusste ich genau.

Hatte man mir nicht noch kürzlich erklärt, die Göttin des Waldes sei sehr eigensinnig gewesen?

Gut! Genau das was ich jetzt brauchte!

Wenn ich schon ihren Namen trug, konnte ich mir ihre Eigenschaften ja auch zunutze machen.

Nicky war durch mein Geklapper aufgewacht und schnupperte herum. Ich nahm meinen Tee mit und warf ihm noch einen Blick zu.

Er hockte jetzt in einer Ecke und bewegte sich nicht. Nun ja, vielleicht war er wieder eingeschlafen.

Am nächsten Morgen erwachte ich auf der Couch, wo ich wohl eingeschlafen war. Es war nach acht und ich hatte traumlos geschlafen. Jetzt kam mir auch alles wieder ins Gedächtnis.

Was hatte der Schattendieb zu mir gesagt?

Er würde mich verschonen - aber dafür Schatten aus meiner Umgebung holen?

Das Triumphgefühl verschwand und stattdessen kam eine kleine Besorgnis hervor.

Wen würde er sich wohl krallen wollen?

Ich beschloss, meine Umgebung gut zu beobachten.

Gähnend ging ich in die Küche, um mir mein Frühstück zu machen.

Nicky saß immer noch in seiner Ecke, er schien zu schlafen.

Nun ja, ich hatte ihn mit meinem nächtlichen Rumgerenne ja auch oft gestört. Sollte er jetzt ruhig mal abhängen.

Nach dem Frühstück zog ich mich an und telefonierte mit Sara.

Sie war gespannt auf meinen Bericht.

„Ich habe ihn laut angeschrien", meldete ich. „Eigentlich war es voll real, nicht so als wäre es ein Traum. Ich kann mich noch genau an das Gefühl erinnern, was ich in diesem dunklen Raum hatte."

„Und was hat er zu deinem Bannspruch gesagt?", wollte sie wissen.

„Das war komisch", gab ich zu. „Er meinte, ich könne ihn nicht mit irgendwelchen Sprüchen besiegen. Und dann meinte er irgendwie schon fast humorvoll, ob ich eigentlich wüsste, was das hieße."

Sara grummelte leise in den Hörer. „Und? Was hast du gesagt?"

Ich nahm einen Schluck Kaffee. „Gar nichts, er hat es mir übersetzt. Muss wohl so was heißen wie: seine Herrschaft sei zu Ende oder so..."

Meine Freundin riet mir, doch mal Maria anzurufen, aber ich erklärte ihr, ich wolle erst einmal abwarten.

So verabschiedeten wir uns bis Montag. Ich machte die Musik an und räumte ein wenig auf.

Gegen zehn Uhr schellte mein Telefon. Es war Kai. „Hallo, Diana! Wolfgang hat dein Auto fertig", meinte er. „Soll ich dich abholen und hinbringen?"

Ich sagte zu und Kai versprach, so gegen elf Uhr bei mir zu sein.

Eigentlich war dieser Kai ein sehr netter Typ.

Ich beschloss, ihn doch zum Essen einzuladen. Vielleicht konnten wir ja auch noch ein wenig Zeit miteinander verbringen. Kai war der erste Mann, der mich nach Daniel interessierte.

Pünktlich fuhr der schwarze BMW vor und ich eilte runter.

Herr Pingel machte die Tür auf, als ich auf dem Flur war, und ich machte, dass ich weiterkam.

„Hallo, Diana", sagte Kai und beugte sich vor.

Ich hatte den Eindruck, er wollte mich küssen, aber im letzten Moment räusperte er sich und setzte sich gerade vors Lenkrad.

„Hallo", grüßte ich zurück. „Das ist echt nett, dass du mich zur Werkstatt fährst."

Kai winkte ab. Das wäre doch wohl selbstverständlich.

Es war viel Verkehr und so lauschten wir beide nur dem Autoradio, während Kai den BMW mühelos steuerte.

Vor der Werkstatt hielten wir an.

Wolfgang war draußen und als er uns sah, wischte er sich die Hände ab und kam auf uns zu.

„Morgen, Diana, dein Wagen ist da hinten!" Er wies auf eine Hofecke.

Richtig, da stand mein kleiner Wagen.

„Es war nichts kaputt, nur irgend ein Scherzbold hat dir die Luft raus gelassen", fuhr er weiter fort. „Dass dein Ersatzreifen auch platt war, war natürlich Pech. Aber den hab ich dir auch wieder aufgepumpt. Müsste jetzt alles wieder in Ordnung sein."

Ich bedankte mich artig. „Ich bin heilfroh, dass er wieder läuft. Ohne Auto ist man richtig aufgeschmissen." Einen Moment lang machte ich eine Pause. „Sag mal, was bin ich dir denn nun schuldig?"

Für einen winzigen Augenblick warf Wolfgang Kai einen Blick zu, dann schüttelte er den Kopf. „Lass mal. Das ist schon okay."

Es kam mir so vor, als sei das ein abgekartetes Spiel. „Nein, nein, das geht doch nicht", widersprach ich. „Du hast doch auch Ausgaben gehabt oder zumindest deine Zeit geopfert."

„Es reicht mir, wenn du beim nächsten Mal an mich denkst, wenn du etwas am Auto hast, okay?", wehrte Wolfgang ab. „Und jetzt Schluss!"

Ich konnte reden, wie ich wollte, er wollte einfach nichts nehmen.

Kai legte mir seine Hand auf die Schultern. „Lass es gut sein. Wir sind Freunde, ich mach es mal wieder gut bei ihm."

Zusammen gingen wir zu meinem Wagen.

Ich wusste nicht, wie ich es sagen sollte, aber irgendwie wollte ich ihn doch einladen.

Mein Hirn war absolut leer.

Verdammt!

„Eh... Kai...", machte ich und sah ihn an.

Kai sah mich auch an, mit einem innerlichen Grinsen, wie mir schien. Sein Blick war abwartend.

„Sag mal... Was machst du denn so heute Abend?", stotterte ich.

Er hatte dieses innerliche Grinsen immer noch. „Eigentlich nichts, fernsehen oder so. Wieso?"

Nervös knetete ich meine Hände. „Na ja, du hattest doch so viele Umstände mit mir und deshalb wollte ich dich zum Dank zum Essen einladen..."

So, nun war es raus!

Kai lachte leise und meinte dann: „Wenn du es nicht gesagt hättest, hätte ich es getan. Ich würde mich freuen, den Abend mit dir zu verbringen..."

Und wieder mal wusste ich nichts zu sagen.

„Na komm schon", machte Kai und schaute mir tief in die Augen. „Ich habe festgestellt, dass ich dich mag und möchte dich eben näher kennenlernen. Und irgendwie muss das Schicksal uns ja mögen, sonst hätte ich dich nicht getroffen. Ich bin verdammt froh, dass du mich eingeladen hast."

Langsam fand ich meine Sprache wieder. „Weißt du, ich bin lange nicht ausgegangen..."

„Na und?" Kai sah das nicht so kompliziert wie ich. „Ich kenne einen tollen Italiener. Wie wäre es: ich bestimme das Lokal und du zahlst? Hört sich das für dich fair an?"

Ich nickte.

„Also, dann hole ich dich um sieben ab", grinste Kai.

Dann beugte er sich vor und gab mir einen leichten Kuss auf die Wange. Seine Stimme war nur noch ein leises Flüstern. „Bis dann, ich freue mich!"

Sprach's, winkte mir nochmal zu und ging zu seinem Auto.

Einen Moment später stieg ich zitternd in meinen Wagen. Das war mir lange nicht passiert, dass ich wegen eines Mannes weiche Knie bekam. Innerlich war mir immer noch ganz warm.

Aufseufzend startete ich den Motor und fuhr an.

Ach du lieber Himmel!

Ich hatte ja gar nichts anzuziehen für heute Abend!

So schnell ich konnte und es die Straßenverkehrsordnung zuließ, fuhr ich ins Einkaufszentrum und besorgte mir noch einen netten Fummel.

Zuhause angekommen, ging ich erst einmal duschen und versuchte, mich in Form zu bringen.

Ein kurzer Blick auf Nicky zeigte mir, dass er immer noch schlief.

Der arme kleine musste ja wirklich fertig sein.

Drei

Gegen halb sieben war ich bereit und ein Nervenbündel.
Das war mein erstes Rendezvous seit fast einem Jahr!
Der Kai war wirklich ein Netter!
Und ich schien ihm auch zu gefallen...
Um viertel vor sieben schellte es.
Ich drückte auf den Summer und hörte, wie Kai durchs Treppenhaus ging. Noch ein letzter Blick in meine Wohnung - ja, sah ganz aufgeräumt aus. Dann stand er an der Tür.
„Hallo", sagte ich gezwungen ruhig.
„Wow", machte Kai und starrte mich an. „Du... siehst großartig aus."
Wie auf Kommando wurde ich rot.
Er räusperte sich und schüttelte den Kopf, um ihn wieder klar zu bekommen. Jetzt war er eben so verlegen wie ich. „Eh... sollte ein Kompliment sein."
„Danke", sagte ich schüchtern. „Kann ich zurückgeben."
Er hatte einen schwarzen Pullover an und eine hellblaue Jeanshose. Das stand ihm wirklich gut.
„Ich bin sofort fertig", meinte ich dann. „Ich muss nur noch meine Handtasche holen."
Wo war die denn nur jetzt?
Natürlich in der Küche - ich und meine Tasche!
Kai nickte nur und sah sich um.
„Nette Wohnung", hörte ich in der Küche.
Ich schnappte schnell meine Tasche und warf noch einen Blick auf Nicky.
Dann stieß ich einen Schrei aus!
Im Nu stand Kai an meiner Seite. „Was ist denn los? Hast du dir wehgetan?"
Ich kniete vor dem Käfig, in dem Nicky auf dem Rücken lag.
„Oh", machte Kai und schob mich zur Seite, um den Käfig zu öffnen. „Armes Meerschweinchen..."
Nicky war tot.
Kai stupste ihn mit dem Finger an und seufzte dann laut.
Mir liefen die Tränen übers Gesicht.
Langsam nahm mich Kai in die Arme und streichelte mir über

den Kopf. „Ach, Diana, das tut mir so leid. Wein dich ruhig aus, wenn du magst."

Das tat ich auch.

Nicky war ein wichtiger Teil meines Lebens gewesen. Er hatte mir über die Trennung mit Daniel hinweggeholfen.

Und jetzt?

Irgendwann beruhigte ich mich.

Kai drückte mich an sich. „Ich schenke dir ein neues Meerschweinchen, wenn du magst."

Ich schüttelte den Kopf. „Nein, das geht nicht. Keines würde so sein wie Nicky."

„Ich verstehe dich", meinte er. „Ich hatte früher einen Hund, der ist auch gestorben. Da hätte ich auch keinen neuen haben wollen."

Langsam machte ich mich frei und legte ein großes Geschirrtuch über den Käfig.

Kai streichelte meine Schulter. „Liebes, ich denke, es ist nicht der richtige Zeitpunkt, um auszugehen. Möchtest du, dass ich gehe?"

„Nein!" Mit einem Ruck drehte ich mich um. Dann schluckte ich trocken. „Bitte nicht. Ich möchte jetzt nicht allein sein."

„Schon gut." Er schob eine Haarsträhne von mir aus dem Gesicht und berührte dabei sanft meine Wange. „Hast du was Alkoholisches im Haus?"

Verneinend schüttelte ich den Kopf.

„Das macht nichts", meinte Kai. „Ich besorge ganz schnell was von der Tankstelle." Er küsste ganz leicht mein Haar und machte sich auf den Weg.

Einen Moment lang stand ich unschlüssig in der Küche.

Nicky...

Mein armes kleines Meerschweinchen...

Langsam hob ich das Tuch nochmal an, um einen letzten Blick auf ihn zu werfen.

Und dann sah ich es!

Es fiel mir direkt ins Auge.

Vielleicht hatte ich es auch schon vorher bemerkt, es mir aber nicht eingestanden.

Nicky hatte keinen Schatten!

Völlig geschockt und wie in Zeitlupe legte ich das Tuch wieder drüber, um es dann erneut hochzuziehen und einen Blick in den Käfig zu werfen.

Nein!

Ich hatte mich nicht getäuscht.

Hastig schaltete ich das Licht an; ich musste mich einfach vergewissern.

Nicky hatte keinen Schatten!

Er hatte einfach keinen Schatten!

Alles in mir stäubte sich, sogar meine Nackenhärchen stellten sich auf. Es war mir, als ob ich den Schattendieb leise lachen hörte.

Bestürzt rannte ich aus der Küche.

Es schellte wieder.

Das musste wohl Kai sein.

Ich stand immer noch an der Tür, als er ankam.

„Du bist noch immer weiß wie eine Wand", fand Kai, ging in die Küche und holte zwei Gläser.

Dann füllte er eines bis zur Hälfte und gab es mir, indem er mich zur Couch führte. „So, jetzt trink!"

Widerwillig nahm ich einen Schluck und wollte wieder absetzen, doch Kai hielt das Glas fest und drängte: „Mehr!"

Erst als ich ausgetrunken hatte, ließ er los.

Ich hustete und spürte ein Brennen im Hals und im Magen. „Was war denn das für ein Teufelszeug?", röchelte ich.

Kai goss sich selbst ein wenig ein. „Cognac."

Er setzte sich aufs Sofa und platzierte mich schräg neben sich, so dass er mich in die Arme nehmen konnte und ich an ihm lehnte.

Langsam nahm er einen Schluck.

Ich rang immer noch nach Atem.

Aber ich konnte immer mehr ein wohliges Gefühl in mir spüren.

Kam das von dem vielen Alkohol?

Oje, wurde ich jetzt betrunken?

Kai drückte meinen Kopf gegen seine Schulter. „Besser?"

„Hmmm", machte ich.

„Fühlst du dieses leichte Schwindeln im Kopf, das dich zwingt, dich gehenzulassen?", flüsterte er in mein Ohr und es kitzelte etwas. „Keine Angst, ich tu dir nichts, ich möchte dir nur helfen, es besser zu verarbeiten. Komm schon, merkst du nicht, dass

alles schon viel leichter ist?"
Ich schloss meine Augen. Wirklich, ich glaubte, ich würde schweben.
Es war mir so, als ob ich auf einer Wolke sitzen würde.
Glucksend kicherte ich.
„Worüber lachst du?", fragte Kai sanft.
Wieder kicherte ich. „Oh, ich dachte gerade daran, dass die Situation ganz schön verfänglich ist..." Meine Stimme gehorchte mir nicht mehr richtig und sie klang irgendwie - lallend?
Kai lachte leise und streichelte meine Wange. „Und? Würdest du dir das wünschen?"
Ich hörte zwar seine Worte, aber sie kamen anscheinend nicht bei meinem Gehirn an.
„Hmm...", machte ich nur und kuschelte mich enger an ihn.
Und das war das letzte, an das ich mich erinnern konnte.
Mit rasenden Kopfschmerzen erwachte ich am nächsten Morgen in einer unbequemen Stellung auf meiner Couch.
Scheiße, ich würde mich übergeben müssen!
Langsam legte ich mich wieder hin und bewegte mich so gut wie gar nicht.
Was war nur passiert?
Nicky!
Ich stöhnte, das tat weh im Kopf. Aber ich erinnerte mich noch an etwas anderes: Kai! Auch wenn mein Kopf jetzt weh tat, musste ich mich jetzt erinnern!
Also: wie war das nur gewesen?
So gern ich mich noch erinnern würde, ich kam nicht weiter als bis zur Couchszene.
Was hatte ich noch gesagt?
Die Situation sei verfänglich? Was war denn nur in mich gefahren?
Ich war noch angezogen, anscheinend war wohl nichts passiert.
Das Dumme war nur, dass ich das nicht mit Sicherheit wusste.
Eigentlich wusste ich rein gar nichts mehr.
So gut es mit meinen Kopfschmerzen ging, schlich ich ins Badezimmer und stellte mich unter die Dusche - so etwa eine Viertelstunde lang. Dann war ich wieder klar. Die Kopfschmerzen bekämpfte ich mit einer Doppeldosis Aspirin, dann trank ich Kaffee und knabberte an einem Toast.

Mein Blick fiel auf den zugedeckten Käfig.

Ach ja, Nicky.

Und alle meine Probleme waren wieder da!

Vielleicht hatte ich ja gestern nicht richtig geguckt, als ich meinte, Nicky hätte keinen Schatten mehr?

Nun, ich würde mir das nochmal ansehen!

Als ich das Geschirrtuch wegnahm und einen Blick in den Käfig geworfen hatte, war mir klar, dass ich das nicht mehr überprüfen konnte.

Denn Nicky war nicht mehr da.

Eine kleine Mulde war nur noch zu sehen, dort wo er gelegen hatte.

Erst gegen zwölf Uhr traute ich mich, bei Maria anzurufen.

Hoffentlich schlief sie nicht noch, es war ja schließlich Sonntag.

Nein, sie ging beim dritten Klingeln schon ran.

Hastig erzählte ich ihr von meinem letzten Traum mit dem Schattendieb.

„Er meinte wirklich, du könntest ihn nicht mit einem Bannspruch besiegen?", fragte sie ungläubig. „Was ist dann passiert?"

„Er hat gesagt, er würde mich erst einmal in Ruhe lassen, aber er würde sich einige Schatten aus meiner Umgebung holen", meldete ich. „Maria, ich habe so eine Angst. Letzte Nacht ist mein Meerschweinchen gestorben und als ich nachschaute, hatte es keinen Schatten mehr..."

Es war Stille im Hörer.

„Bist du sicher?", fragte Maria dann. „Du kannst dich nicht irren?"

„Eigentlich nicht", sagte ich langsam. „Aber ich kann nicht mehr nachsehen. Nicky ist nämlich weg."

Maria seufzte. „Ich nehme an, Nicky war das Meerschweinchen. Wo ist es denn hin, es kann doch nicht einfach weg sein. Tote können sich nicht mehr wegbewegen, wie du weißt."

„Natürlich weiß ich das!" Hielt die mich jetzt für plemplem? „Aber es ist nicht mehr da! Und außer mir und Kai war keiner in der Wohnung."

„Kai?"

„Ja, mein Bekannter", meinte ich leise. „Ich glaube nicht, dass er Nicky entsorgt hat."

Maria riet mir, doch mal Kai zu fragen.

Und wir kamen überein, dass ich heute Abend nochmal bei ihr

vorbeischauen sollte. Sie wollte noch etwas nachlesen und dann mit mir sprechen.

Also hatte ich wieder ein Problem.

Ich hatte zu viel Bammel, Kai anzurufen.

Fast eine Stunde lang starrte ich das Telefon an und überlegte hin und her.

Und als ich danach greifen wollte, um zu wählen, da klingelte es! Ich meldete mich.

„Na?", hörte ich die Stimme von Kai. „Bist du wieder klar?"

Schlagartig wurde ich rot. „Ach hallo Kai... Ich wollte dich auch gerade anrufen."

Kai lachte leise in den Hörer. „Wie geht es dir?"

„Ähh... gut", machte ich. „Kai, ich wollte mich entschuldigen..."

„Warum denn das?", fragte er und es klang wirklich ehrlich. „Da ist nichts, wofür du dich entschuldigen solltest, glaub mir."

Da sah ich die Sache aber ganz anders. „Ich hatte einen Filmriss", gab ich vorsichtig zu.

„Ich weiß", meinte er seelenruhig. „Aber das ist doch nicht so schlimm."

„Finde ich aber doch!", entgegnete ich. „Vor allen Dingen, weil ich gar nicht mehr weiß, was ich gesagt habe."

Wieder lachte er leise. „Das ist nun mal so bei einem Filmriss!"

„Du machst es mir nicht gerade leicht", regte ich mich auf. „Ich bin bis zur Couchszene, dann ist alles weg. Erzähl mir den Rest!"

Ich atmete schwer. „Bitte!"

„Welchen Rest?"

Das war ja zum Mäusemelken!

Musste man dem denn alles aus der Nase ziehen?

„Beruhige dich", meinte er dann einen Augenblick später. „Da gab es keinen Rest. Du bist mitten im Satz eingeschlafen."

„Oh Himmel, das ist mir jetzt aber peinlich", hauchte ich beschämt.

„Sollte es nicht", riet er mir. „Du siehst echt süß aus, wenn du schläfst."

Da war ich mir eigentlich nicht so sicher.

Aber wenn Kai das sagte...

„Ähm", machte ich, „Ich bin mir eigentlich nicht so sicher..."

Was machte ich denn hier? Ich wollte doch nach Nicky fragen!

Eigentlich wollte ich mich vielmehr mit ihm treffen und vielleicht...
Energisch schüttelte ich den Kopf. „Kai, meinst du, wir könnten das wiederholen?"
Was redete ich denn jetzt für einen Unsinn? „Ich meine, wir könnten uns mal zum Essen verabreden - aber jetzt wirklich!"
Ich hörte Kai lachen. Es hörte sich gut an. „Ich weiß, was du meinst. Ja, ich möchte auch immer noch mit dir essen gehen. Die Sache gestern hat mich nicht abgeschreckt. Ganz im Gegenteil. Alles, was passiert ist, macht dich nur menschlicher. Wenn du magst, können wir das ja heute Abend nachholen. Ich kann den Tisch nochmal bestellen."
Oh, Himmel, was konnte mir denn noch Besseres passieren? Er verstand mich! Klasse, einfach klasse!
„Das wäre wirklich toll!"
„Na prima", freute er sich. „Ich hole dich um sieben ab?"
„Gut", bestätigte ich. „Ach Kai, hast du Nicky irgendwo begraben?", fügte ich dann lahm hinzu. Mein Herz klopfte ganz laut dabei.
„Ach ja", sagte Kai. „Das wollte ich dir noch sagen. Als ich ging, habe ich ihn in Papier gelegt und ihn am Waldrand begraben. Ich hoffe, das war dir recht, aber ich wollte einfach nicht, dass du ihn am nächsten Morgen siehst und wieder weinst."
„Nein, das ist schon okay", hörte ich mich sagen. „Das war schon gut so, da hast du recht."
Wir verabschiedeten uns bis sieben und legten auf.
Schlagartig fiel mir ein, dass ich mich ja auch mit Maria verabredet hatte. Also rief ich sie nochmal an und wir verschoben den Termin auf Montag. Das war Maria auch ganz lieb, weil sie noch nicht gefunden hatte, was sie in einem Buch suchte.
Und so versuchte ich, mir die Zeit bis sieben zu vertreiben.
Ich stellte den Käfig weg, lackierte mir die Nägel, räumte auf und irgendwie auch um und machte mich fertig.
Dann war es endlich soweit und Kai schellte.
Eilig rannte ich die Treppen runter und wir stiegen in den Wagen.
„Hallo", hauchte ich und war hin und weg von seinem intensiven Blick.
„Hallo", echote er leise und sanft und streichelte für einen

Moment lang meine Wange.

Dann startete Kai den Motor, wendete das Auto und fuhr mit quietschenden Reifen ab.

Nach einer kurzen Weile kamen wir am Restaurant an.

Wir nahmen Platz und bestellten.

„Und?", fragte Kai. „Wie hast du den Tag verbracht?"

Ich winkte ab. „Nichts Besonderes gemacht. Bisschen aufgeräumt und rumgebummelt. Und du?"

Er trank einen Schluck. „Ich habe nur an dich gedacht."

Huuuui! Mein Herz macht einen Sprung.

„Ich hatte dich die halbe Nacht im Arm. Was glaubst du - ich bin auch nur ein Mensch", fuhr er weiter fort. „Du bist eine außergewöhnliche Frau, das habe ich sofort bei unserem ersten Treffen festgestellt. Wenn du dieses Problem mit deinem Auto nicht gehabt hättest, hätte ich mir irgendwas einfallen lassen müssen, um wieder in die Praxis zu kommen. Du glaubst gar nicht, wie ich deinem Reifen gedankt habe, dass er platt war." Er nahm meine linke Hand in seine und streichelte sie. „Aber ich weiß, ich sollte dir mehr Zeit lassen, denn ich kann in deinen Augen sehen, dass du schon mal sehr enttäuscht worden bist. Also: wenn ich zu schnell bin, bitte sag es mir."

Ich entzog ihm peinlich berührt meine Hand. Mein Gesicht war knallrot. „Ich möchte ehrlich zu dir sein", begann ich, kam dann aber etwas ins Stocken. „Ich mag dich sehr, aber ich weiß gar nichts von dir."

Kai breitete die Arme aus. „Ich bin hier. Frag mich, was du willst, ich habe keine Geheimnisse vor dir."

Verblüfft starrte ich ihn an. Der schien das ja ernst zu meinen. Langsam räusperte ich mich. „Nun ja" meinte ich langsam. „Vielleicht erzählst du mir mal einfach was von dir."

„Phuuu", machte er. „Also, ich bin achtundzwanzig Jahre alt, wohne in der Schillerstraße in meiner kleinen Wohnung und arbeite als Programmierer bei der Firma „Commercial PC" im nächsten Ort. Ich bin ehrlich, treu und manchmal ein wenig verrückt. Außerdem habe ich die Frau fürs Leben noch nicht gefunden - aber ich finde dich ganz süß und denke, du könntest es sein."

Schon wieder lief ich etwas rötlich an. Er war irgendwie süß. Besonders seine dunklen Augen, die mich unverwandt anschauten. Obwohl er etwas Gefährliches an sich hatte, konnte man sich seinem Einfluss nicht entziehen. Und das wollte ich auch gar nicht.

Richtig, ich kannte Kai erst seit ein paar Tagen, aber in dieser Zeit war mir klargeworden, dass mir ohne ihn etwas fehlen würde.

Sara hatte recht gehabt. Ich hatte Angst, jemanden so nah wie Daniel an mich heranzulassen, aber bei Kai hatte ich die Vermutung, ich könnte meine Vorsätze über Bord werfen.

„Hast du einen besten Freund?", forschte ich weiter.

Ein wenig verwirrt blickte mich Kai jetzt doch an. „Wieso? Willst du ein Treffen zu dritt?"

„Nein", lächelte ich verschämt. „Mein letzter Freund ist mit seinem besten Freund durchgebrannt."

Kai verschütte vor Schreck bald sein Getränk. „Sehe ich aus, als sei ich schwul?"

Ich schüttelte langsam den Kopf. „Das sah Daniel auch nicht..."

„Also Daniel hieß dieser Mistkerl", knirschte er mit zusammengebissenen Zähnen. „Ich würde ihn gerne verprügeln für das, was er dir angetan hat."

In diesem Moment sah er aus, als würde er es tatsächlich tun, wenn Daniel nur hier gewesen wäre. Ich schluckte. „Das ist nicht nötig. Ich bin drüber weg."

Kais Augen wurden eine ganze Spur sanfter. „Bist du nicht. Ich denke, über so etwas kommt man nicht so schnell weg. Aber keine Angst. Ich habe keinen besten Freund und ich bin ausschließlich an Frauen interessiert. Das heißt, im Moment nur an dir. Als ich dich das erste Mal sah, schlug bei mir so etwas wie ein Blitz ein. Und ich wusste genau, ich wollte dich unbedingt kennenlernen. Jetzt bist du aber dran. Erzähl mir was von dir."

„Hmmm", machte ich. „Du weißt ja schon einiges. Ich arbeite bei Dr. Peters und in meiner Freizeit lese ich gern. Ab und zu gehe ich mit Sara raus, aber nicht so oft. Sara kennst du, sie ist meine Kollegin aus der Praxis." Ich sah, wie Kai nickte. „Außerdem gehe ich gern spazieren. Ich bin kein Disco-Typ."

„Ich kann diesem Getanze auch nichts abgewinnen", stimmte mir Kai zu. „Da treffe ich mich lieber mit ein paar Bekannten zum Essen und Reden, als dass ich mich in einem überfüllten Schuppen zum Deppen mache."

Unser Essen kam und wir schwiegen beide.

Es war vorzüglich. Wir hatten beide die Lasagne bestellt. Dazu gab es noch einen grünen Salat, der mit Kräutern angemacht war, und frisches Brot mit Knoblauchmayonnaise.

Kai hatte mich fragend angesehen, bevor er davon genommen hatte.

„Ich kann nicht widerstehen", meinte er schon irgendwie verschämt. „Die ist einfach zu gut. Nimm auch etwas, dann riechen wir nichts."

Und ich hatte genickt und ebenfalls genommen.

Kai hatte recht, es war wirklich zu lecker.

Als abgeräumt wurde, sprach er mit dem Kellner fließend und leicht in seiner Sprache.

„Du sprichst ja Italienisch", wunderte ich mich. „Hast du die Sprache dort gelernt?"

Kai grinste. „Ich spreche eine Menge Sprachen. Meine Vorfahren kommen aus Ägypten und ich bin als Kind schon viel gereist. Ich war immer eine Zeitlang in einem fremden Land, da lernte man zwangsläufig die Sprache."

„Ach so", gab ich an. „Das muss für dich als Kind aber stressig gewesen sein. Diese ganze Umzieherei und dann wieder neue Freunde finden..."

Er schüttelte den Kopf. „Ich habe es geliebt. Freunde findet man überall und sie gehen nicht weg, wenn du das Land verlässt. Egal wohin ich heute gehe, ich habe fast überall Freunde, die mich kennen. Ich besuche sie regelmäßig. Außerdem habe ich so viele verschiedene Kulturen kennengelernt. Das war für mein Leben von entscheidender Wichtigkeit."

Ja, das konnte ich sehen. In seinem Gesicht las ich Menschenkenntnis und sogar etwas Weisheit.

Er war so anders als andere Männer.

Ob das an seiner Kindheit lag?

Für mich wäre das nichts gewesen. In meinem Heimatdorf hatte ich nur eine beste Freundin, zwar auch viele Bekannte, aber die bedeuteten mir nicht so viel. Es war schwierig genug, meine damalige beste Freundin Doris kennenzulernen. Wenn ich daran dachte, bald in ein neues Land zu ziehen und der ganze Mist ginge wieder von vorne los - danke, nein danke.

Vielleicht sollte ich jetzt sagen, dass ich höchst ungern

Menschen vertraute, da ich eigentlich immer von ihnen enttäuscht wurde - so auch von Doris. Sie war es unter anderem gewesen, die diese ganze Hexengeschichte im Dorf angezettelt hatte.

„Woran hast du gerade gedacht?", riss mich Kai aus meinen Überlegungen. „Das war nichts Gutes, hab ich recht?"

Lächelnd schüttelte ich den Kopf. „Es war nur etwas aus meiner Vergangenheit. Schon gut."

Der Kellner kam und brachte uns einen Verteiler.

Kai grinste mich wieder an. „Das ist kein Cognac. Also keine Angst, heute wirst du keinen Filmriss haben."

Ich wurde rot. Das Ganze war mir mehr als peinlich. Leise murmelte ich mir irgendwas zusammen.

„Ach komm schon", meinte Kai und nahm meine freie Hand. „Das muss dir wirklich nicht peinlich sein. Ich finde das irgendwie süß."

Dann trank er das Glas in einem Zug aus und blinzelte mich an. Also trank ich auch.

„Und?", fragte er langsam. „War es schlimm?"

Ich schüttelte den Kopf. „Es war gut..."

„Schön, dass ich das weiß", murmelte er, ohne mich auch nur einen Moment aus den Augen zu lassen.

Ich konnte in seinem Gesicht lesen, dass er gerade an etwas anderes gedacht hatte, an etwas, dass mir schon etwas unheimlich war, dass ich vielleicht aber auch auf die eine oder andere Art und Weise schon wollte.

„Was hast du gerade gedacht?", fragte ich leise.

„Erwischt!" Kai sah schon etwas schuldig aus. „Ich habe überlegt, wie ich dich wohl am schnellsten aus diesem Lokal rausbekomme, um mit dir allein zu sein."

Wenn es nur das war, das konnte ich ihm abnehmen.

„Kellner, die Rechnung bitte!", rief ich laut und wedelte mit meiner Hand.

Etwas verdutzt guckte Kai mich an, dann grinste er.

Wir wurden uns nicht gleich einig, wer denn nun die Rechnung zahlte. Am Ende übernahm das dann Kai.

„Das mache ich nur, damit du mir etwas schuldig bist", flüsterte er mir ins Ohr. „Ich meine, dass du dich nicht so leicht aus meinem Leben stehlen kannst."

Als ob ich das gewollt hätte...

Dann saßen wir im Auto.

„Und?", fragte ich. „Wo fahren wir jetzt hin?"

Kai startete den Wagen. „Ich möchte dir etwas zeigen. Lass dich überraschen."

Selbstsicher steuerte er den Wagen Richtung Stadtrand

Später bog er in einen Wald ein.

Ich hatte keine Angst. Es war alles so logisch für mich. Hier bei ihm war ich sicher und geborgen.

Plötzlich standen wir auf einer Lichtung.

Vor uns lag ein kleiner See, in dem sich der dunkle Abendhimmel spiegelte.

Ich konnte den Mond und hunderte von Sternen sehen.

Eine Weile lang sagten wir nichts und lauschten zu den nächtlichen Geräuschen im Wald.

„Das wollte ich dir schenken", flüsterte Kai an meinem Ohr und mir lief vor lauter Wonne ein Schauder den Rücken hinab.

„Den See?", fragte ich leise.

Kai schüttelte den Kopf. „Nicht den See. Ich habe dir tausende von Sternen vom Himmel geholt. Schau, sie sind alle als Diamanten in den See gefallen. Die sind alle für dich."

In meinem ganzen Leben hatte noch niemals jemand so etwas für mich gesagt. Und auch wenn das jetzt nur Worte waren, ging mir das runter wie Öl. Ich war wie verzaubert.

„Ohhhhh", machte ich und Tränen traten in meine Augen.

Langsam nährten sich seine Lippen meinem Gesicht.

„Shhhh!", meinte er heiser. „Nicht weinen, das sollte dich eigentlich glücklich machen."

Langsam küsste er mir die Tränen aus den Augenwinkeln und ließ dann seine Lippen zu meinem Mund wandern.

Wir küssten uns und ich vergaß alles um mich herum.

So etwas hatte ich noch nie erlebt, ich war hingerissen und fühlte mich wie im siebten Himmel.

Später lag ich in Kais Armen und wir genossen die Stille um uns herum. Dann und wann hörten wir die Geräusche der Waldtiere, aber wir beide wollten uns dem Zauber dieses Ortes nicht entziehen.

Irgendwann bewegte sich Kai widerwillig. „Es ist schon nach Mitternacht. Was meinst du, soll ich dich jetzt nach Hause

bringen?"
Ich nickte. „Ja, ich muss morgen wieder arbeiten. Ich wusste gar nicht, dass es schon so spät ist."
„Leider", machte Kai und wendete den BMW.
Die Rückfahrt kam mir kürzer vor. Denn es dauerte nicht lange, da standen wir vor meinem Haus.
„Kommst du noch mit hoch?", fragte ich wieder.
Er schüttelte den Kopf. „Keine gute Idee. Wenn ich mit hochkomme, werden wir diese Nacht nicht schlafen. Und ich denke, du brauchst deinen Schlaf."
Sicher, er hatte recht.
Wir versprachen uns, uns am nächsten Tag anzurufen und uns zu treffen.
Dann küssten wir uns nochmal und ich ging ins Haus.
Kai fuhr erst fort, als ich im Haus war.
Todmüde, aber wahnsinnig glücklich fiel ich ins Bett.

Vier

Gegen Morgen hatte ich einen Traum.

Es war der Schattendieb!

Ich konnte ihn hören, aber er sagte nicht das, was er sonst sagte.

Er lachte leise und es kam aus allen Ecken des dunklen Raumes.

„Für heute wirst du verschont", tönte es. „Aber bald, bald spiele ich wieder mit dir. Genieße die Ruhe vor dem Sturm, meine Göttin!"

Mit einem Ruck war ich wieder hellwach.

Ich hatte gerade den Eindruck gehabt, dieser Schattendieb hätte mich geküsst. Entsetzt rieb ich meine Wange, um diese Vision zu zerstören.

Warum konnte mich dieser Kerl nicht einfach in Ruhe lassen?

Ich will das nicht! Ich will das einfach nicht!

Das sagte ich mir immer wieder.

Und vor Ermüdung schlief ich wieder ein.

Als mein Wecker dann schellte, war ich wie gerädert.

Innerlich war ich wie zerrissen; einerseits entsetzt von meinem Traum, andererseits könnte ich schreien vor lauter Glück.

Ich beschloss, den Schattendieb erst einmal zu verdrängen und nur noch an Kai zu denken.

In der Praxis traf ich auf Sara.

„Sag mal, Diana", begann sie und schaute mich skeptisch von der Seite an, „ich habe gestern den ganzen Abend versucht, dich anzurufen. Warst du nicht da?"

Prompt lief ich rot an. „Ich war aus..."

Sara stutzte. Ich konnte direkt die Rädchen in ihrem Gehirn arbeiten sehen. Ein rascher Blick zur Tür bestätigte ihr, dass der Chef noch nicht da war.

Vertrauensvoll stupste sie mich in die Rippen. „Ach, so ganz alleine?"

„Nein", gab ich zu. „Nicht alleine..."

Sara zog die Stirn kraus. „Mensch, Mädchen, nun lass dir doch nicht alles aus der Nase ziehen. Leg los! Oder soll ich es aus dir rauskitzeln?"

Mit gespieltem Entsetzen wehrte ich ab.

Aber noch bevor ich etwas erklären konnte, ging die Tür auf und Dr. Peters kam rein.

Mein „Guten Morgen" blieb mir fast im Hals stecken.

Wie sah der denn aus?

„Morgen, Herr Doktor", hörte ich Sara. „Geht es Ihnen nicht gut?" Unser Chef versuchte zu lächeln, es kam aber nur eine Art Grimasse raus. „Es geht schon, ich habe wirklich sehr schlecht geschlafen. Sieht man mir das wirklich so an?"

Betreten nickte ich. „Können wir was für Sie tun?"

„Kaffee", meinte er nur. „Haufenweise Kaffee." Dann ging er in seinen Raum.

Sara rannte schon los.

Dr. Peters war eigentlich ein ganz gesunder Mann von sechzig Jahren. Er führte die Praxis mit Souveränität und war zu allen Menschen freundlich. Wir sahen in ihm nicht nur unseren Chef, sondern auch so etwas wie einen väterlichen Freund. Und im Moment tat er mir einfach leid.

Der Praxisalltag holte uns dann aber doch ein.

Ab und zu warfen wir einen besorgten Blick auf unseren Doktor, der aber immer schlechter aussah und auch irgendwie immer langsamer wurde. Gegen Mittag war wohl allen klar, dass der Doc wirklich krank sein musste. Er hatte dunkle Ringe unter den Augen und sein Atem ging pfeifend und rasselnd.

Wir trauten uns aber nicht, ihm vorzuschlagen, dass er besser zuhause bleiben sollte, schließlich war er der Arzt.

„Na dann, guten Appetit!", wünschte er uns lächelnd und zog tapfer die Praxistür auf.

Ich blickte ihn direkt an. Ein wenig musste ich blinzeln, weil die Sonne mich blendete, dann nickte ich ihm zu und meinte: „Ja, danke gleichfalls. Bis später!"

Die Tür ging zu und machte ein lautes Geräusch.

Sara schüttelte den Kopf. „Der sieht wirklich schlimm aus."

Was war denn hier seltsam? Irgendwas irritierte mich! Ich dachte nach, es war hier etwas sehr eigenartig - nur was?

Dann stieß ich einen kleinen Schrei aus.

„Was ist denn los?", rief Sara erstaunt.

Ich hatte herausgefunden, was eigenartig war!

Es war die Sonne!

Die hätte mich nicht blenden dürfen!

Sie hätte mich nicht blenden dürfen, weil der Doktor davorgestanden hatte!

Und dass sie mich hatte blenden können, musste heißen...

Ich sprang auf und rannte aus der Tür.

Wo war der Doktor, der konnte doch in seinem Zustand nicht weit sein!

Ein Blick die Straße runter genügte.

Er lag auf dem Boden, irgendwie verrenkt.

Schnell eilte ich hin.

Sara kam mir nach. Sie sah den Doktor da liegen und wir drehten ihn herum und schauten ihm ins Gesicht. Es war grau.

„Ich rufe einen Rettungswagen", schrie Sara und lief ins Gebäude.

Ich wusste schon, dass das völlig unnötig war. Ein einziger Blick von mir hatte genügt, um festzustellen, dass wir keinen Notarzt mehr brauchten.

Denn unser Doktor Peters hatte keinen Schatten mehr...

Später kam mir das alles wie ein böser Traum vor.

Es ging alles so schnell.

Der Notarzt kam, lud den Doktor in den Krankenwagen und ich hörte, wie die Sanitäter eine Wiederbelebung machten, dann fuhr der Krankenwagen ins Krankenhaus.

Ich stand da und wusste genau, wir würden den Doktor niemals wiedersehen. Wie in Trance gingen wir in die Praxis.

Einen Moment lang sahen wir uns an, dann liefen mir die Tränen übers Gesicht, und Sara fing auch an zu weinen.

„Woher hast du das gewusst?", fragte sie schließlich. „Ich meine, dem Doktor ging es den ganzen Morgen schon nicht gut, aber ausgerechnet auf dem Nachhauseweg...? Was hat dich bewogen, hinter ihm herzugehen?"

Ich atmete tief ein. „Es war sein Schatten."

Sara runzelte die Stirn. „Du hast wieder von diesem Schattenmann geträumt, stimmt's? Und hat er gesagt, dass der Doktor stirbt, oder was?"

„Er hatte mir schon mal erklärt, dass er Schatten aus meiner Umgebung holen wollte", gab ich zu. „Aber", und dabei traten wieder Tränen in meine Augen, „er hat Nicky geholt..."

„Was?" Sie kam auf mich zu und schüttelte mich. „Warum hast

du nichts gesagt? Vielleicht hätten wir was machen können."

Ich lachte laut. Es hörte sich misstönig an. „Machen? Was hätten wir denn da machen sollen? Dieser verdammte Kerl kann tun und lassen, was er will, da habe weder ich noch irgendjemand eine Kontrolle darüber! Und noch dazu kann ich nicht mal sagen, ob es ihn eigentlich gibt oder ob ich jetzt vollkommen plemplem bin. Ich kann gar nichts beweisen. Und was zum Teufel hättest du machen wollen?"

Wir starrten uns an.

Dann ging das Telefon.

Einige Zeit lang waren wir uns nicht einig, wer rangehen sollten, dann aber atmete ich tief durch und nahm ab. Es war Frau Peters, die Ehefrau von unserem Doktor. Und sie wollte wissen, ob er noch in der Praxis sei.

„Entschuldigen Sie", stotterte ich. „Ich wollte Sie gerade anrufen. Es tut mir leid, aber Ihr Mann hatte gerade hier auf der Straße einen... Anfall."

Weiter kam ich nicht. Ich hörte sie aufschreien.

„Bitte, Frau Peters", rief ich angstvoll. „Sie haben ihn gerade ins Krankenhaus gebracht. Ich kann nicht sagen, ob es schlimm ist, aber er hat sofort Hilfe bekommen."

Frau Peters schwieg, ich konnte sie atmen hören.

Sara nahm mir den Hörer aus der Hand. „Frau Peters? Ich bin es, Sara Koch. Bitte, fahren Sie sofort ins Krankenhaus, vielleicht gibt es schon Neuigkeiten."

Einen Moment lang schwieg sie auch, dann fuhr sie fort: „Ich kann Ihnen ein Taxi rufen, wenn Sie wollen. Ja ich beeile mich. Bis später."

Sie legte auf, dann wählte sie die örtliche Taxizentrale an und orderte ein Taxi für die Frau unseres Doktors.

Als sie fertig war, hatte sie wieder Tränen in den Augen.

„Wir machen am besten ein Schild für die Patienten und fahren dann auch ins Krankenhaus", meinte sie dann. „Ich habe es Frau Peters versprochen."

Ich nickte und machte mich an die Arbeit. Sara räumte unterdessen auf und schloss alles ab.

Minuten später saßen wir in meinem Auto und waren auf dem Weg.

Wir schwiegen uns beide aus und ich konnte sehen, dass Sara

sehr nervös war.

Mir ging es zwar ähnlich, aber ich konnte das gut verstecken. Eigentlich wusste ich schon, was passiert war und nichts und niemand konnte mich von meiner Meinung abbringen. In mir war alles irgendwie erstarrt. Es war alles so hoffnungslos. Dieser Schattendieb machte, was er wollte. Und insgeheim hatte ich den Eindruck, es machte ihm sogar noch Spaß.

Vielleicht hatte Sara wirklich recht - vielleicht hätte ich mit ihr über den Schattendieb reden sollen, aber ich hatte es einfach nicht mehr ernst genommen - und außerdem war soviel Neues passiert, und ich wollte einfach nicht mehr an so etwas denken.

Im Foyer trafen wir auf Frau Peters und ihre Schwester, Frau Denhöver, die mitgefahren war. Und wir brauchten auch nicht großartig zu fragen. Bei Ihnen stand ein Arzt, der stammelte: „Es tut mir wirklich leid, es war schon zu spät. Mein aufrichtiges Beileid..."

Sara schwankte und hielt sich an meinem Arm fest.

Es war also wirklich wahr: Doktor Peters war tot.

Und ich war mir sicher, der Schattendieb hatte ihn geholt!

Später, ich weiß nicht mehr wann, fuhr ich Sara nach Hause. Wir sprachen kein Wort miteinander und ich hatte den Eindruck, dass sie mir den Tod von Dr. Peters in die Schuhe schieben wollte, weil ich nichts gesagt hatte.

„Was sollen wir jetzt tun?", fragte sie einigermaßen gelassen, als wir vor ihrer Haustür angekommen waren.

Ich zuckte die Schultern.

„Du solltest unbedingt mit Maria reden", schlug sie dann vor. „Ehrlich gesagt habe ich sogar Angst. Erst holt er Nicky, dann unseren Doktor." Ich hörte, wie sie ihre Tränen herunterschluckte.„Was ist, wenn ich die nächste bin - oder er dich haben will?"

Dann schaute sie mir lange ins Gesicht und stieg aus.

Auf dem Nachhauseweg sprangen die Gedanken wirr in meinem Kopf herum. Ich konnte es gar nicht verhindern, dass der Schattendieb Menschen aus meiner Umgebung holen konnte.

Was hatte er immer gesagt?

Es ist wie ein Spiel...

Aber das war eine Art Spiel, die ich wirklich nicht leiden konnte.

Und ausklinken konnte ich mich auch nicht.

Ich kam mir vor wie in einem Videospiel und alle warteten nur auf das Game over.

Hatte ich nur irgendeine Chance, auch nur irgendetwas zu tun, um das zu beenden?

Die Antwort war klar.

Ich musste doch bloß aus diesem Spiel aussteigen.

Doch hier traten neue Fragen auf.

Wie zum Geier sollte ich denn aussteigen? Ätschibätschi brüllen und: ich spiel nicht mehr mit?

Mein Bauchgefühl sagte mir, dass das nicht der richtige Weg war.

Seufzend griff ich zum Hörer und rief Maria an.

„Ich weiß schon", sagte sie, nachdem ich ihr geschildert hatte, was passiert war. „Sara hat schon angerufen. Ihr seid euch also völlig sicher, dass es der Schattendieb war?"

„Ja", meinte ich angstvoll. „Sara hat doch auch gesehen, dass er keinen Schatten mehr hatte."

„Hat sie das wirklich?" Marias Stimme klang so komisch, so als ob sie mir nicht glaubte. „Mir hat sie erzählt, nur du hast gesehen, dass euer Doktor keinen Schatten mehr hatte. Sie glaubt nur, dass dein Traum wahr geworden ist."

Was sollte das denn? Sara glaubte zu viel und Maria gar nichts?

„Ach, und du glaubst, ich sei bescheuert?", fragte ich pikiert ins Telefon. „Als hätte ich mir diesen Blödsinn nur ausgedacht? - Und wahrscheinlich habe ich auch den Doc umgebracht, damit alles ins Bild passt. Weißt du, Maria, ich glaube, wir beenden das Gespräch. Ich habe gedacht, du könntest mir helfen und nicht, dass du mich gleich beim nächsten Irrenhaus anmelden willst."

Ich wartete gar nicht ab, was Maria dazu zu sagen hatte und knallte das Telefon auf die Couch, nicht ohne den Ausknopf zu drücken.

Jetzt hatte ich also keinen mehr, der mir helfen konnte oder auch nur wollte.

Einen kleinen Moment lang dachte ich wirklich darüber nach, ob ich mich nicht vielleicht doch in die Psychiatrie einweisen lassen sollte.

Aber damit war doch gar nichts geholfen. Noch mehr Menschen, die der Schattendieb holen konnte.

Das Telefon schellte, doch ich nahm nicht ab; meiner Vermutung nach konnte das nur Maria sein und die wollte ich jetzt unter keinen Umständen sprechen.

Als Nächstes lief ich durch die Wohnung, einen Gedanken nach dem nächsten ausspinnend. Keiner davon war wirklich gut.

Aber irgendwas musste ich doch tun!

Dann schellte es an der Tür.

Wer war das denn jetzt?

Nach dem Öffnen hörte ich jemanden die Treppe hochsprinten.

Es war Kai! „Hallo, ich habe dein Auto vor dem Haus gesehen. Hast du schon frei?"

Das war alles, was er sagen konnte, dann fiel ich weinend in seine Arme.

„Diana, Liebling, was ist denn passiert?", hörte ich ihn durch meine Kiekser fragen.

Antworten konnte ich noch nicht. Es war alles ein bisschen zu viel gewesen.

Kai zog mich auf die Couch und ließ mich nicht los. Dann und wann beruhigte er mich mit leisen Worten. Als letztendlich alle Tränen versiegt waren, holte er mir ein Glas Wasser aus der Küche und fragte dann aber sacht: „Was ist denn nur los? Kann ich dir irgendwie helfen?"

Tapfer schluckte ich neue aufsteigende Tränen runter, fing aber an zu erklären: „Mein Chef ist heute gestorben. Und ich konnte es nicht verhindern!"

Kai schwieg betreten. Es war ihm anzusehen, dass er den Doktor gemocht hatte, obwohl er erst einmal bei ihm gewesen war. „Was meinst du damit, du konntest es nicht verhindern?", fragte er dann verwirrt.

Ich holte tief Luft.

Sollte ich ihm von den bösen Träumen erzählen?

Und wenn er dann ebenfalls gefährdet war?

Und wenn er mich dann für durchgeknallt hielt?

„Kannst du dich an Nicky erinnern?", begann ich langsam und als er nickte, fuhr ich fort: „Alle in meiner Umgebung sterben plötzlich und ich glaube, es ist meine Schuld..."

Kai schüttelte energisch den Kopf. „Das kann doch nur ein Zufall sein. Dein Meerschweinchen war vielleicht schon alt oder krank – und der Doktor war auch nicht mehr der jüngste. Das ist doch nicht deine Schuld gewesen. - Wie ist er denn eigentlich gestorben?"

„Er ist auf der Straße umgefallen", gab ich leise zu.

„Ja, und wo warst du?", fragte Kai. „Wie kann so etwas deine Schuld sein, wenn du gar nicht in der Nähe warst?"

Wenn der nur wüsste...

Er nahm mich in den Arm. „Diana, glaub mir, der Tod deines Meerschweinchens und der deines Doktors haben nicht das geringste miteinander zu tun. Es ist nun mal der Lauf der Dinge, dass Menschen sterben und Tiere natürlich auch. Aber daran ist keiner schuld, es sei denn, du hast bewusst einen Mord begangen. Ich kenne dich noch nicht so lange, aber ich weiß ganz genau, dass du zu so etwas gar nicht fähig bist. Du bist eine mitfühlende Frau, die vielleicht gerade ein paar schwere Schicksalsschläge durchmachen muss. Doch du hast nicht den Tod von irgendjemand herbeigeführt - glaub mir, soviel Macht hast du nicht."

Was sollte das denn jetzt bedeuten?

Bevor ich aber noch darüber nachdenken konnte, küsste mich Kai heftig und ich begann, an ganz etwas anderes zu denken.

Und als es später nochmal an der Tür klingelte, mussten wir unsere Klamotten aus allen Ecken des Wohnzimmers zusammensuchen.

Ich drückte auf den Türöffner und versuchte mich dabei schnell anzuziehen.

Kai hatte seine Sachen mit in die Küche genommen und ich konnte ihn dort wurschteln hören.

Dann stand Sara vor mir und blickte mich vorwurfsvoll an.

„Was ist denn los hier?", fauchte sie. „Ich habe versucht, anzurufen, aber es ist nur besetzt. - Und wie siehst du eigentlich aus? Du hast deine Bluse auf links an."

„Bleib ruhig!", forderte ich, während ich feuerrot wurde und versuchte, den Schaden zu beheben. „Du bist doch nicht meine Mutter!"

Sie ging an mir vorbei und ihr Blick blieb an meinem BH hängen, der wie ein Fähnchen über der Lampe lag.

Verdammt, da war der also!

„Du bist nicht meine Mutter", wiederholte ich nochmal und riss den BH an mich.

„Verstehe", meinte Sara langsam und nickte. „Also, wo ist er? Sonst wird das ganze noch peinlich für uns alle

„Küche", sagte ich erschöpft und versuchte, das Wohnzimmer einigermaßen in Ordnung zu bringen.

Dabei fand ich das Telefon. Wir hatten darauf gelegen.

Prompt wurde ich wieder rot.

„Was willst du eigentlich hier?", fragte ich dann Sara, die mich genüsslich beobachtet hatte.

Die ließ sich in den Sessel fallen und seufzte. „Ich habe mir Sorgen gemacht. Maria hat mich angerufen und gesagt, du hast da voll was in den falschen Hals gekriegt. Und seitdem würdest du nicht mehr ans Telefon gehen." Sie machte eine wirkungsvolle Pause. „Ich wusste allerdings nicht, dass du ..."

„Vorsicht!", warnte ich und hob den Zeigefinger.

„...schon jemanden zum Reden gefunden hast", vollendete sie.

Ich war mir sicher, dass sie es eigentlich völlig anders ausdrücken wollte.

Es entstand eine kleine Pause, in der ich einfach dastand, die Knöpfe meiner Bluse zu schließen versuchte und Sara sich umblickte.

Kai kam nicht aus der Küche.

„Hast du einen neuen Freund?", fragte sie dann und grinste mich an.

„Lesbisch bin ich noch nicht geworden", erwiderte ich schnippisch.

Das war einfach eine gottverdammt blöde Situation.

Ob ich Kai einfach aus der Küche holen sollte und ihn vorstellen?

Oder sollte ich Sara bitten zu gehen?

Kai nahm mir die Entscheidung ab, indem er aus der Küche rief: „Ist das okay, wenn ich reinkomme?"

Sara sprang auf und schaute mich fragend an. Ihr schien das sehr recht zu sein.

Ich machte die Küchentür auf und holte Kai ins Wohnzimmer.

Ihm schien das gar nicht peinlich zu sein. Im Gegenteil, er grinste.

„Das ist meine Freundin Sara Koch", stellte ich sie vor. „Sara, du hast Kai Buht ja schon in der Praxis kennengelernt."

Sara reichte ihm die Hand und lächelte ihn wissend an. „Nett,

Sie wiederzusehen. Wie geht es Ihnen?"

„Bestens." Kai fuhr sich jetzt doch verlegen durchs Haar. „Nun ja, ich glaube, Sie haben sich viel zu sagen", brachte er dann hervor und wandte sich zum Gehen.

An der Tür drehte er sich nochmal um, küsste mich auf den Mund und hauchte: „Wir sehen uns später."

Er nickte Sara freundlich zu und das Nächste, was ich hörte, war das Geräusch der Treppen absteigenden Füße von ihm.

Langsam schloss ich die Wohnungstür wieder und widmete mich Sara.

„Tut mir leid, wenn ich da in was hineingeplatzt bin", entschuldigte sie sich mit einem wissenden Grinsen. Dann wurde sie wieder ernst. „Aber ich habe mir wirklich Sorgen gemacht."

„Ja, schon gut", murrte ich und setzte mich auf die Couch, während Sara den Sessel wählte. „Ich war ganz schön fertig, aber Kai hat mich wieder aufgebaut." Ich sah schon, wie Sara anfing zu grinsen. „Nicht so wie du denkst!", setzte ich energisch hinzu.

Sie nickte. „Ich freue mich für dich, dass du wieder jemanden gefunden hast, aber wir müssen über den Schattendieb reden."

Das Thema stand mir bis zur Oberkante Unterlippe.

„Maria hat das gar nicht so gemeint am Telefon", versuchte sie zu erklären. „Du hast voll auf stur geschaltet, dabei wollte sie dir doch bloß helfen."

„Na du bist vielleicht gut", regte ich mich auf. „Sie hat mir quasi gesagt, ich sei komplett plemplem! Auf die Hilfe kann ich gut und gerne verzichten."

Sara schüttelte den Kopf. „Nein, du hast das falsch verstanden. Sie wollte nur sichergehen, dass du dich wirklich nicht irrst. Und das hast du nicht. Ich glaube, dass du wirklich unter dem Einfluss eines... na ja...Dämons stehst, der sein Spiel mit dir treibt, um dich am Ende in den Wahnsinn zu treiben."

Die hatte ja einen Knall!

Dämon?

„Du hast ja zu viel ferngesehen", wehrte ich ab. „Ich suche nach einer normalen Erklärung!"

Ich hatte das jetzt zwar gesagt, wusste aber genau, es gab hier keine normale Erklärung mehr.

Erst hatte ich nur von diesem Schattendieb geträumt, dann war er aber irgendwie in mein Leben getreten, um der Reihe nach Menschen, die mir nahestanden umzubringen – und das auf eine Art und Weise, die ich nicht verstand, oder auch nur verhindern konnte.

Und nach meiner Meinung war Maria da auch keine Hilfe.

Die versuchte mir nur einzureden, dass dieser Schattendieb eine Vorstellung aus meinem Gehirn war und mir und anderen gar nichts tun konnte, solange ich das nicht wollte.

Ich wollte das bestimmt nicht.

Wahrscheinlich hatte der Schattendieb Maria noch nicht kennengelernt, sonst hätte er ihr bestimmt erklärt, was er von ihrer Theorie hielt.

Schnell verwarf ich diesen Gedanken. Ich wollte doch nicht, dass Maria irgendwas passierte!

„Und wie weit bist du mit deiner normalen Erklärung?", meldete sich Sara wieder zu Wort.

Verzweifelt zuckte ich mit den Schultern. „Es gibt keine."

„Na, dann solltest du mal anfangen, in meinen Dimensionen zu denken." Sara zwang mich, sie anzusehen.

„Hallo?!" Übertrieben ruderte ich mit den Armen. „Wir reden hier über Dämonen. Ich weiß ja, dass es im Moment Mode ist, sich im Fernsehen so was anzusehen, aber das heißt doch noch lange nicht, dass es das wirklich gibt."

Sara überlegte einen Moment lang. „Wenn du dich besser fühlst zu glauben, dass Dämonen nicht existieren, dann bitte. Aber wer sagt denn, dass du nicht alles gegen sie unternehmen kannst, was möglich ist. Vielleicht wirkt es, vielleicht nicht. Zumindest ist es besser, als gar nichts zu tun."

Möglicherweise hatte sie recht.

„Und was soll ich tun?", fragte ich mutlos.

Meine Freundin erhob sich. „Du solltest nochmal mit Maria reden – und sei es auch nur, um das Missverständnis aus dem Weg zu räumen. Maria hat bestimmt eine gute Idee."

Ja, bestimmt. Alle ihre fantastischen Ideen hatten ja auch so wunderbar funktioniert!

Das sagte ich natürlich nicht laut.

Gut, ich würde Maria anrufen, versprach ich Sara. Aber ich versprach mir nicht viel davon.

Zum Glück verschwand Sara dann auch gleich darauf.
Wir hatten uns darauf geeinigt, einen Kranz für den Doktor zu bestellen. Voraussichtlich war die Beerdigung in drei Tagen.
Wie sollte das bloß alles weitergehen?
Erschöpft ließ ich mich aufs Sofa sinken und schloss die Augen.
Ich hatte nicht mal mehr Angst einzuschlafen.

Fünf

Später erinnerte ich mich nur noch, plötzlich mitten in einem Traum zu sein.

Ich saß auf einem großen, bunten Kissen auf dem Boden.

Um mich herum waren Ketten gewunden, eiserne Ketten, die zwar sehr schwer waren, mich aber auch nicht sonderlich behinderten.

Es war düster, doch in der Ecke stand eine Art Leuchte, die mir zusehens orientalisch aussah.

Jetzt konnte ich auch die Vorhänge sehen, die überall im Raum umher wehten.

Und ich bemerkte auch, dass ich irgendwie orientalische Kleidung anhatte: so etwas wie ein Haremsgewand – teuflisch durchsichtig und erotisch!

Ich wand mich in den Fesseln und versuchte, sie abzustreifen, als ich Musik hörte.

Es war eine traurige, arabisch angehauchte Melodie, die durch den Raum streifte – mal lauter, mal wie ein Flüstern.

Erstaunt hielt ich inne.

Woher kam das?

Plötzlich war er da!

Oder er war schon immer dagewesen.

Ich konnte ihn nur anstarren, war wie gelähmt vor Angst.

Er bewegte sich weich und fließend und schien nur aus Schatten zu bestehen.

„Sie sind der Schattendieb...", hauchte ich.

Er lachte. Seine Stimme schien von überall her zu kommen. Sie hatte einen Nachhall. „Sei gegrüßt, Göttin!"

„Warum machen Sie das?", wisperte ich – und ich wusste nicht, woher ich den Mut nahm.

Der Schatten glitt über meinen Kopf. Es fühlte sich an wie ein Streicheln.

Entsetzt machte ich eine ausweichende Geste.

Wieder lachte er. „Ich bin hier, um dir einen Gefallen zu tun."

„Das meine ich nicht", bemühte ich mich zu sagen. „Warum nennen Sie mich immer Göttin?"

Ich wollte das wirklich wissen.

Die Schatten wurden länger und er bewegte sich durch den Raum. „Weißt du das immer noch nicht? Weißt du denn nicht, welche Kräfte in dir schlummern? Willst du dich nicht an unser letztes Treffen erinnern. - Ahhhh, ich habe so gern mit dir gespielt."

„Was heißt das alles?", wagte ich zu fragen und vor Erstaunen wurde meine Angst weniger. „Meinen Sie wirklich, wir haben uns schon mal getroffen? Aber ich müsste mich doch daran erinnern."

Im Moment konnte ich ihn nicht sehen. Dann bemerkte ich, dass er hinter mir stand.

Ich konnte seine Hände auf meinen Schultern spüren. Es fühlte sich nicht unangenehm an – fast so wie ein Seidenschal. Irgendwie lullte es mich ein. Sacht glitt ich nach hinten und lag in seinen Armen – aber hier gehörte ich hin.

„In diesem Leben gefällst du mir noch besser, Göttin" , hörte ich an meinem Ohr und seine Stimme streichelte mich.

Ich öffnete meine Augen, doch es war dunkler geworden in dem Raum. Noch immer lag ich in seinen Armen.

„Warum bin ich gefesselt?", fragte ich leise.

Er ließ mich los und lachte. Diesmal so, als hätte ich einen Scherz gemacht.

Der Zauber war verflogen und ich bekam mit einem Mal wieder Angst.

„Lassen Sie mich gehen! Ich will das nicht!", schrie ich.

Es wurde wieder heller. Doch sehen konnte ich ihn nicht.

Seine Stimme war wieder im ganzen Raum verteilt. „Diesmal will ich dir einen Gefallen tun, so dass du merkst, wie viel du mir wert bist, wie sehr ich dich verehre. Über den nächsten Schatten werde nicht nur ich mich freuen..."

Das letzte Wort wiederholte sich immer wieder, immer lauter - es schien sich regelrecht in mein Gehirn brennen zu wollen.

Und ich wachte auf, nur um zu hören, dass es wie wild an der Tür läutete.

Benommen erhob ich mich und schickte mich an, die Tür zu öffnen.

Ein paar Minuten später stand auch schon Kai vor mir und sah mich erstaunt an.

„Ich weiß ja, dass du auf mich gewartet hast", meinte er und lachte leise, „aber ich wusste nicht, dass du mich so vermisst hast. - Du siehst wirklich atemberaubend aus. - Wir bleiben also hier?"

Was meinte er denn bloß?

Einen Gedankensprung später wusste ich es.

Ich trug das gleiche Haremsgewand wie aus meinem Traum.

Kai musste mich wirklich für verrückt halten.

Wenn nicht bisher, dann jedenfalls jetzt.

Ich sah aus wie ein Gespenst, so blass wurde ich. Und meine Augen wurden groß wie Untertassen.

Er schien es irgendwie zu merken.

„Entschuldige – hab ich was Falsches gesagt?", forschte er betreten. „Ich mag dein Gewand – ehrlich. Ich finde, du siehst sehr sexy darin aus."

Für einen Herzschlag lang sagte ich nichts, dann drehte ich mich um Richtung Schlafzimmer. „Es ist so eine Art Nachthemd", log ich ungeschickt. „Ich hatte gerade geschlafen – bitte lass mich etwas Anderes anziehen."

Damit verschwand ich im Schlafzimmer und hatte nicht übel Lust, mich im Kleiderschrank zu verstecken.

Jetzt endlich konnte ich mich mal im Spiegel betrachten und wurde im Nachhinein nochmal rot.

So hatte ich mich Kai präsentiert?

Und – das war nicht mal das Schlimmste!

Dieser verdammte Schattendieb hatte mich ebenfalls so gesehen!

Nein, eigentlich hatte der mich so angezogen!

Eine nie gekannte Wut überkam mich!

Verdammt, ich stand doch auf Kai!

Wenn dieser blöde Dämon das wusste, wieso kam der dann dazu, mich so anzukleiden?

Mit einem Ruck schmiss ich den Fummel in die hinterste Ecke und atmete auf. So, jetzt musste ich nur noch was finden, was unverfänglich aussah – sonst hielt mich Kai noch für eine Professionelle.

Ein paar Minuten später kam ich im T-Shirt und Jeans wieder ins Wohnzimmer und hatte mich erholt.

Ich würde später über diese Sache nachdenken – augenblicklich war etwas Anderes viel wichtiger!

Kai schien mir diese blöde Situation nicht übelgenommen zu haben.

Wir küssten uns und landeten wieder auf der Couch.

Mittendrin fragte ich mich inständig, warum ich mich eigentlich umgekleidet hatte.

Wann immer Kai und ich aufeinander trafen, schien die Kleidung eher hinderlich zu sein. Darin stimmten wir überein.

Am nächsten Morgen – Kai war schon in der Nacht gefahren – wachte ich selig auf meiner Couch auf.

Doch im Moment des Aufwachens verflog meine gute Laune auch schon wieder. Kai hatte mich so abgelenkt, dass ich keine Zeit gehabt hatte, über den letzten Traum mit dem Schattendieb nachzudenken.

Und – war das überhaupt ein Traum gewesen?

Es kam mir so vor, als sei es in Wirklichkeit passiert. Dazu kam auch noch das orientalische Haremskostüm. Eilens erhob ich mich, um nochmal einen Blick darauf zu werfen. Es lag reichlich zerknüllt in der Ecke meines Kleiderschranks. Nachdenklich fuhr ich mit meiner Hand durch den feinen durchsichtigen Stoff.

Was hatte der Schattendieb gesagt?

Wir waren uns in einem anderen Leben schon mal begegnet?

Langsam wurde mir mulmig.

Gut, das ganze Theater vorher hätte man damit abtun können, ich sei völlig verrückt geworden, aber hier und jetzt hielt ich den Beweis in den Händen, dass ich mir das nicht eingebildet hatte.

Schließlich konnte meine Einbildung ja nicht schneidern.

Mir fiel auf, dass der Traum sich verändert hatte. Anfangs ging es darum, mir Angst zu machen: der Schattendieb wollte mich holen.

Jetzt schien es so, als wollte er mehr und mehr mit mir spielen – was auch immer der sich darunter vorstellte. Ich mochte dieses Spiel nicht. Vorher schon nicht und nun noch viel weniger.

Und was sollte dieser »Meine-Göttin-Quatsch«? Dass ich den Namen einer Göttin trug, machte mich doch noch nicht zu einer.

Mein Blick fiel nochmal auf das Gewand und mir wurde immer übler.

Heute sollte ich doch diese Maria anrufen.

Nach einer erfrischenden Dusche machte ich das dann auch.

„Ja, hallo", meldete sie sich.

„Auch hallo", hörte ich mich sagen. „Ich bin es, Diana. Sara hat mir gesagt, ich solle dich anrufen."

Das klang unverfänglich. Auch meine Stimme klang gelassen, obwohl ich mich gar nicht so fühlte.

„Diana!" Maria schien erleichtert zu sein. „Es tut mir so schrecklich leid, was gestern passiert ist. Bitte verzeih mir, ich habe es nicht so gemeint, wie es wohl angekommen ist."

„Schon gut, ich war auch ein wenig neben mir."

Sie hatte schon recht. Ich hatte überreagiert. Und außerdem mochte ich sie doch auch.

„Gibt es Neuigkeiten?", fragte sie, nachdem wir das Thema geklärt hatten.

„Ja" Wie sollte ich das jetzt erklären? „Ich habe gestern wieder geträumt – aber diesmal etwas anderes. Und ich würde dir gern etwas zeigen."

Wir verabredeten uns zum Frühstück. Das war ganz gut so, denn ich hatte nicht mal zu Abend gegessen und mein Bauch knurrte. So besorgte ich eine Auswahl von Brötchen und fand mich eine halbe Stunde später vor Marias Haus ein.

Sie umarmte mich und entschuldigte sich nochmals.

Während wir also beim Frühstück saßen, erzählte ich ihr von meinem neusten Traum und schloss mit den Worten: „Und als ich aufwachte und an die Tür ging, um meinem Freund zu öffnen, hatte ich das da an." Damit nahm ich das mitgenommene Haremsgewand aus meinem Korb und reichte es ihr.

Maria machte große Augen. „Ist das deines?", fragte sie.

Ich schüttelte den Kopf. „Ich hatte es das erste Mal im Traum an – und ich habe auch meine schwarze Jeans und meine helle Bluse nicht wiedergefunden, die ich anhatte, als ich einschlief."

„Das ist seltsam", meinte sie kopfschüttelnd. „Was, glaubst du, bezweckt er damit?"

Ich zuckte mit den Schultern. Etwas brannte mir auf der Seele.

„Ich weiß, dass du glaubst, wenn ich nur genügend Gegenwehr anbringe, kann mir der Schattendieb nichts tun", hob ich an, „aber das stimmt nicht. Mir kam das Ganze so seltsam vor, als ob ich unter Drogen stünde. Glaub mir, ich habe einen Freund und ich liebe ihn. Das, was der Schattendieb mit mir gemacht hat, das war nicht ich. Ich hasse diesen Typen! Niemals hätte ich mich freiwillig in seine Arme gelegt. Und doch kam mir das im

Traum so vor, als sei es völlig richtig, so als gehörte ich dahin."
Mir stiegen die Tränen in die Augen. „Ich bin so verwirrt. Und
hilflos. Was will dieser Typ nur von mir?"
Maria legte den Arm tröstend um mich. „Ich gebe dir nachher
einen Schutzzauber mit. Das wird schon wieder. Aber du hast
recht, der Traum hat sich verändert. Im Moment sieht es so aus,
als wolle er dir einen Gefallen tun, damit du ihn positiv
wahrnimmst."
„Aber ich will gar keinen Gefallen von ihm", wehrte ich ab und
sprang auf. „Was ist, wenn noch mehr meiner Freunde sterben!
Ich will das auf gar keinen Fall!"
„Warte doch einfach ab", riet sie mir. „Du hast keinen Einfluss
darauf. Was kannst du sonst schon tun?"
Natürlich hatte sie recht, aber es war so ein saublödes Gefühl.
Und war ich nicht hier, damit sie mir half?
„Kannst du nicht irgendwas tun?", fragte ich.
Maria seufzte. „Die Situation ist ernst", gab sie zu. „Ich habe am
Anfang wirklich gedacht, du würdest etwas in diesen Traum
hineininterpretieren, aber es ist zu viel passiert, als dass ich das
noch denken könnte. Ein totes Meerschweinchen und ein toter
Doktor. Und dazu noch ein erotisches arabisches Etwas.
Irgendwas passiert hier mit dir und ich weiß nicht was. Ehrlich
gesagt: ich kann nichts anderes tun als zu recherchieren, ob es
irgendwo mal so einen Fall gegeben hat. Bis dahin gebe ich dir
diesen Schutzzauber mit. Am besten, du trägst ihn immer bei dir.
Mehr weiß ich im Moment auch nicht. Aber ich bleibe an der
Sache."
Sie reichte mir einen kleinen roten Beutel, nicht größer als eine
Kinderfaust, wollte mir aber nicht sagen, was in ihm war. Ich
sollte ihn nur nicht öffnen. Für mich hörte sich das nicht besser
an als dieser Spruch, den sie mir vorher gegeben hatte, was im
Klartext hieß: das Ding funktionierte auch nicht. Doch ich wollte
nicht arrogant klingen, also behielt ich das für mich.
Es stand also fest: ich musste selbst damit fertig werden – es
gab keinen, der mir helfen konnte.
Mit gemischten Gefühlen machte ich mich auf den
Nachhauseweg.
Vorher sollte ich doch noch etwas einkaufen gehen, sagte ich
mir.

Mein Kühlschrank zuhause war annähernd leer und ich hatte schon wieder ein Date mit Kai. Da wäre es doch besser, etwas im Hause zu haben, sonst hielt der mich hinterher noch für knickerig.

Im Supermarkt war es sehr voll. Anscheinend wollten alle Leute die Schnäppchen ergattern. Ich selbst konnte mir auch ein paar sichern, aber als ich in der Schlange an der Kasse stand, fiel mir ein, dass ich noch etwas vergessen hatte. Also wendete ich meinen Einkaufswagen zugegeben weniger geschickt und prallte gegen den eines anderen Kunden. Meine Entschuldigung blieb mir im Halse stecken!

Daniel!

Ja, richtig, das war Daniel, mein schwuler Ex-Verlobter – und mit ihm sein bester „Freund" Vinzenz.

Seitdem ich Daniel aus der Wohnung geworfen hatte, waren wir uns nicht mehr begegnet, obwohl wir in der gleichen Stadt wohnten. Wir waren uns immer irgendwie aus dem Weg gegangen.

Und ausgerechnet jetzt musste ich mit dem zusammenprallen?

Er sah nicht mehr so aus wie früher.

Daniel hatte immer viel Wert auf sein Äußeres gegeben – das musste er auch, schließlich arbeitete er in einer Bank – doch heute sah er eher ungepflegt aus. Seine Haare waren zu lang und wirr und er trug eine labberige Jeanshose und einen schmutzigen Sweater. Ein Blick in sein Gesicht sagte mir, dass er krank sein musste, denn es war grau.

„Hallo, Diana!", sagte er und auch seine Stimme klang müde.

„Hallo" Ich wollte mich wegdrehen.

„Warte!", hörte ich ihn und Vinzenz hielt mich am Arm fest.

Was fiel dem denn ein? So eine Unverschämtheit!

Ich wollte mich losmachen, da stand Daniel schon neben mir.

„Diana, bitte hör mir nur einen Moment lang zu", sagte er bittend und löste langsam Vinzenz' Arm von meinem. „Ich möchte dir nur sagen, dass es mir leid tut..."

„In Ordnung, zur Kenntnis genommen", sagte ich hart und wandte mich ab. Ich wollte nichts mehr mit den beiden zu tun haben. Jetzt nicht und nie wieder. „Ich habe Waschmittel vergessen", redete ich mich raus. Dann stob ich ab in den nächsten Gang.

Hier konnte ich endlich wieder Luft holen.

Ich hatte gedacht, es würde weh tun, Daniel wiederzusehen, aber mit Erstaunen bemerkte ich, dass ich eigentlich nur Bedauern für ihn empfinden konnte. Das gebrochene Herz in meiner Brust war geheilt!

Und das hatte ich Kai zu verdanken. Er hatte mir gezeigt, dass ich doch ein liebenswerter Mensch war.

Tief einatmend machte ich mich daran, das vergessene Waschmittel zu besorgen, als mir plötzlich Vinzenz den Gang versperrte. Wir hatten früher viel zusammen unternommen und ich hatte niemals bemerkt, dass Daniels Herz für Vinzenz schlug, statt für mich.

Wie lange hatte die beiden mich eigentlich betrogen?

„Diana", meinte er und hielt meinen Einkaufswagen fest. „Ich weiß, dass ich an dich keine Forderungen stellen dürfte, aber ich bitte dich, ihm zu verzeihen. Sei einfach weiterhin böse auf mich, hasse mich – ganz wie du willst, aber verzeih ihm." Er machte eine Pause und ließ meinen Einkaufswagen los.

Ich hätte jetzt abhauen können, tat es aber nicht.

„Für Daniel ist wirklich alles danebengelaufen", fuhr Vinzenz fort, „Er hat seinen Job verloren und seine Familie hat sich von ihm abgewandt. Er hat große Schuldgefühle dir gegenüber und wünscht sich nichts sehnlicher, als dass du ihm vergibst. Wir haben beide ein falsches Spiel mit dir getrieben, aber das war eher meine Schuld als Daniels. Wenn es dir irgendwie möglich ist..."

Langsam tat ich den Waschmittelkarton in den Einkaufswagen.

„Es ist gut", meinte ich dann sanft. „Ich bin euch nicht länger böse. Aber ich möchte nichts mehr mit euch zu tun haben. Versteh das bitte, Vinzenz." Damit wendete ich wieder den Wagen, nickte ihm nochmal zu und ging meines Weges.

Das Gefühl in mir war beruhigend.

Ich hatte den beiden wirklich verziehen.

Es war so, als hätte ich mit einem Teil meines Lebens abgeschlossen, den ich zwar bedauerte – aber das Leben ging weiter. Vielleicht hatte mich dieser Abschnitt meines Lebens ja auch stärker gemacht.

Früher hatte ich immer Angst gehabt, irgendwo Daniel wiederzutreffen, doch nun machte es mir nichts mehr aus. Ich konnte sogar zur Kasse gehen, ohne kleine Seitenblicke zu werfen, ob er mich sehen könnte.

Und irgendwie war ich sogar ein Stück gewachsen.

Zuhause holten mich meine Sorgen allerdings wieder ein. Zuerst traf ich Herrn Pingel im Flur, der mich anzüglich anmachte, er könne mir gern tragen helfen und auch sonst noch was, wenn ich wüsste, was er meinte.

Das wurde ja immer besser! So frech war der ja noch nie gewesen!

Ich stellte mich dumm, gab an, schon groß zu sein und machte, dass ich wegkam. Oben angekommen, schellte das Telefon. Es war Frau Denhöver, die Schwester von Frau Peters, die Witwe meines verstorbenen Chefs. Sie wollte mir mitteilen, dass die Beerdigung von Dr. Peters verschoben würde. Wann, wüsste sie noch nicht – und ob ich Sara Bescheid sagen könne.

„Was ist denn passiert?", wollte ich wissen.

„Ach, eine ganz dumme Sache", meinte Frau Denhöver. „Offensichtlich ist die Leiche meines Schwagers verschwunden. Das Krankenhaus weiß nicht, wo sie sein könnte. Und ohne Leiche können wir keine Beerdigung organisieren."

„Das tut mir leid", brachte ich hervor. „Wie kann denn nur so etwas vorkommen? Passen die im Krankenhaus denn nicht auf?"

Frau Denhöver seufzte. „Wir haben uns das auch schon gefragt. Heiner sollte obduziert werden und auf dem Weg dahin ist er verschwunden. Das ist für meine Schwester besonders schrecklich, denn im Moment munkelt man, er sei noch gar nicht tot gewesen."

Ich bedauerte nochmals. „Wenn ich irgendwas für Sie tun kann...?", bot ich dann an.

„Nein, danke", meinte sie leise. „Wir melden uns bei Ihnen, wenn es Neuigkeiten gibt."

Wir beendeten das Gespräch und ich ließ mich in den Sessel plumpsen.

Was war das denn jetzt für eine Geschichte?

Ich wusste genau, das Dr. Peters tot gewesen war. Schließlich hatte er keinen Schatten mehr gehabt.

Und außerdem hatte dieser Arzt im Krankenhaus Frau Peters das Beileid ausgedrückt. Das machte der doch schließlich nicht ohne eingehende Untersuchung.

Die armen Hinterbliebenen vom Doktor!

Das war schon schlimm genug, dass er unvorhergesehen aus ihrer Mitte gerissen worden war, jetzt standen sie auch noch in der Schwebe, wo die Leiche war. Und ich konnte Frau Peters verstehen.

Die Hoffnung stirbt immer zuletzt. Wahrscheinlich dachte sie noch, es wäre alles ein fürchterlicher Irrtum.

Aufseufzend machte ich mich daran, Sara anzurufen. Aber sie war nicht da. Ich erklärte Filippo die Sache und er versprach mir, Sara alles auszurichten.

Filippo war richtig nett gewesen am Telefon. Eigentlich konnte ich es nicht so mit ihm. Ich fand, er nutzte Sara nur aus – zum Putzen und Kochen und so – denn ich konnte mich daran erinnern, dass er früher schon mal eine Frau nebenher hatte. Das wusste ich deshalb so genau, weil ich ihn einmal auf frischer Tat ertappt hatte.

Damals war ich noch mit Daniel zusammen gewesen. Wir hatten mit Vinzenz einen irischen Pub besucht, wo wir Filippo bewundern konnten, als er in der hintersten Ecke gerade einer sexy aussehenden Tussi seine Zunge in den Hals schob. Er bemerkte uns nicht einmal.

Ich bin damals aufgestanden, zu ihm hingegangen und habe ihn aufgefordert, Sara alles zu erzählen, denn sonst würde ich es tun. Filippo tat ziemlich großspurig, Sara würde mir eh nichts glauben, bis er Daniel und Vinzenz am Tisch sitzen sah. Da sah er wohl ein, dass er nicht mehr so rauskam. Er erklärte der Tussi was auf Italienisch, worauf die ihm eine Ohrfeige gab und wütend davon stürmte. Als er sich erhob, flüsterte er mir noch zu, dass er mich irgendwann nochmal erwischen würde. Doch da stand schon Vinzenz neben mir und funkelte ihn böse an.

Später erzählte mir Sara, er hätte ihr die Affäre gebeichtet und sie hätte ihm verziehen. Ich konnte das nicht verstehen. Aber Sara war schon immer eine gute Seele gewesen. Ob er danach noch was nebenher laufen gehabt hatte, wusste ich nicht. Und er hatte sich niemals bei mir entschuldigt. Wir gingen uns nur gekonnt aus dem Weg. Wenn ich mit Sara und Filippo mal ausgehen musste, weil sie mich mal wieder aufmuntern wollte, war er nur höflich zu mir. Trauen konnte ich ihm allerdings nicht.

Scheinbar war er Sara jetzt treu – vielleicht auch durch diesen komischen Zauber, den sie mit Maria gemacht hatte.

Ich räumte meine Einkäufe weg und überlegte, was ich wohl am besten kochen könnte, wenn Kai kam. Das erledigte sich allerdings von selbst. Als er um 17.00 Uhr eintraf, machte er den Vorschlag, doch ins Kino zu gehen und uns auf dem Weg dahin eine Portion Pommes zu kaufen. Wir hatten eine Menge Spaß im Kino. Es lief ein lustiger Film über einen Helden, der immer wieder in irrsinnig komische Probleme verwickelt wurde und wir lachten viel. Später lud mich Kai in seine Wohnung ein und wir verbrachten die Nacht dort.

Am nächsten Morgen musste er zwar schon früh ins Büro, machte mir aber vorher Frühstück und meinte, ich könne so lange bleiben, wie ich wollte. Es war richtig himmlisch, so umsorgt zu werden – ein Gefühl, das ich schon lange nicht mehr hatte. Ich frühstückte im Bett, dann ging ich erst einmal duschen. Danach konnte ich mich in seiner Wohnung umsehen.

Kai war phantastisch eingerichtet. Er hatte zwar alles dunkle Möbel, aber das gab dem Ganzen einen coolen Touch – es passte einfach zu ihm. Obwohl die Wohnung recht klein war, kam ich mir vor, wie in einem Konzertsaal zu stehen. Kai verstand eine Menge vom Dekorieren, musste ich neidlos zugeben.

Eine Weile legte ich mich noch ins Bett, dann aber zog ich mich an und machte mich auf den Nachhauseweg. Weit war es nicht, ich musste vielleicht eine halbe Stunde gehen, und weil es so schönes Wetter war, genoss ich den Spaziergang.

Zuhause angekommen, warf ich einen Blick in die Zeitung, um die Stellenangebote durchzuschauen. Ich wusste ja nicht, wie es mit der Praxis weiterging. Insgeheim dachte ich, dass vielleicht ein anderer Arzt die Praxis übernähme – und Sara und mich vielleicht mit? Aber es war besser, schon mal das Angebot zu studieren. Doch Angebote gab es nicht. Also hieß die Devise: abwarten und Tee trinken.

Das Telefon klingelte schon wieder mal. Hoffentlich war es diesmal eine bessere Nachricht. Es könnte ja sein, dass man unseren Doktor gefunden hatte?

Es war aber nicht Frau Denhöver oder Frau Peters – es war Vinzenz.

„Entschuldige, dass ich anrufe", sagte er und es hörte sich belegt an. Irgendwas Schlimmes musste passiert sein, das konnte ich deutlich spüren. „Ich wollte dir nur mitteilen, dass Daniel letzte Nacht verstorben ist."

Verstorben ist, verstorben ist, verstorben ist...

Wieso hatte das einen Nachhall?

Vor lauter Entsetzen konnte ich kein Wort hervorbringen.

„Diana, bist du noch dran?", meldete sich Vinzenz wieder und er unterdrückte ein Schluchzen.

„Ja", würgte ich hervor. "Was ist denn nur passiert?"

Eine Weile lang sagte er gar nichts. Anscheinend musste er sich erst sammeln. „Ich weiß es nicht", meinte er dann. „In letzter Zeit schlief er schlecht, aber er ist nicht zum Arzt gegangen. Ich weiß auch nicht, wie das ist mit der Beerdigung. Von seinen Verwandten kommt wahrscheinlich keiner. Bitte hilf mir und komm du wenigstens. Ich weiß einfach nicht mehr weiter." Jetzt weinte er wirklich.

Richtig, Daniel und Vinzenz hatten mich betrogen, aber so wie die Sache jetzt lag, konnte ich mich nicht einfach zurückziehen und Vinzenz allein stehen lassen. Eine Art Stärke überflutete mich. „Wo wohnst du, ich komme sofort vorbei. Wir sehen dann weiter."

Er sagte es mir.

Das war nicht weit. Vielleicht fünf Minuten mit dem Auto. Fahrig zog ich mich um, packte meine Handtasche und hechtete zu meinem Auto. Die Fahrt kam mir endlos vor. Das lag auch daran, dass die Schranken am Bahnhof unten waren und nicht wieder hochkommen wollten.

Endlich war ich da und sprintete die Treppen hoch. Es war ein Mehrfamilienhaus, jedoch weitaus heruntergekommener als das, in dem ich wohnte. Hier war auch das Viertel unserer Stadt, wo viele Sozialfälle wohnten. Warum hatten die beiden denn gerade hier gewohnt? Ach ja, erinnerte ich mich, Daniel hatte ja seine Stelle bei der Bank verloren.

Vinzenz öffnete die Tür. Er war leichenblass. Dann nahm er mich in den Arm und klammerte sich an mich wie ein Ertrinkender. Er weinte und weinte.

Später, viel später berichtete er stockend, dass er schon einen Bestatter angerufen hatte, der auch in Kürze vorbeikommen wollte.

Wir saßen in der kleinen Küche und Vinzenz bot mir etwas zu trinken an.

„Ich habe seine Eltern angerufen, aber sie haben sofort aufgelegt", wusste er zu erzählen.

„Das kann ich übernehmen", nickte ich. „Mir hören sie vielleicht zu."

Wortlos gab er mir das Telefon, ich wählte die Nummer. Es tutete.

„Willoschek", meldete sich Daniels Vater. Er war Rentner, hatte vorher bei der Stadt gearbeitet und war Mr. Ordnung-und-Sauberkeit persönlich. Daniel hatte immer versucht, es ihm und seiner Frau recht zu machen. Wirklich gemocht hatten sie mich auch nicht. Schließlich kamen wir beide aus demselben Dorf, wo jeder die Sache mit Doris, meiner angeblich besten Freundin, kannte. Ich hatte das Makel der "Hexe" an mir und war damit nicht passend für den einzigen Sohn. Doch Daniel hatte auf eine Hochzeit mit mir bestanden.

„Hier ist Diana Schulte", sagte ich ins Telefon. „Herr Willoschek, ich muss Ihnen etwas Schlimmes mitteilen. Daniel ist tot."

Zack, nun war es heraus!

„Was?", schrie Herr Willoschek. „Diana Schulte? Was willst du eigentlich? Du hast meinen Sohn verlassen! Wegen dir ist er... so geworden! Du Hexe!"

Na wunderbar! Wie schön der doch die Tatsachen verdrehen konnte! Wenn die Situation nicht so bitterernst gewesen wäre, hätte ich fast gelacht!

„Hören Sie doch zu", rief ich aufgebracht. "Daniel ist tot! Er ist gestorben! Vinzenz Färber hat schon versucht, Sie zu erreichen, aber Sie haben einfach aufgelegt."

„Und genau das mache ich jetzt wieder", brüllte Daniels Vater. „Ich lasse mich doch nicht von einem Flittchen wie dir und diesem 175er verarschen!"

Damit klackte es und das Gespräch war unterbrochen.

„Wir haben es versucht", ließ sich Vinzenz vernehmen. „Sie wollen einfach nicht."

In dem Moment klingelte es an der Tür.

Ich öffnete. Vinzenz war im Augenblick nicht dazu in der Lage.

Die Treppe herauf kamen zwei Männer, beide im Schwarz

gekleidet, einen grünen Kittel über dem Arm.

„Guten Tag, Bestattungsunternehmen Schober!", stellte sich der erste, etwas ältere Mann vor. „Mein Beileid, Sie sind...?"

Ich reichte ihm die Hand. „Diana Schulte, eine Bekannte des Verstorbenen." Mit einer Bewegung wies ich auf Vinzenz. „Das ist Herr Färber, der Lebensgefährte."

Wenn der Herr vom Bestattungsunternehmen verblüfft war, so zeigte er es nicht. Er benahm sich ganz natürlich. Auch der zweite Mann – er stellte sich mit Namen Schober vor – war sehr freundlich und professionell. Die beiden machten auch nicht viel Federlesen.

Wo er denn wäre, wollten sie wissen.

Vinzenz wies auf den Raum neben dem Wohnzimmer. Schweigend gingen die beiden Männer hinein. Wir folgten.

Dann geschah etwas wirklich Seltsames.

„Hmm", machte der ältere Mann und drehte sich zu uns um, die wir gerade die Tür passierten. „Wo, sagten Sie, befindet sich der Verstorbene?"

Jetzt erst konnten wir einen Blick in das Schlafzimmer werfen. Es war spärlich eingerichtet: ein Doppelbett, zwei Kommoden und ein Schrank.

Ansonsten war der Raum leer.

Ich schaute Vinzenz an, der noch blasser wurde, sofern das noch möglich war. Dann kippte er um.

Daniel Willoschek oder seine Leiche befand sich nicht in dem Raum!

Sechs

Erst viel später, als die Polizei schon da war, konnte ich wieder etwas klarer denken. Ich war so oft gefragt worden, wo die Leiche war, dass ich es schon nicht mehr hören konnte.

Der Herr Friesacher, der ältere Mann vom Bestattungsinstitut, hatte den Totenschein gefunden und daraufhin die Polizei gerufen.

Es stellte sich nämlich heraus, dass der hinzugerufene Arzt die Todesursache nicht hatte feststellen können und auf unnatürlichen Tod befunden hatte. Er hatte auch die Polizei benachrichtigt, aber wegen einer Bombendrohung waren so schnell keine Beamten frei.

Vinzenz, der mittlerweile wieder aufgewacht war, beteuerte, dass keiner von uns im Schlafzimmer gewesen wäre und dass ebenfalls keiner von uns wüsste, wo die Leiche wäre.

„Das Stehlen einer Leiche ist kein Kavaliersdelikt", wies mich ein Polizist an. „Warum sagen Sie uns nicht einfach, was passiert ist?"

„Aber das habe ich doch", stöhnte ich. „Vinzenz rief mich an, ich bin sofort hergekommen, dann habe ich die Eltern von Daniel angerufen, dann sind die Herren von Schober gekommen. Das war alles. Ich habe die Küche nicht verlassen, genau so wie Vinzenz."

„So kommen wir nicht weiter!", maulte der Polizist. „Wir nehmen Ihre Personalien auf, morgen melden Sie sich auf der Dienststelle!"

Gut, schön, wenn er es so wollte.

Mittlerweile war ich fertig wie ein Brötchen. Es war schon nach 16.00 Uhr und ich hatte nichts gegessen außer einem Toast zum Frühstück. Mit Bedauern verabschiedete ich mich und fuhr zurück in meine Wohnung. Als ich dort angekommen war, traf es mich wie ein Blitz! Ich konnte ihn förmlich hören: „Über den nächsten Schatten werde nicht nur ich mich freuen!"

So oder ähnlich hatte der Schattendieb es gesagt!

Und, waren da nicht Parallelen zu finden?

Die Leiche vom Doc war verschwunden – und die von Daniel auch.

Kaltes Grauen überkam mich und fröstelnd drückte ich mich in die Ecke der Couch.

„Warum tust du das?", flüsterte ich.

Ich hatte jetzt wirklich Angst. Um mich herum starben alle.

Kai hatte Unrecht gehabt. Ich war schuldig.

Meinetwegen holte der Schattendieb alle meine Freunde oder Bekannte. Ich musste weg hier, durfte keinen mehr in Gefahr bringen.

Wie von Sinnen rannte ich aus meiner Wohnung, aus dem Haus und über die Straße. Aus weiter Ferne hörte ich noch das Hupen eines Autos, dann fühlte ich einen großen Schmerz.

Eine Sekunde später war alles schwarz um mich.

Ich lag auf einem blanken Steinboden. Es war düster um mich herum.

Neben mir kniete ein Mann. Er beugte sich über mich, aber ich konnte ihn nicht erkennen. Anscheinend war er wütend, denn er schüttelte den Kopf und redete böse mit mir.

Ich konnte mich nicht bewegen und es dauerte, bis ich ihn verstand.

„So haben wir nicht gewettet, Göttin", schimpfte er.

Es war der Schattendieb.

Alles in mir war erstarrt, ich konnte nicht reagieren.

Er schimpfte weiter. „Du kannst nicht einfach das Spiel beenden. Ich bin der einzige, der das darf. Noch ist es nicht Zeit!"

Ich konnte spüren, dass er meine Wange streichelte und nun sprach er sanfte Worte.

Um mich herum wurde es heller, geradezu unglaublich hell, so dass es schon weh tat. Und ich konnte hören, dass mich jemand ansprach.

„Kommen Sie schon, sehen Sie mich an! Na los, ich weiß, dass Sie das können!"

Das war nicht der Schattendieb!

Langsam öffnete ich die Augen, aber das tat höllisch weh!

„Ja, prima, kommen Sie, sehen Sie mich an!", sagte die Stimme wieder.

Ich öffnete die Augen erneut und langsam begriff ich das Bild, das sich mir da bot. Ein Mann im weißen Kittel leuchtete mir mit einer Lampe in die Augen und sprach mit mir. Stöhnend versuchte ich, die Lampe wegzuschieben.

Der Mann lachte. „Gut so. Sie sind eine starke Frau!"

In meinem Kopf dröhnte es, als würde ein Flugzeug neben mir starten. Und es tat scheußlich weh!

„Machen Sie das Licht aus!", forderte ich und erschrak über meine eigene Stimme.

Kurze Zeit später wurde es dunkler und ich konnte besser sehen, wo ich war.

Ich lag in einem Krankenhausbett und um mich herum standen der Mann, der mich angeleuchtet hatte, eine Schwester und ein weiterer Weißkittel.

„Was ist denn eigentlich los?", hörte ich mich sagen und versuchte, mich aufzurichten.

Die Schwester drückte mich allerdings wieder runter. „Sie müssen ganz ruhig liegen!"

„Können Sie sich an etwas erinnern?", fragte der erste Mann.

„Sie wollten mein Hirn ausleuchten", antwortete ich mürrisch.

Er lachte. „Ja, das ist richtig. Aber ich meinte, können Sie sich an das erinnern, was davor war?"

Davor? Was meinte er mit davor?

Der Schattendieb!

Entsetzt wollte ich mich wieder aufsetzten, wurde aber von der Schwester zurück gedrückt.

„Was meinen Sie?", fragte ich mühsam.

„Ich meine...", der Arzt, denn ich hielt ihn für einen, kam meinem Gesicht näher, „können Sie sich an Ihren Namen erinnern?"

Ich probierte zu nicken. Es tat entsetzlich weh.

„Diana Schulte", sagte ich und verzog das Gesicht. Dann versuchte ich, meinen Kopf zu berühren, was aber von der Schwester wieder vereitelt wurde. Langsam mochte ich die wirklich gern!

„Sehr gut!", lobte mich der Arzt. „Ich bin Dr. Roth. Sie sind im Walburga-Krankenhaus. Wissen Sie, warum?"

Ja, mit einem Mal wusste ich, warum.

Ich war aus dem Haus gerannt und dann hatte es geknallt.

„Ich hatte einen Verkehrsunfall?", folgerte ich richtig.

Dr. Roth nickte. „Das klappt ja ausgezeichnet. Wissen Sie, welchen Tag wir heute haben?"

Ich sagte es ihm, wenn auch ziemlich ungern.

Meine Erinnerung setzte viel zu schnell ein. Ich hätte gerne vergessen, aber das war mir nicht vergönnt. Angst hatte ich in diesem Moment keine. Eigentlich fühlte ich mich gut aufgehoben, wenn nur mein Kopf und die anderen Körperteile nicht so weh getan hätten.

„Was habe ich denn gebrochen?", forschte ich, indem ich den Doktor einfach mitten im Gespräch unterbrach.

Er war ja sehr nett, aber er redete eindeutig zu viel – und nicht das, was ich hören wollte.

„Sie haben wahnsinniges Glück gehabt", ließ er sich vernehmen. „Wir haben Sie geröntgt, konnten aber keine Frakturen feststellen. Sie haben eindeutig eine Menge Hämatome, sind aber nicht ernstlich verletzt." Er machte eine kleine Pause. „Das einzige, was uns Sorge macht, war, dass Sie mehrere Stunden im Koma lagen."

Mehrere Stunden im Koma?

Ich blickte zum Fenster. Draußen war es dunkel, nur im Raum war das Licht an.

„Sie haben eine Gehirnerschütterung", erklärte mir der Doktor wieder. „Wir hätten Sie gern ein paar Tage zur Beobachtung hier. Sie hatten wirklich Glück. Einmal haben Sie fast aufgehört zu atmen, aber wie durch ein Wunder haben Sie von selbst wieder angefangen. - Ich überlasse Sie jetzt Schwester Margit."

Besagte Schwester überprüfte einige Kabel, mit denen ich angeschlossen war. „Wir kontrollieren Ihren Herzschlag und die Atmung noch, aber es sieht sehr gut aus für Sie. Am besten, Sie schlafen jetzt."

Schlafen? Ja, ich wollte gerne schlafen.

Alles vergessen, keine Kopfschmerzen mehr haben, nur noch Ruhe.

In dieser Nacht träumte ich wieder vom Schattendieb.

Diesmal war ich wieder in dem dunklen Raum, wo ich nichts sehen konnte.

Aber ich hatte keine Angst. Ich wartete.

„Wo sind Sie?", hörte ich mich selbst fragen.

„Ach, Göttin", säuselte es um mich herum. „Wo du bist, da bin auch ich..."

Was sollte das denn heißen?

„Danke", sagte ich leise und war sehr erstaunt über mich selbst. „Sie haben mir doch das Leben gerettet, oder?"

Ich spürte seinen Atem in meinem Nacken. „Ja, aber ich bin auch sehr böse auf dich."

„Weil ich beinahe gestorben wäre?", forschte ich.

„Du versuchst, dich dem Spiel zu entziehen, indem du dich verweigerst", sagte er. „Ich lasse auch in gewisser Weise mit mir spielen, aber ich bin immer derjenige, der die Regeln macht. Und ich werde dich nicht an den Tod verlieren, nicht schon wieder. Genieße unser Spiel, es soll auch dir Freude bereiten."

Es lief mir kalt den Rücken runter, aber ich blieb dennoch ruhig.

„Das macht mir aber keinen Spaß", begehrte ich auf. „Du bringst meine Freunde und Bekannten einfach um. Menschen, mit denen ich lebe. Wie kann das Freude bereiten?"

„Das siehst du falsch", widersprach er mir und hielt mich einfach von hinten fest. „Ich bringe sie doch nicht um. Ich integriere sie in mich, indem ich ihren Schatten nehme."

Er strich mir durch die Haare, wie ein Kind, das man beruhigen will. „Sie sind alle noch da, nur sie sind in mir..."

„Aber für mich sind sie tot!", schrie ich fast und Tränen traten in meine Augen.

Ich fühlte, wie er mir die Tränen abwischte. „Aber nein, Göttin", tröstete er mich. „Wenn jemand stirbt, dann gibt es einen leblosen Körper. Dann ist die Seele beim Tod. Durch ihren Schatten leben die Menschen in mir weiter. Sie sind unsterblich, glaube mir."

Mit kleinen, hastigen Bewegungen versuchte ich, mich loszureißen. „Aber ich will das nicht! Ich will nicht mit dir spielen, ich will nicht, dass du mit meinen Freunden spielst, ich will, dass du weggehst und uns alle in Ruhe lässt!"

Er ließ mich los und lachte. „Das liegt nicht in deiner Macht."

Ich hörte mich hektisch atmen und weinen, und ich wusste, er hörte das ebenfalls.

„Was muss ich tun, damit du verschwindest?", meinte ich nach einer Weile.

Er antwortete nicht.

War er überhaupt noch da? Aber, wenn er nicht mehr da war, warum war ich noch hier?

„Ich werde nicht weggehen", sagte er dann leise an meinem Ohr. „Das kann ich gar nicht. Nicht noch einmal. Ich will dich nie wieder verlieren."

Dann spürte ich seine Lippen auf meinen.

Im nächsten Moment wurde ich durchgerüttelt.

Ich öffnete meine Augen und sah in das Gesicht von Schwester Margit. „Ist alles in Ordnung?", fragte sie besorgt.

Langsam nickte ich, wobei mein Kopf wieder weh tat.

Die Schwester nahm ein Tuch und tupfte vorsichtig in meinem Gesicht herum.

„Sie haben geweint", stellte sie dann fest. „Haben Sie einen Albtraum gehabt?"

Ich nickte und wieder neue Tränen kamen hervor.

Sie reichte mir ein neues Tuch. „Bestimmt von dem Unfall. Aber keine Angst, Sie sind hier gut aufgehoben. Es wird Ihnen hier nichts passieren."

Wieder nickte ich. Wenn die wüsste.

Ich war nirgends gut aufgehoben.

Es gab keinen Ort, wo ich mich verstecken konnte.

Überall würde der Schattendieb mich finden.

Und so langsam verstand ich auch, warum.

Es war so klar wie nie zuvor.

Ich konnte mich nicht verstecken, denn er hatte mich schon lange Zeit gesucht.

Er hatte mich schon einmal verloren, hatte er gesagt.

Und diesmal würde er mich nicht gehenlassen.

Ich verstand nicht alles an diesem Spiel, aber so langsam wurde mir klar, dass der Schattendieb in mir seine lange verlorene Geliebte sah.

Nur: wie machte ich es ihm klar, dass ich das keinesfalls war?

Dieses ganze Nachdenken gestaltete sich schwierig.

Mein Kopf tat weh und ich kam mir vor wie ein Kaninchen, das von einer Schlange hypnotisiert wird.

Und was war die Devise von Schwester Margit? „Versuchen Sie, wieder einzuschlafen!"

Ich versuchte das tatsächlich.

Diesmal schien der Schattendieb mich in Ruhe zu lassen. Ich schlief traumlos.

Am nächsten Morgen wurde ich auf eine normale Station verlegt. Doktor Roth befand mich für ganz wohlbehalten und meinte, ich solle mich noch heute und morgen schonen. Dann könne ich auch schon wieder entlassen werden. Man erlaubte mir sogar zu telefonieren und ich rief Sara an, die mir ein paar Sachen vorbeibringen sollte. Ich bat sie auch, Kai anzurufen und Bescheid zu geben. Die dazugehörige Visitenkarte würde sie auf meinem Schreibtisch finden.

Ungefähr um 10.00 Uhr traf sie dann auch ein.

„Mein Gott, Diana", stöhnte sie, während sie meine Sachen in den Schrank räumte. „Was machst du denn bloß für Sachen?"

Ich zuckte mit den Schultern."Ich bin einfach über die Straße gelaufen und habe nicht aufgepasst. Es ging alles so schnell und ich war so durcheinander wegen Daniels Tod."

„Daniel?" Sara zog sich einen Stuhl an mein Bett. „Daniel Willoschek? Der Daniel-ich-hasse-dich-auf-ewig? Der ist tot?"

Langsam nickte ich. „Ich hatte Vinzenz und Daniel vorgestern im Supermarkt getroffen, wo sich beide bei mir entschuldigt haben. Am nächsten Tag rief Vinzenz dann an und sagte mir, dass Daniel verstorben ist."

Meine Freundin drückte meine Hand. „Das tut mir leid. Ich konnte ihn nicht leiden, wegen dem, was er dir angetan hat, aber den Tod habe ich ihm deswegen nicht gewünscht."

„Es kommt noch viel schlimmer", fuhr ich fort. „Ich bin zur Wohnung von den beiden gefahren und habe Vinzenz versucht beizustehen. Dann sind die Leute vom Beerdigungsinstitut gekommen und die Leiche war nicht mehr da."

Sara stutzte. „Was?" Für einen Moment lang überlegte sie. Ich konnte die Rädchen in ihrem Hirn geradezu arbeiten sehen. „Er ist verschwunden? Genau wie der Doktor?"

Sie wurde bleich, als ich nickte.

Wir schwiegen beide.

Dann wagte sie, etwas zu fragen. „Hat das wieder etwas mit dem Schattendieb zu tun?"

Wieder nickte ich.

Entsetzt ließ sie meine Hand los und führte sie an den Mund.

„Ich habe ihn im Traum gesehen. Er hat gesagt, dass die Menschen nicht tot sind, dass er sie vielmehr in sich integriert, wenn er ihnen die Schatten nimmt. Und...", ich beugte mich vor, „er hat mir das Leben gerettet."

„Das ist doch kein Spaß mehr", wimmerte Sara und ich konnte sehen, dass sie jetzt auch Angst hatte. „Ich denke, er will auch deinen Schatten. Wieso rettet er dich dann? Und wie hat er das

66

gemacht?"

Das wusste ich auch nicht.

„Ich glaube, er will meinen Schatten gar nicht mehr", überlegte ich leise. „Ich glaube, er hält mich für die Wiedergeburt seiner einstigen Liebe. So habe ich es jedenfalls verstanden."

Ich erzählte Sara alles von meinen Träumen, was sie noch nicht wusste. Am Ende riet sie mir wieder zu Maria.

Ich schüttelte den Kopf. „Sie kann mir nicht helfen", wiederholte ich. „Sie weiß selbst nicht, was zu tun ist."

Nachdem wir eine Weile unseren Gedanken nachgehangen hatten, galt meine nächste Frage Kai.

„Ich konnte ihn nicht erreichen", antwortete Sara. „Da habe ich ihm auf den Anrufbeantworter gesprochen. Er wird sich wohl bald bei dir melden."

Als hätte er es gehört, klopfte es an der Tür.

Aber es war nicht Kai, der da eintrat. Es waren zwei Polizisten. Sie kamen wegen des Unfalls.

Der eine, Herr Mohr, erklärte mir, dass ich gar nicht der Unfallverursacher gewesen sei. Ganz im Gegenteil, ich hätte bei der Verkehrsampel grün gehabt, und der Fahrer des Unfallwagens wäre bei rot gefahren. Ich konnte mich nicht mal daran erinnern, überhaupt über die Verkehrsampel gegangen zu sein. Vielleicht war sie grün gewesen, als ich über die Straße lief, vielleicht auch nicht. Den Polizisten gegenüber erwähnte ich lediglich, ich könne mich nicht genau erinnern; ich hätte es eilig gehabt. Sie notierten sich alles und meinten dann, ich würde Post bekommen, sollte mir aber keine Sorgen machen: ich bekäme kein Strafmandat oder so. Der andere wäre schuld.

Eigentlich fühlte ich mich mitschuldig. Es wird schon einem kleinen Kind erklärt, es darf nicht so mir-nichts-dir-nichts ohne zu gucken über der Straße rennen – und genau das hatte ich getan. Allerdings ist es auch nicht zulässig, mit dem Auto bei rot zu fahren.

Sara erkannte mit einem Blick, dass es für heute reichte. Resolut erklärte sie den Beamten, ich bräuchte viel Ruhe und sie sollten gehen. Das machten die dann auch.

Doch Ruhe bekam ich nicht. Kaum waren sie weg, da klopfte es erneut und der Mann, der das Unfallauto gefahren hatte, stand mit seiner Mutter da. Er war ein kaum achtzehnjähriger Teenie, der gerade seinen Führerschein hatte. Seine Mutter drängte ihn dazu, sich zu entschuldigen, was er scheinbar so gar nicht recht einsehen wollte.

„Ja, T'schuldigung", quetschte er raus. „Ich hab' Sie nicht gesehen..."

Wenn seine Worte auch sehr lahm klangen, die Mutter machte mehr und hielt ihren Sprössling dazu an, doch mal freundlicher zu sein.

„Sie werden uns sicherlich verklagen...", setzte sie angstvoll hinzu.

Sofern es ging, schüttelte ich den Kopf.

Sara griff ein. „Frau Schulte geht es noch nicht so gut", managte sie die Sache. „Im Moment kann sie noch gar nichts sagen. Wenn es ihr wieder besser geht, wird sich alles klären." Sie stand auf und öffnete die Tür. „Guten Tag auch!"

Die beiden ließen sich nicht länger bitten und verabschiedeten sich, nicht ohne zu fragen, ob Sara die Anwältin wäre.

Wir waren wieder unter uns.

„Wie soll das denn jetzt nur weiter gehen?", wollte sie wissen. „Werden noch mehr Leute verschwinden? Oder, wie du es sagst, integriert werden?"

Ich hielt mir den Kopf. „Du sagst das so, als hätte ich Einfluss darauf."

„Hast du auch", wusste Sara. „Wenn er dich für seine Geliebte hält, dann sag ihm doch einfach, du liebst ihn auch und brauchtest keine Beweise mehr, indem er Schatten stiehlt. Alles andere hast du doch schon probiert."

„Du bist doch nicht ganz dicht", regte ich mich jetzt auf. „Ich kann ihm doch nicht sagen, ich liebe ihn. Der Typ ist ein Dämon, ein Schatten! Ich kann ihn nicht mal richtig wahrnehmen. Und außerdem liebe ich Kai!"

„Du könntest es wenigstens mal versuchen", maulte sie. „Weißt du, ich habe Angst. Angst um Filippo, um mich, um unsere Freunde – und auch um dich! Du scheinst die einzige zu sein, die da was machen kann. Wenn nicht du – wer dann?"

„Glaubst du, ich hätte keine Angst?" Wieder begann ich zu weinen. „Ich habe mir schon den Kopf zerbrochen, was ich tun kann. Warum, glaubst du, bin ich auf die Straße gerannt? Ich wollte einfach weg! Doch ich kann mich ihm nicht mal durch Tod entziehen."

Sara schüttelte den Kopf. „Wenn du nicht gewinnen kannst, versuche zu verwirren", war ihre seltsame Antwort.

Interessante Theorie!

Ich konnte nicht gewinnen – richtig. Aber hatte ich den Mut dazu, ihn zu verwirren? Je länger ich darüber nachdachte, desto besser war der Gedanke. Vielleicht konnte ich ja auch Kai so schützen. Denn ich hatte kein Interesse daran, ihn auch noch in Gefahr zu bringen.

„Du hast recht", meinte ich langsam. „Es kommt auf einen Versuch an..."

„Na, siehst du!" Sara blinzelte mich verschwörerisch an und begann sogar wieder zu lächeln. Kurz darauf musste sie gehen. Wir verabschiedeten uns und sie versprach, gleich morgen wiederzukommen.

Im Laufe des Tages wurden noch zwei weitere Frauen in mein Zimmer verlegt und es wurde recht hektisch. Die eine hatte eine Bauchoperation gehabt, die andere sollte morgen operiert werden.

Ich musste mich noch einigen neurologischen Untersuchungen unterziehen, die aber alle in Ordnung waren. Alle waren ganz zufrieden mit mir. Auch die Kopfschmerzen ließen etwas nach.

Dr. Roth, der noch kurz vorbeischaute, meinte, ich könne also morgen gehen. Ich musste ihm aber versprechen, nicht wieder vor irgendwelche Autos zu rennen.

Gegen Abend klopfte es an der Tür und Kai kam herein. Er hatte einen Strauß Blumen mitgebracht und nahm mich erst einmal in den Arm.

„Ich habe mir solche Sorgen gemacht", meinte er, nachdem er sich einen Stuhl an mein Bett gezogen hatte. „Deine Kollegin hat mir auf den AB gesprochen und gesagt, wo ich dich finde. Ich hatte schon den ganzen Abend versucht, dich zu erreichen. Ich bin sogar bei dir zuhause gewesen, aber es hat niemand aufgemacht."

„Tut mir leid", sagte ich zerknirscht.

Kai drückte meine Hand. „Aber Liebes, das ist doch nicht deine Schuld. Du hattest einen Unfall." Sacht küsste er mich auf den Kopf.

Das tat nicht mal weh, im Gegenteil, es fühlte sich gut an.

Ich war also schon wieder auf dem Weg der Besserung.

Wann ich denn entlassen würde, wollte Kai wissen.

Und als ich es ihm erzählte, meinte er, er könne den Rest der Woche freinehmen und würde mich morgen abholen.

Lange konnten wir nicht miteinander reden; die Schwester kam und knurrte ein bisschen herum wegen der Besuchszeiten und weil die eine Frau frisch operiert worden war, also versprach er mir, mich morgen um 10.00 Uhr abzuholen.

Ehrlich gesagt hatte ich Probleme mit dem Einschlafen.

Was hatte Sara mir geraten? Ich solle dem Schattendieb einfach sagen, ich sei in ihn verliebt und er brauche mir nichts mehr zu beweisen?

Ob ich das konnte?

Bis nachmittags war ich mir noch sicher gewesen, aber jetzt hörte sich das gar nicht mehr so gut an.

Wenn du nicht gewinnen kannst, versuche zu verwirren...

Eigentlich war ich verwirrt.

Irgendwann war ich vor lauter Grübeln eingeschlafen und wachte traumlos am Morgen auf. Offensichtlich hatte der Schattendieb mir eine Ruhepause gegönnt. Innerlich bedankte ich mich dafür.

Und das, obwohl es mir im Nachhinein etwas seltsam vorkam: ich unterhielt mich innerlich mit jemandem, der gar nicht da war...

Dr. Roth kam noch zur Enduntersuchung, befand mich für entlassungswürdig und dann stand auch schon Kai da, der mich nach Hause brachte.

Ich war recht schweigsam im Auto.

Wie sollte ich ihm die Sache mit Daniel und Vinzenz erklären?

Kai hatte ja von allem noch keine Ahnung. Würde er sauer sein?

Skeptisch warf ich ihm einen Seitenblick zu, aber Kai fuhr konzentriert Auto und bemerkte es nicht.

Als wir bei mir zuhause ankamen, überraschte uns Herr Pingel im Flur. Der war heute besonders desolat gekleidet und es kam mir vor, als hätte er am frühen Morgen schon eine deutliche Dosis Alkohol zu viel intus.

„Ach, das Fräulein Schulte", rief er aus und kam aus seiner Wohnung vollends in den Flur. "Dass man Sie auch mal wieder sieht!"

Kai blinzelte ihn abwartend und auch ein bisschen verstimmt an. „Haben Sie wieder einen neuen Mann?", meinte Herr Pingel böse.

Was hieß eigentlich wieder? Seit Daniel hatte ich überhaupt niemanden gehabt – was bildete sich dieser Schnösel ein?

„Andauernd gehen hier Männer ein und aus, die zu Ihnen wollen", beeilte sich der ältere Mann zu sagen. „Was das wohl zu bedeuten hat...?"

Ich wollte ihm gerade eine scharfe Antwort geben, aber Kai kam mir zuvor. Er stellte meine kleine Reisetasche auf den Fußboden und baute sich direkt vor Herrn Pingel auf.

„Ja, was hat das denn wohl zu bedeuten?", meinte er sanft – eine Spur zu sanft.

Wenn ich Herr Pingel gewesen wäre, hätten sämtliche Alarmglocken bei mir geläutet. Aber bei dem war wohl das Hirn von Alkohol zerfressen. Der merkte nichts.

„Wir sind hier ein anständiges Haus!", beschwerte er sich. „Für solche... Damen... ist hier kein Platz!"

Er bekam den Satz kaum zu Ende, da hatte Kai auch schon ausgeholt und Herrn Pingel die Faust ins Gesicht geschlagen, dass der nach hinten umkippte und Blut aus seiner Nase spritzte.

Erschrocken stieß ich einen Schrei aus.

Kai beugte sich über ihn. Seine Stimme klang wieder sanft und ruhig. „Ich hoffe, Sie haben kein Problem mit Frau Schulte, denn die ist wirklich eine Dame. Und ich hoffe, dass Ihre Andeutung nur aufgrund von zufälliger Geistesverwirrung geäußert wurde, denn sonst müssen wir Sie leider verklagen."

Er holte ein Papiertaschentuch hervor und hielt es dem verblüfften Herrn Pingel hin. „Hier, ich glaube, Sie haben da was an der Nase."

Herr Pingel zuckte zurück. „Ich verklage *Sie*!", brüllte er und versuchte aufzustehen. „Die Polizei war auch schon hier!"

Was das eine mit dem anderen zu tun hatte, war mir schleierhaft.

„Na, das glaube ich Ihnen gerne", meinte Kai nur ruhig dazu. „Die Beamten kamen bestimmt wegen Frau Schultes Unfall."

Dann nahm er mich am Ellenbogen und zog mich weiter die Treppen rauf. „Wir können oben den Anwalt anrufen", murmelte er noch, und zwar genau so laut, dass es Herr Pingel eben hören konnte.

Im Augenwinkel bemerkte ich, dass der so schnell wie möglich machte, dass er in seine Wohnung kam.

Sobald wir meine Wohnung betreten hatten, explodierte Kai.

„Was glaubt dieser Mensch eigentlich, wen er da vor sich hat?", brüllte er aufgebracht und stellte die Tasche mit einem Knall auf den Boden. „Ich sollte heruntergehen und ihm Anstand beibringen!"

Ich traute mich kaum, etwas zu sagen.

Er war so wütend, dass er ganz rot im Gesicht war.

„Ach komm", meinte ich lahm. „Er hat bestimmt getrunken. Sonst ist er nicht so unanständig."

„Unanständig?", wiederholte Kai ungläubig. „Du nennst das nur unanständig? Der hat von dir praktisch behauptet, dass du..."

„Ich weiß", unterbrach ich seinen Redefluss. „Er ist alt und hat keine Frau abbekommen, die ihn mag. Also meint er ständig, andere anmachen zu können. Ich glaube, der hat nicht mal gemerkt, dass er aus der Reihe getanzt ist."

Mit einer Handbewegung winkte er ab. „Und ob er das gemerkt hat. Ich wette, er erinnert sich lange Zeit noch daran. Wenn ich mich nicht irre, habe ich ihm die Nase gebrochen."

Er wurde etwas ruhiger. „Entschuldige, Schatz", meinte er dann und nahm mich in den Arm. „Du kommst gerade aus dem Krankenhaus und solltest dich schonen und da passiert so etwas." Langsam drängte er mich zur Couch, legte mich darauf und stopfte die Decke um mich herum.

„He", protestierte ich. „Ich bin nicht invalide." Ich musste aber auch lächeln. Er war so besorgt um mich und mir tat es gut.

Da war nur noch diese Sache mit Daniel.

War das der richtige Zeitpunkt, um ihm davon zu erzählen?

„Kai...?", fragte ich leise und er sah mich an, als ob er ahnen würde, dass jetzt etwas Unangenehmes kommen musste. „Ich muss dir etwas erklären."

Er nickte und wartete nur. Dafür war ich ihm sehr dankbar.

„Ich habe dir schon von meinem vorherigen Freund erzählt", begann ich nach einer kurzen Weile.

„Der Homosexuelle, der mit seinem besten Freund durchgebrannt ist", wusste er.

72

Ich nickte. „Ich habe die beiden vor drei Tagen im Supermarkt getroffen."

Kai wartete weiter. „Ja, und?"

„Und kurz bevor ich den Unfall hatte, rief mich Vinzenz an, um mir zu sagen, dass Daniel gestorben wäre", erklärte ich weiter.

Dabei achtete ich nicht darauf, dass Kai ja gar nicht wusste, wer von beiden wer war.

„Dann bin ich zu Vinzenz gefahren und habe mit ihm auf das Beerdigungsinstitut gewartet", fuhr ich ungeachtet dessen fort. „Als die aber ankamen, war Daniels Leiche verschwunden und die Polizei denkt jetzt, ich oder Vinzenz hätten sie gestohlen."

Es war Stille im Raum.

Kai setzte sich in den Sessel und ich konnte sehen, dass er intensiv nachdachte. „Mal sehen, ob ich das richtig hinbekomme", rekapitulierte er eine Minute später. „Dein Ex-Freund Daniel ist gestorben und sein Lebensgefährte, Vinzenz, und du, ihr sollt die Leiche geklaut haben?"

„Ungefähr so", gab ich zu. „Im Supermarkt haben sich die beiden entschuldigt für den Betrug an mir und als Daniel dann tot war, wusste Vinzenz nicht, an wen er sich wenden sollte. Daniels Eltern haben ihn nämlich verstoßen. Und weil er mir am Telefon so leid tat, bin ich eben hingefahren. Aber ich habe Daniels Leiche gar nicht gesehen. Die soll im Schlafzimmer gelegen haben. Sie war allerdings schon weg, als das Beerdigungsinstitut kam."

„Aber wieso glaubt die Polizei, dass du oder dieser Vinzenz die Leiche gestohlen habt?", wollte er dann wissen. „Was solltet ihr denn damit wollen?"

Müde zuckte ich die Schultern. „Sie haben den Totenschein gesehen. Anscheinend ist da mit Daniels Tod nicht ganz koscher. So konnte der hinzugerufene Arzt keine eindeutige Todesursache feststellen und hat daraufhin befunden, dass hier ein unnatürlicher Tod vorlag. Das war natürlich schon, bevor ich in der Wohnung war. Und jetzt denkt die Polizei, wir wollten da irgendwas verschleiern."

„Ich verstehe", gab Kai zu. „Und jetzt erklär mir, wie es zu dem Unfall kommen konnte."

Ojeh, das auch noch.

Kai schaute mich unverwandt an. Er schien zu wissen, dass

noch mehr Geheimnisse auf ihn warteten.

Ich kam mir in die Enge getrieben vor. „Als mich die Polizei entlassen hatte, bin ich nach Hause gefahren", antwortete ich langsam. „Aber ich bekam Angst und bin voller Panik auf die Straße gerannt..."

Kai schüttelte den Kopf. „Das verstehe ich jetzt nicht. Wovor hattest du Angst?"

Ja, wovor...

Ich konnte ihm doch nicht von dem Schattendieb erzählen.

Er würde mich doch sofort verlassen. Was sollte ich jetzt sagen?

„Vor allem", stotterte ich. „Es ist soviel passiert. Erst Nicky, dann der Doktor, dann Daniel. Ich hatte einfach Angst."

„Shhhhht", machte Kai und nahm mich in den Arm. „Es ist alles gut. Du brauchst keine Angst mehr zu haben. Ich bin bei dir."

Langsam begann er, mich zu küssen.

Und ehe wir uns versahen, waren wir schon wieder mittendrin.

Ich bemerkte, dass das auch eine Art ist, Probleme zu verdrängen – eine ziemlich angenehme sogar.

„Weißt du", bemerkte Kai nach einiger Zeit, „diese ganzen Sachen machen dich nur allzu menschlich. Ich hatte noch nie eine Freundin, die so lieb und hilfsbereit, ja richtig süß ist. Am liebsten möchte ich dich vor allem Bösen beschützen, aber das kann ich nicht. Doch ich verspreche dir, immer zu dir zu stehen und alles in meiner Macht liegende zu tun, um dich glücklich zu machen. Tu mir bitte einen Gefallen: vertrau mir immer! Du brauchst keine Angst zu haben, mir irgendwas zu sagen, immer nur raus damit, okay?"

Meinen Kopf an seiner Schulter lehnend, nickte ich.

Sollte ich ihm jetzt von dem Schattendieb erzählen?

Kai hatte doch selbst gesagt, ich könne ihm alles anvertrauen.

„Bitte", sagte ich leise. „Bitte, lass mir ein paar Geheimnisse. Irgendwann kann ich dir alles erzählen, aber bis dahin brauche ich ein paar Gedanken für mich..."

Er schaute mich verständnisvoll an, streichelte meine Wange und seufzte. „Sicher, Liebes, aber das ist so verdammt schwer..."

Wir küssten uns erneut.

Da klingelte es an der Haustür.

„Verdammt!", fluchte Kai. „Wenn das aber wieder deine Kollegin ist, drehe ich am Rädchen!" Er lachte allerdings dabei.

Sara hatte so ihre Art, in alles reinzuplatzen.

In Sekundenschnelle zogen wir uns an, dann drückte Kai den Türöffner.

Nach einer Weile standen zwei Leute im Flur, ein Mann und eine Frau.

„Guten Tag, ich bin Inspektor Krüger von der Kriminalpolizei!", stellte sich der Mann vor und wies auf seine Begleiterin. „Das ist meine Kollegin, Frau Riedle."

Frau Riedle nickte und sah mich scharf an.

Nein, wir würden niemals Freundinnen werden, stellte ich sofort fest. Die kalten, blauen Augen, die mich da anblitzen, hatten ihr Urteil in Sekundenbruchteilen gefällt. Ich war schuldig, das konnte ich sehen.

Herr Krüger war offener. Er trug eine verwaschene Jeans, ein buntes Hemd und eine etwas längere Lederjacke, die schon mal bessere Zeiten gesehen hatte. Seine Haare waren eine Spur zu lang, um gepflegt zu sein, aber er war freundlich und begrüßte Kai sofort mit Handschlag. Seine Kollegin hingegen nickte uns nur zu. Sie trug einen dunkelblauen Hosenanzug und die Haare streng nach hinten hin gekämmt. Wenn die beiden, wie aus dem Fernsehen bekannt, guter-Bulle-böser-Bulle spielten, hatten die das wirklich gut hinbekommen.

„Ich bin Kai Buht, Frau Schultes Freund", erklärte Kai und zog den Kriminalbeamten in die Wohnung. „Kommen Sie doch rein."

Die beiden Beamten taten so und ich reichte beiden die Hand.

„Diana Schulte, hallo!"

„Sie kommen doch nicht wegen dieses verrückten Nachbarn?", wollte Kai wissen.

„Nachbarn? Welcher Nachbar?" Frau Riedle legte die Stirn in Falten.

„Herr Pingel", klärte ich auf. „Hat er sie nicht gerufen?"

Krüger schüttelte den Kopf. „Wir wissen nichts über einen Herrn Pingel. Oder gibt es da etwas, was wir wissen sollten?"

„Nicht wirklich", meinte Kai. „Er ist ein wenig betrunken und hat rumgestänkert. Ich habe ihm gezeigt, was ich davon halte, jetzt ist er sauer."

„Ist Herr Pingel nicht der Mann, der im Flur mit uns gesprochen hat, als wir das erste Mal hier waren?", wusste Frau Riedle und warf ihrem Kollegen einen wissenden Blick zu.

Der nickte. „Glaube schon. Der war betrunken, sagen Sie? So kam mir das auch vor."

Wir baten den beiden einen Platz auf dem Sofa an und setzten uns dazu. Kai holte etwas zu trinken.

„Sie waren schon mal hier?", tastete ich mich langsam vor. „Da muss ich wohl nicht da gewesen sein. Ich wurde gerade aus dem Krankenhaus entlassen; ich hatte einen Unfall."

„Sie haben also im Krankenhaus gelegen? Wann?", ließ sich Frau Riedle vernehmen.

Ich überlegte eine Sekunde. „Seit vorgestern Nacht. Der Unfall war so gegen 17.00 Uhr, dann bin ich sofort eingeliefert worden."

„Aha", nickte Herr Krüger. „Was ist denn passiert?"

Anschaulich erzählte ich, dass ich wohl über die Straße gelaufen wäre und ein Auto mich erwischt hätte. Außerdem hätte ich noch Kopfschmerzen, ein Überbleibsel der Gehirnerschütterung.

Herr Krüger schaute verständnisvoll, meinte dann, das täte ihm aber leid. Frau Riedle konnte nur nickten. Ihr Blick verlor die Schärfe nicht. Wenn die nicht wegen Herrn Pingel kamen, weswegen dann?

Wahrscheinlich wegen des Verschwindens von Daniels Leiche.

Flucht nach vorn, sagte ich mir und räusperte mich dann. „Sie kommen bestimmt wegen der verschwundenen Leiche..."

„Das ist richtig", gab die Kriminalbeamtin zu. „Was wissen Sie darüber?"

„Eigentlich nichts", antwortete ich. „Als ich ankam, muss die Leiche schon verschwunden sein. Ich habe sie nicht gesehen."

„Woher wissen Sie dann, dass sie verschwunden war?", wollte Krüger wissen.

Ich seufzte. Es war ja nicht so, als hätte ich es den damals hinzugerufenen Polizisten nicht schon fünfzigmal erklärt. „Na ja, das Beerdigungsinstitut kam ja dann auch sofort. Ich hatte nur kurz mit Willoscheks telefoniert, das kann nicht länger als eine Minute gedauert haben. Und die Männer von Schober klingelten direkt danach."

Frau Riedle und Herr Krüger schauten sich verunsichert an.

Was hatten die denn?

„Willoscheks?", fragte sie dann ungläubig.

„Ja", warf ich in die Runde. „Daniels Vater war am Telefon. Aber er hat mir nicht geglaubt und einfach aufgelegt."

Die beiden Beamten sahen immer noch nicht schlauer aus.

„Was hat denn dieser Vater von Daniel damit zu tun gehabt?", forschte Herr Krüger und das fand ich eine ziemlich bescheuerte Frage.

„Ich musste ihm doch zumindest sagen, dass sein Sohn gestorben ist", verteidigte ich mich. "Auch, wenn er ihn verstoßen hat."

Eine Weile schwiegen wir alle.

„Stimmt irgendetwas nicht?", wollte dann Kai wissen. „Sie schauen alle so komisch!"

„Ich weiß nicht genau", meinte Herr Krüger mit skeptischem Gesichtsausdruck. „Wir reden von der verschwundenen Leiche von Doktor Peters. Von was reden Sie, Frau Schulte?"

„Ach so", beeilte ich mich zu sagen. „Da habe ich wohl was verwechselt. Doktor Peters? Den habe ich zum letzten Mal gesehen, als sie ihn in den Krankenwagen luden."

Frau Riedle fixierte mich unangenehm. „Welche verschwundene Leiche meinten Sie denn?"

Und Herr Krüger fügte hinzu: „Es gab noch eine verschwundene Leiche?"

Was sollte ich denn jetzt sagen? Wenn ich das jetzt zugab, nahmen die mich doch bestimmt sofort in Haft – und das, obwohl ich gar nichts getan hatte. Schweiß brach mir aus.

„Wir können das ganz schnell nachprüfen", sagte der Kriminalbeamte sanft. „Vielleicht erklären Sie uns aber auch alles."

Kai kam zu mir und legte den Arm um meine Schultern. „Diana, du kannst das ruhig erzählen. Du bist doch nicht schuld daran."

Im Prinzip hatte er recht – aber im eigentlichen Sinne nicht. Die beiden waren ja wegen des Schattendiebs verschwunden. - Meines Schattendieb-Dämons! Ich schluckte. Das Sprechen fiel mir schwer. „Bevor ich den Unfall hatte, war ich bei dem Lebensgefährten meines Ex-Verlobten. Der war nämlich gestorben und ich bin zu der Wohnung gefahren, um dem Freund beizustehen. Als dann aber das Beerdigungsinstitut ankam, war keine Leiche mehr da, und die Polizei wurde geholt. Ich hatte jetzt angenommen, Sie kämen deshalb."

„Aha", machte Frau Riedle, und es klang nicht freundlich. „Zwei verschwundene Leichen und in beiden Fällen sind Sie darin verwickelt. Kommt Ihnen das nicht ein bisschen komisch vor?"

Das glaubte sie gar nicht, wie komisch mir das vorkam.

Aber noch komischer musste es der Polizei vorkommen, so wie die beiden mich jetzt ansahen.

Und dabei hatte ich wirklich gar nichts getan, sprich: ich hatte die Leichen nicht verschwinden lassen.

„Ich kann doch nichts dafür!", jammerte ich. „Was hätte ich denn davon, wenn ich Leichen stehle? Ganz zu schweigen davon, wo ich die unterbringen sollte." Mir traten die Tränen wie schon so oft in der letzten Zeit in die Augen.

„Na, na!", meinte Herr Krüger väterlich. „Jetzt beruhigen Sie sich mal wieder. Es hat ja keiner behauptet, dass Sie die Leichen geklaut haben. Bislang wussten wir auch nicht, dass noch eine Leiche verschwunden ist." Er erhob sich und tätschelte meinen Unterarm.

Sie baten mich noch um die Adresse von Vinzenz, um den Fall nachzuprüfen und ließen uns dann allein.

Kai räumte das dreckige Geschirr in die Spüle und ließ mich meinen Gedanken nachhängen.

Was würde jetzt passieren?

Die beiden Kripobeamten hatten schon ziemlich dumm geguckt, als sie erfuhren, dass zwei Leichen verschwunden waren, mit denen ich beide Kontakt hatte.

Und ich konnte nicht erklären, warum das geschehen war. Andererseits: warum musste ich das eigentlich? Schließlich hatte ich nichts getan! Ich war nicht für das Verschwinden verantwortlich!

Das war der Schattendieb gewesen.

Nur zu dumm, dass niemand den Schattendieb kannte – außer mir natürlich. Und ich konnte nichts sagen, sonst hätten die mich in die Klapse gebracht.

Wenn es keine Hinweise auf meine Schuld gab – dann gab es auch keine dagegen...

Zum Glück stand wenigstens Kai zu mir.

Als sich bei mir wieder starke Kopfschmerzen ein und Kai brachte mich zu Bett. Er fragte, ob er über Nacht bleiben sollte, aber ich verneinte. Das sei nicht nötig.

„Auch gut", meinte er dazu. „Ich muss mal zuhause den AB abhören, ob in meiner Firma etwas ist. Ich komme morgen wieder und bringe Frühstück mit." Dann verabschiedete er sich und verschwand.

Sieben

So lag ich denn schon gegen 20.00 Uhr im Bett und versuchte zu schlafen. Später erinnerte ich mich nicht mehr, wann ich eigentlich eingeschlafen war, ich weiß nur noch, dass ich mich lange Zeit herumgewälzt hatte.

Irgendwann fand ich mich wieder in einem großen Bett, das von rötlichen Vorhängen umgeben war. War das wieder so ein Traum vom Schattendieb? Aber sonst war es so dunkel in seinem Traumreich, doch hier war es eher heller – zwielichtig.

Langsam versuchte ich, den Vorhang an die Seite zu schieben, um zu sehen, wo ich war.

Jetzt bekam ich wirklich einen Schreck!

Hinter den Vorhängen waren Gitterstäbe!

Mit einem Ruck versuchte ich den nächsten Vorhang!

Dasselbe!

Das ganze Bett war vergittert mit goldenen Stäben!

Entsetzt ließ ich mich in der Mitte des Bettes nieder.

Was war los hier?

Ich saß fest in einem vergitterten Bett, wie der Vogel im sprichwörtlichen goldenen Käfig. Und als hämische Parallele waren die Gitterstäbe bei mir auch noch golden.

Was sollte ich denn jetzt machen? Ich war absolut hilflos hier.

Als ich an mir heruntersah, bemerkte ich, dass ich nicht mehr meinen Schlafanzug trug, sondern wieder so ein Haremsgewand, dem nicht unähnlich, das ich schon kannte.

„Hallo?", rief ich zaghaft. „Ist da jemand?"

Erst jetzt registrierte ich eine Bewegung in einer Ecke im Raum. Sie war dunkel und ich stellte fest, dass dort jemand in einem Sessel saß.

„Hallo, Göttin", grüßte er mich.

Es war der Schattendieb!

Trotz der Situation machte sich Erleichterung in mir breit.

Ich war zumindest nicht allein.

„Warum bin ich gefangen?", traute ich mich zu fragen.

Er lachte. „Um dich zu schützen", lautete die Antwort.

Eine Weile lang sagten wir beide nichts.

„Schützen? Vor dir?", fragte ich dann sacht.

„Nein." Es klang wie ein Seufzen. „Ich will dir nicht schaden. Nur vor dir selbst muss ich dich schützen."

„Das verstehe ich nicht", hörte ich mich sagen.

Wieder verging eine ganze Zeit, bevor er antwortete.

„Du hast versucht, das Spiel zu beenden."

Es hörte sich bitter an, vielleicht sogar ein bisschen enttäuscht.

„Das ist so nicht richtig", stellte ich klar und setzte mich nah an das Gitter. „Ich habe nicht versucht, mich selbst zu töten. Ich war nur so verwirrt, dass ich nicht auf den Verkehr geachtet habe."

„Ich glaube dir nicht", tönte es leise. „Du hast es schon einmal versucht, in einem anderen Leben."

In mir ging eine Veränderung vor. Er tat mir leid.

Seine Stimme hörte sich so gequält an, so als hätte er Liebeskummer und wäre depressiv.

„Erzähl mir davon", forderte ich.

Der Schattendieb lachte wieder leise, aber es klang nicht amüsiert.

Dann seufzte er wieder. „Ich kann dir helfen, dich selbst daran zu erinnern, wenn du willst."

Wollte ich?

Ich nickte langsam. Ja, ich wollte eine Erklärung für all das hier.

Ich wollte einfach nur einen Schritt vorwärtskommen in diesem Spiel und das besiegte sogar die Angst, die ich immer gehabt hatte. Sie war so gut wie verschwunden.

Es wurde dunkler in dem Raum und der Schattendieb kam näher.

Er streckte seine Hand durch die Gitterstäbe und sie sah genau so aus wie eine normale Hand.

Doch er schien wie aus Schatten zu sein, wie dunkler Nebel.

Ich ergriff die Hand. Sie war warm, wie die eines ganz normalen Mannes, aber sie verschwamm.

„Leg dich hin, damit ich deinen Kopf berühren kann", verlangte er.

Die Hand ließ ich nicht los, platzierte mich aber genau so, dass er gut an meinen Kopf herankam.

„Jetzt schließe die Augen und entspann dich!", verlangte er weiter.

Ich machte, was er wollte, und schloss gehorsam meine Augen.

Seine Hand löste sich von meiner und ich fühlte sie auf meiner

Stirn.

Dann gab es einen leuchtenden Blitz in mir und für eine Minute konnte ich nichts mehr sehen oder spüren.

Nach einer Weile öffnete ich die Augen und erkannte, dass ich nicht mehr dort war, wo ich noch vor kurzem war.

Ich war in einer Art Tempel aus Stein. Vor mir war ein Altar und eine in eine Toga gehüllte Frau reichte mir eine Schale. Erstaunt nahm ich diese und roch daran. Es war offensichtlich ein gut riechendes Öl.

Gut, aber was sollte ich nun damit?

Wie von selbst nahm ich das Öl und stellte es neben einen Diwan, der dem vergitterten Bett aus meinem Traum nicht unähnlich war.

Die Frau stellte mir eine Frage, die ich erst beim zweiten Mal richtig verstand. „Edle Göttin, möchtest du noch einen Blick in den Spiegel werfen, bevor ich dich verlasse?"

Ich nickte.

Dann sah ich mich selbst in einem ganz altertümlichen Handspiegel.

Meine Haare waren zu einer Hochsteckfrisur aufgesteckt und rahmten ein herzförmiges Gesicht ein, das meinem ähnlich sah. Aber ich hatte nicht so prächtiges Haar.

Ich konnte mich in diesem Spiegel nicht erkennen. So wundervoll und ehrwürdig sah ich wirklich nicht aus, aber ich wusste genau, das bin ich. Mein Körper war verhüllt in ebenso eine Toga wie die der Frau, doch meine war mit Gold verziert und weitaus wertvoller als die ihre. Außerdem trug ich goldenen Schmuck um meine Arme und um den Hals.

Mit einem Nicken entließ ich die Frau, die sich verbeugte und den Raum durch eine Nische verließ.

Himmel, jetzt stand ich hier und wusste nicht, was ich tun sollte.

Es war ein ganz komisches Gefühl, denn die Frau, die ich darstellte, wusste genau, was zu tun war.

Ich sah mich unvermittelt durch den Raum tanzen und mich im Kreis drehen – und ich ahnte, ich erwartete jemanden.

Im ganzen Raum waren Kerzen verteilt und es roch nach Blumen und Kräutern.

Als ich mich umdrehte, sah ich ihn.

Es war der Schattendieb.

Ich konnte sehen, dass es ein Mann war, aber er war nur schemenhaft. Wir nahmen uns in die Arme und er küsste mich wild und ungestüm. Meine Toga glitt zu Boden und ich ließ mich langsam auf den Diwan sinken. Dann war er über mir.

In dem Moment, als sich unsere Körper vereinigten, tauchte der leuchtende Blitz wieder vor meinem inneren Auge auf, und ich konnte noch fühlen, wie der Schattendieb seine Hand von meiner Stirn nahm.

Ich lag also wieder in dem vergitterten Bett.

Angefüllt mit Emotionen setzte ich mich auf, schlang die Arme um meine angewinkelten Knie und atmete schwer.

Nach einer Weile bemerkte ich, dass der Schattendieb wieder in dem Sessel in der dunklen Ecke Platz genommen hatte.

Das Erlebte hatte mich wirklich aufgewühlt und ich war noch nicht in der Lage zu sprechen, zu nah ging mir das.

„Wir waren also mal ein Liebespaar", meinte ich dann mit bebender Stimme. „War es das, was ich wissen sollte?"

Er antwortete nicht und wenn ich nicht genau gewusst hätte, dass er da war, hätte ich geschworen, völlig allein zu sein.

Aber ich konnte ihn atmen hören.

„Ja", sagte er einfach. Ihm schien diese Art Traum, in den er mich geschickt hatte, ebenfalls aufzuwühlen.

„Warum haben wir uns getrennt?", forschte ich weiter.

Wieder dauerte es eine für mich lange Zeit, bis er redete. „Das weiß ich nicht genau. Aber du hast deine Unsterblichkeit aufgegeben, um mir zu entkommen. Ich werde das nicht wieder zulassen."

„Deshalb die Gitter", folgerte ich weiter und er bestätigte dies.

In mir machte sich Traurigkeit breit.

Wie sollte das weitergehen?

Sollte ich für immer und ewig in diesem Bett hier liegen und darauf warten, was der Schattendieb tun würde?

Oder konnte ich tagsüber mit Kai zusammen sein und wurde nachts vom Schattendieb verführt?

„Es tut mir sehr leid", hörte ich mich sagen, „aber ich bin nicht mehr diese Göttin, für die du mich hältst. Ich war sie vielleicht mal, genau weiß ich das nicht. Und du kannst nicht von mir erwarten, nur weil ich dich vor Jahren mal geliebt habe, dass ich das hier und jetzt wieder tue."

Angstvoll klammerte ich mich an den Gittern fest. „Du musst mich gehen lassen! Meine Liebe kannst du nicht erzwingen!"

„Genauso wenig kann ich sie einfach ablegen", war seine heftige Antwort. „Du hast mir gezeigt, wie man lieben kann, jetzt kannst du nicht erwarten, dass ich das wieder vergesse und so lebe wie früher!"

Er erhob sich und kam an das Gitter. „Ich konnte nur weiter leben, weil ich wusste, dass ich dich eines Tages wiederfinde. Und es hat Jahrhunderte gedauert. Beinahe hätte ich dich nicht mal erkannt! Ich kann dir noch etwas Zeit lassen, dich richtig zu entscheiden, doch du kannst das Spiel nicht beenden – nie wieder!"

Er drehte sich um und verließ den Raum.

Diesmal wachte ich auf mit Tränen auf den Wangen.

Jedes Mal, wenn ich von dem Schattendieb geträumt hatte, hatte ich etwas Neues über ihn – vielleicht auch über mich – erfahren. Doch ebenso wie ich etwas Neues erfahren hatte, stellten sich wieder und wieder eine Anzahl neuer Fragen.

Was meinte er damit, ich sollte mich richtig entscheiden?

Richtig für mich oder richtig für ihn?

Was sollte ich entscheiden?

Und irgendwie war mir noch nicht klar, was er mit dem "Spiel" meinte.

Früher hatte ich immer gedacht, er spielte mit mir um mein Leben.

Das hörte sich ja auch logisch an: Als Nächstes hole ich Dich, hatte er am Anfang behauptet.

Doch jetzt könnte es sich ja auch um eine Art Liebesspiel handeln...

Mir wurde ganz mulmig dabei.

Ich hatte doch gerade den Traummann meines Lebens kennengelernt (ich meine Kai!) und ich wollte noch mehr mit ihm erleben.

Konnte ich jetzt Kai einfach die Tür weisen, um mit dem Schattendieb eine Affäre zu beginnen?

Im Grunde genommen hatte ich die ja schon.

Zugegeben, ich hatte noch nicht mit ihm geschlafen – aber irgendwie doch schon. Na ja, in dem Traum eben.

Also hatte ich Kai schon betrogen...

Energisch wischte ich diesen Gedanken an die Seite.

Damit wollte ich mich wirklich nicht beschäftigen.

Da gab es doch noch ganz andere Dinge.

Zum Beispiel diese Sache mit dem Verschwinden der Leichen, von dem die Polizei dachte, ich hätte meine Finger im Spiel.

Ich musste unbedingt mit dem Schattendieb reden, dass das so nicht weiterging! Sonst saß ich noch im Knast, bevor ich Papp gesagt hatte.

Missmutig schlurfte ich unter die Dusche und brachte mich wieder auf Vordermann. Als ich gerade meine Haare trocken hatte, kam Kai mit dem Frühstück. Er hatte Brötchen und Marmelade besorgt.

Ich kochte den Kaffee und deckte den Tisch.

„Du bist noch müde, stimmt's?", wollte er wissen. „Zumindest bist du nicht gesprächig."

Nickend bestätigte ich. „Ich habe mies geträumt", gab ich zu.

„Willst du drüber reden?", forschte er weiter und nahm mich in den Arm.

Diesmal schüttelte ich den Kopf.

Das fehlte noch! Diese Probleme musste ich selber lösen, dabei konnte er mir nicht helfen.

Er küsste mich tröstend auf die Wange, dann setzten wir uns hin.

Ich hatte gerade in mein erstes Brötchen gebissen, als es an meiner Wohnungstür klopfte.

Fragend schaute mich Kai an.

Ich zuckte die Schultern, erhob mich aber, um die Tür zu öffnen.

Davor stand: Herr Pingel! Und er knetete seine Hände.

„Ähhh... Guten Morgen, Fräulein Schulte...", meinte er und es klang ganz ehrfürchtig. „Ich habe Sie doch nicht gestört oder so...?"

Was war denn jetzt mit dem los?

Gestern noch wollte er mich anzeigen und jetzt stand er da wie ein Schüler vor der Lehrerin.

Ein Schüler, der im Unterricht Unsinn gemacht hatte, allerdings.

Kai ließ sich hinter mir blicken, er zog die Wohnungstür noch einen Spalt weit auf.

„Oh, hallo!", machte Herr Pingel und hob die Hand zum Gruß. „Der junge Herr von gestern ist ja auch da."

Er schien nicht betrunken zu sein und bemühte sich um ausgesprochene Freundlichkeit.

„Wollen Sie was?", fragte Kai und das klang nicht freundlich.

Herr Pingel druckste herum.

Er räusperte sich ein paarmal, kam dann endlich mit der Sprache heraus. „Ich muss mich bei Ihnen entschuldigen. Gestern, na ja, also gestern: das war nicht so gemeint. Ich habe mich wohl im Ton vertan..."

Mir fiel alles aus dem Gesicht!

Hier stand derselbe Mann, der mich gestern praktisch als "Bordsteinschwalbe" bezeichnet hatte – und heute hatte er eine blaue, geschwollene Nase, ein eingefallenes Gesicht und er schien seine Worte wirklich ernst zu meinen!

„Ich werde Sie auch nicht anzeigen", meinte Herr Pingel in Richtung Kai. „Das habe ich alles mir selbst zuzuschreiben." Nur kurz berührte er seine Nase. „Ich hoffe, Sie zeigen mich ebenfalls nicht an."

Kai schüttelte den Kopf. „Nur wenn Sie mir versprechen, in Zukunft freundlicher zu Frau Schulte zu sein."

„Das versteht sich doch wohl von selbst", bestätigte mein Nachbar und versetzte mich noch mehr in Erstaunen.

„Auf eine gute Nachbarschaft weiterhin!" Jetzt steckte er mir die Rechte hin und sah mich mit Dackelblick an.

Wie von selbst ergriff ich die Hand und nickte sprachlos.

„Auf Wiedersehen!", sagte Kai und blitzte ihn unfreundlich an.

Herr Pingel wendete sich zum Gehen, blieb aber an der Treppe stehen. „Ich bin ganz harmlos. Bitte sagen Sie das Ihrem Freund."

Dann stob er davon, und zwar so schnell, dass er beinahe die ganze Treppe hinuntergefallen wäre.

Immer noch sprachlos schloss ich die Tür.

Das war ja fast ein Weltwunder!

Ich hatte noch nie ein gutes Verhältnis zu Herrn Pingel gehabt, dazu war er einfach zu dreist gewesen.

Aber das hatte keine Frau aus diesem Haus.

Frau Becker, die fünfundvierzigjährige Buchhalterin, die unten im Haus wohnte, hatte die gleichen Probleme mit ihm. Das hatte sie mir nämlich schon vor Wochen erzählt.

Er schien sich einfach für unwiderstehlich zu halten und machte allen Frauen Avancen – aber so unverschämt, das man als Frau nur schnell das Weite suchen konnte.

Vielleicht waren die Prügel, die er von Kai bezogen hatte, die richtige Medizin für diesen Typen gewesen.

Nachdenklich setzte ich mich wieder zum Frühstück hin.

Irgendwie irre, das mit Herrn Pingel.

Und er war ganz harmlos? - Ich sollte das meinem Freund sagen?

Das hätte er ja auch selbst machen können, schließlich stand Kai ja nur ein paar Meter weiter. Ich schüttelte den Kopf und nahm einen Schluck aus meiner Tasse.

„Was hast du?", fragte Kai und legte sein Brötchen weg. „Ist es wegen deines Nachbarn?"

Langsam nickte ich. „Begreifen kann ich diese ganze Szene noch nicht. Der war seltsam. Seltsamer als sonst."

„Hmm", machte er. „Mir kam er eher vernünftiger als sonst vor."

Wir kamen vom Thema ab. Mir war das auch ganz lieb.

Es gab bestimmt besseres, als über Herrn Pingel zu philosophieren.

Kai wollte wissen, was ich in puncto Polizei zu tun gedachte.

„Ich habe keine Ahnung", gab ich ehrlich zu. „Die müssen mir einfach glauben, dass ich nichts mit dem Verschwinden der Leichen zu tun hatte. Glaubst du, ich sollte mir einen Anwalt nehmen?"

„Wozu?" Kai trank seinen Kaffee in langen Schlücken. „Keiner hat dir gesagt, du solltest das tun. Also wollen die dich auch nicht verhaften. Wenn es soweit kommt, habe ich einen Freund, der Anwalt ist. Den können wir dann anrufen. Das heißt, wenn du das möchtest."

Ich nickte.

Die ganze Situation war so verfahren. Innerlich sah ich mich schon unschuldig in einer Gefängniszelle sitzen, nachts im Bett des Schattendiebs – das war mein Leben.

Entsetzt schüttelte ich mich, um diese unheimlichen Gedanken loszuwerden.

Kai beobachtete mich scharf. Er schien zu spüren, dass ich ihm etwas vorenthielt. Aber ich konnte ihm einfach nichts von dem Schattendieb erzählen. Nicht, wenn ich nicht mal selber wusste, wie das alles weitergehen sollte.

Wieder klingelte es an der Tür.

Ich schaute Kai an, der mich – und wir beide wussten, das konnte nichts Gutes sein. Mit einem Schaudern öffnete ich.

Es war Herr Krüger von der Kriminalpolizei – ohne seine allseits beliebte Kollegin.

„Morgen", sagte er kurz, kam wie von selbst in die Wohnung und setzte sich an den Tisch. „Raus mit der Sprache!", forderte er dann hart. „Was haben Sie uns noch verschwiegen?" Dabei fixierte er mich scharf.

„Nichts", ließ ich mich vernehmen. „Was meinen Sie denn?"

„Wir waren bei den Willoscheks", meinte er darauf mit Grabesstimme. „Haben Sie nicht einen winzigen Punkt vergessen zu erwähnen?"

Was zum Geier meinte er? Verwirrt schaute ich ihn an. „Ich verstehe nicht", gab ich zu.

„Sie haben ein Interesse daran, es ihrem Ex-Verlobten heimzuzahlen", fiel Herr Krüger mir ärgerlich ins Wort. „Schließlich hat er Sie wegen eines Mannes verlassen!"

Aufseufzend setzte ich mich hin. „So ist das nicht gewesen."

Warum musste ich mich bloß immer rechtfertigen?

Ich war das so leid.

„Ich habe Daniel seinerzeit verlassen", begann ich dann zu erklären. „Es ist richtig, dass wir in Kürze heiraten wollten, aber als mir Daniel erzählte, dass er auf Vinzenz – damit auf Männer – stand, wollte ich nichts mehr mit ihm zu tun haben. Deswegen habe ich ihn rausgeworfen. Und bis vor ein paar Tagen habe ich auch keinen Kontakt zu ihm oder Vinzenz gehabt – ich wollte die beiden niemals mehr wiedersehen! Sicherlich war ich am Anfang wütend und gekränkt und habe Daniel die Pest an den Hals gewünscht – aber glauben Sie wirklich, ich warte ein Jahr ab, treffe die beiden wie zufällig in einem Supermarkt und bringe dann mit Hilfe von Vinzenz Daniel um, um mich an ihm zu rächen? Das ergibt doch gar keinen Sinn!"

Herr Krüger hieb mit der Faust auf den Tisch. „Das glauben Sie! Aber ich habe da noch die Aussage des Vaters. Und der erzählt eine ganz andere Story!"

„Ach." Entnervt winkte ich ab.

„Eine andere Story?", mischte sich Kai ein. „Und was sagt er so?"

„Zum Beispiel der Umstand, weshalb Sie Ihr Heimatdorf verlassen haben und in die Stadt gezogen sind." Wieder ließ mich Herr Krüger nicht aus den Augen und verfolgte jede meiner Bewegungen.

Nicht das schon wieder!

Warum holte mich das immer wieder ein?

Ich schloss die Augen und atmete tief durch. „Sie glauben also wirklich an diese Hexengeschichten?" Meine Stimme hatte ruhig geklungen, aber ich war nicht wirklich ruhig.

Es war immer das gleiche! Immer und immer wieder!

Innerlich verfluchte ich Doris und das ganze Dorf, meine Eltern, meinen Bruder – alle, die damit zu tun gehabt hatten.

„Hexengeschichten?" Kai runzelte die Stirn. „Was meinst du denn damit?"

Beherrscht begann ich zu erklären: „Meine Mutter wohnte damals mit meiner Großmutter am Rande des Dorfes in einem kleinen Bauernhaus. Großmutter kannte sich wohl mit Kräutern aus, was damals nicht gerade selten war. Doch weil sie rote Haare hatte, klebte ihr schon den Makel einer Hexe an. Meine Mutter hatte übrigens auch rote Haare und sie hatte keinen Vater. Offensichtlich war mein Großvater im Krieg geblieben. Das war im Dorf schon wieder ein Makel. Nichtsdestotrotz heiratete mein Vater meine Mutter und zog mit ihr auf den großen Hof seines Vaters, den er später übernahm. Sie bekamen mich und ich hatte auch rote Haare. Eine Zeitlang passierte nichts, dann brannte meine Mutter mit einem anderen Mann durch. Sie kamen nicht weit, denn an der nächsten Ecke kam der Wagen des Mannes ins Schleudern und prallte gegen einen Zaun. Mein Vater fand die beiden im Morgengrauen, den Mann tot, meine Mutter schwerverletzt. Sie lag eine lange Zeit im Krankenhaus im Koma, starb dann aber auch. Das war so ziemlich der Zeitpunkt, wo ich zu meiner Großmutter umzog, weil mein Vater mich nicht um sich haben konnte. Ich war damals erst zwei und einfach zu viel für ihn. Er heiratete dann auch wieder und bekam einen Sohn, Ricky. Ich wohnte derweil bei meiner Großmutter und mir ging es gut. Als ich ungefähr 12 Jahre alt war, musste sie aber ins Krankenhaus und ich kam nach ihrem Tod zu meinem Vater und seiner neuen Familie, was an sich kein Problem war, da wir uns auch kannten. Aber dann passierten kleinere Übel, wie zum Beispiel, dass plötzlich Kühe krank wurden oder die Milch sauer – lauter solches Zeug also. Mit der Zeit erinnerte man sich daran, dass ich wohl das Kind einer Hexe sei, eben auch eine, und dass ich dafür verantwortlich zu sein hatte. Mein Halbbruder Ricky verbreitete eine Menge Lügen und das Dorf fand noch die eine und andere hinzu und schon war ein Urteil gebildet: ich war eine Hexe und damit gefährlich. Ich bin weggezogen und habe niemals mehr etwas mit dem Dorf zu tun haben wollen. Daniel kam auch von dort und wir kannten uns schon aus dem Sandkasten heraus. Er war niemals einer derjenigen, die mich verurteilt haben. Wir trafen uns wieder hier und fingen an, miteinander auszugehen – doch seine Eltern waren dagegen. Die Willoscheks hatten auch in dem Dorf gewohnt, waren dann aber so wie ich weggezogen. Das heißt allerdings nicht, dass sie den Kram nicht auch geglaubt hätten." Ich erhob mich mühsam beherrscht. „Und jetzt sagen Sie mir, ich hätte ihnen was verschwiegen, weil ich mein Leben nicht vor Ihnen ausgebreitet habe? Oder weil Sie einem alten Mann mit Vorurteilen glauben? - Ich bin es so leid, das glauben Sie mir gar nicht..."

Langsam drehte ich mich um und verließ das Wohnzimmer.

Im Bad wusch ich mir Hände und das Gesicht.

Das alles hatte mich mehr geschafft, als ich angenommen hatte.

Diese Haare! Alles nur wegen dieser Haare!

Oh, ich hatte schon versucht, sie zu färben – aber das war nur eine Lösung für vorübergehend. Und ich sah immer aus wie angemalt.

Egal, ob ich beim Friseur gewesen war oder selbst an mir herumexperimentiert hatte.

Und hier in der Stadt verstand sowieso keiner, warum ich diese "wunderbaren Haare" so verschandeln wollte.

Es hatte ja auch keiner eine Ahnung, wie viel Ärger sie mir gebracht hatten.

Irgendwann hatte ich aufgehört, sie abzuschneiden und zu färben und jetzt waren sie so lang, dass sie mir bis zur Hüfte reichten und viele Frauen beneideten mich um dieses volle rote Haar.

Ich wusste, ich musste wieder ins Wohnzimmer gehen.

Davor konnte ich nicht weglaufen, wenn das auch bislang meine

Taktik gewesen war.

Tief durchatmend wagte ich mich wieder unter die Männer.

Kai kam auf mich zu und nahm mich in den Arm. „Alles in Ordnung?", fragte er und sah mich aufmerksam an.

Ich nickte. Mein Blick glitt dann zu Herrn Krüger.

Er saß immer noch auf dem Stuhl am Frühstückstisch, hatte aber mittlerweile eine Tasse dampfenden Kaffees vor sich stehen.

„Hören Sie...", begann er umständlich und spielte kurz mit dem Teelöffel. „Wie Sie die Sache geschildert haben, ist nicht ganz das, was wir gehört haben."

Das hörte sich ziemlich lahm an.

„Vielleicht sollten Sie immer beide Seiten hören", schlug ich altklug vor. „Ich kann mir schon denken, dass Herr Willoschek nicht unbedingt gut auf mich zu sprechen gewesen ist. Er ist sich sicher, dass meine Hexenkraft seinen Sohn in die Homosexualität getrieben hat. Aber das ist nur, weil er einen Schuldigen dafür sucht. Und ich war gerade da. Genau so ist es beim Tod von Daniel. Ich war gerade da."

Herr Krüger atmete ein. Ich konnte die kleinen, feinen Fältchen in seinem Gesicht sehen, die sagten, dass er nicht viel geschlafen hatte. „Sie haben aber ein Motiv, Daniel Willoschek umzubringen und seine Leiche verschwinden zu lassen."

„Das ist doch Unsinn!", meldete sich Kai zu Wort.

„Er hat Recht", nickte ich und ließ die beiden einen Moment lang im Unklaren, wen ich meinte. „Überlegen Sie doch mal, Herr Krüger: ein Jahr lang warte ich, dann bringe ich Daniel um. Und der Mann, der ihn liebt, der Freund, wegen dem er mich verlassen hat, der hilft mir oder ich ihm? Und das ganze kurz nachdem wir uns ausgesöhnt haben? Da stimmt doch was vorne und hinten nicht, das müssen Sie zugeben."

„Das würde ich", meinte Herr Krüger und strich sich eine Locke aus der Stirn, „das würde ich sofort tun, wenn nicht eine zweite Leiche verschwunden wäre."

Er stand auf und durchquerte den Raum mit großen Schritten. Ich konnte ihm seine Verzweiflung ansehen. „Die Leiche von Dr. Heiner Peters ist verschwunden und wir haben nicht den geringsten Hinweis. Außer natürlich, dass Sie zugegen waren. Damit sind zwei Leichen verschwunden und beide Male waren

Sie darin verwickelt." Direkt vor mir blieb er stehen und sah mir ins Gesicht. „Ganz ehrlich, ich würde Ihnen glauben. Ihr ganzes Benehmen zeugt nicht dem einer eiskalten Mörderin. Aber einen anderen Hinweis gibt es nicht. Wenn Sie etwas wissen – und wenn es Ihnen unwichtig erscheint – sagen Sie es mir. Jetzt!"

„Aber ich weiß doch nichts", log ich aufgebracht.

Natürlich wusste ich etwas.

Doch das konnte ich nicht sagen. Der würde mich ja glatt für bekloppt halten, wenn ich jetzt anfing, von einem Mann zu erzählen, den ich in meinen Träumen gesehen hatte.

Herr Krüger war offensichtlich schon zu lange Polizist, als dass man ihm etwas vorlügen konnte. Er schüttelte den Kopf. „Sie sind keine besonders gute Lügnerin", entgegnete er leicht boshaft. „Ich kann sehen, dass da irgendwas ist, was Sie nicht sagen. Es wäre wirklich besser für Sie!"

Jetzt schüttelte ich den Kopf. „Es hat nichts damit zu tun", flüchtete ich mich aus der Affäre. „Ich schlafe nur schlecht und träume wilde Dinge. Aber davon verschwinden ja nicht zwei Menschen, nicht?"

Auffordernd schaute ich in die Runde.

„Nein", sagte der Polizist. „Vom Träumen verschwindet keiner, das ist richtig."

Na, hatte er es nicht gesagt?

Innerlich war ich etwas erleichtert – nur davon hatte Herr Krüger ja keine Ahnung.

„Und außerdem", redete ich mich raus, „habe ich Dr. Peters doch gar nicht als letzte gesehen. Meine Kollegin, Frau Koch, und ich kamen ins Krankenhaus und bekamen gerade noch mit, als ein Arzt Frau Peters und ihrer Schwester das Beileid aussprachen. Den Doktor habe ich das letzte Mal gesehen, als er im Rettungswagen abtransportiert wurde – und da machten die Sanitäter gerade Wiederbelebungsversuche."

„In dem Krankenhaus kann eine Menge passiert sein", meldete sich Kai zu Wort. „Und eine ganze Menge Leute sind zugegen, wenn jemand eingeliefert wird."

„Das ist ja auch richtig", gab Herr Krüger zu. „Die haben wir auch alle ausfindig gemacht. Auch den Arzt, der den Tod des Doktors festgestellt hat. Bis dahin ist alles klar. Aber auf dem Weg in die Leichenhalle ist Dr. Peters einfach verschwunden. Und keiner hat auch nur den Schimmer einer Ahnung wohin."

Kai runzelte die Stirn. „Ach, und nun glauben Sie, Diana hätte sich in die Leichenhalle geschlichen und den Leichnam entfernt? Wieso sollte sie das tun? Und wie? Sie war ja schließlich immer mit ihrer Kollegin zusammen, wie ich annehme."

Es breitete sich Schweigen im Raum aus.

Entweder konnte Herr Krüger nicht antworten oder er wollte einfach nicht.

Dann räusperte er sich. „Wir hätten niemals angenommen, dass Sie irgendwas damit zu tun hätten, Frau Schulte. Es fällt nur auf, dass die andere Leiche verschwunden ist. Und das kann doch kein Zufall sein."

„Ist es aber", meinte ich scharf. „Oder glauben Sie Herrn Willoschek und denken Sie ich habe beide mittels Magie weggezaubert?"

„Das ist doch lächerlich", stimmte mir Kai zu.

Herr Krügers Handy klingelte mit einer bescheuerten Melodie, was ihn veranlasste, schnell ranzugehen. Wir konnten hören, dass er mehrfach bestätigte, irgendwas verneinte und dann sich verabschiedete.

„Das war meine Kollegin", erklärte er mir. „Sie hat mit Frau Koch und mit Herrn Färber gesprochen. Die beiden bestätigen, dass sie immer mit Ihnen zusammen waren. Also konnten Sie die beiden Leichen nicht entfernt haben. Außerdem haben wir noch einen Zeugen, der bestätigt, dass Sie und Herr Färber die Wohnung nicht verlassen konnten, da dieser Zeuge im Flur etwas reparierte. Im Moment sind Sie also aus dem Schneider."

Ich atmete auf.

Zumindest war diese Sache etwas ausgestanden.

Herr Krüger trank seinen Kaffee auf ex aus und baute sich dann vor mir auf. „Ich gebe Ihnen einen guten Rat: sorgen Sie dafür, dass in Ihrem Umfeld keine Leichen mehr verschwinden. Im Moment sieht es so aus, als sei alles ein miserabler Zufall gewesen. Aber noch mehr Zufälle wären verdächtig. Wir verstehen uns also?"

Ohne auf meine Antwort zu warten, bewegte er sich Richtung Tür und war schon verschwunden, als ich aus meiner Erstarrung erwachte.

Voller Erleichterung liefen mir die Tränen über die Wange.

Kai reichte mir ein Taschentuch und tröstete mich.

Na, der musste ja was von mir denken... Heulsuse, die ich war.

Stattdessen schien er meine Lage zu verstehen.

„Du bist in Sicherheit bei mir", flüsterte er mir ins Ohr.

Wenn das doch nur wahr wäre!

Um auf andere Gedanken zu kommen, schlug Kai vor, doch einfach mal Bummeln zu gehen. Zu diesem Zweck wollten wir ins Einkaufszentrum.

Es wurde ein wundervoller Tag. Wir schauten mal hier, mal dort hinein, aßen zu Mittag in einem chinesischen Restaurant und tranken Kaffee in einer italienischen Eisdiele. Kai kaufte mir einen wunderschönen Seidenschal und ich ihm eine witzige Krawatte.

Gegen Abend fanden wir uns wieder in meiner Wohnung ein. Ich holte eine Flasche Sekt aus dem Kühlschrank und wir setzten uns auf die Couch und begannen zu schmusen.

Dabei blieb es nicht.

Zum Schluss trug Kai die Krawatte und ich den Seidenschal.

Gegen 3.00 Uhr flüsterte er mir bedauerlich ins Ohr: „Liebes, ich muss jetzt fahren. Morgen muss ich wieder arbeiten."

Leise zog er sich an. „Ich komme morgen nach fünf zu dir, wenn ich Schluss habe..."

Er küsste mich nochmal leidenschaftlich, dann verdrückte er sich.

Ich schlief weiter.

Und ich träumte.

Ich war wieder in dem Tempel.

Es war so, als wäre ich wieder diese Göttin, die ich in dem Tagtraum beim Schattendieb gesehen hatte. Offensichtlich war ich nervös, denn ich lief hin und her und rang die Hände.

Eine Dienerin in einer weißen Toga kam durch den Steineingang und beugte kurz das Haupt vor mir.

„Erzähle!", sagte ich und es klang so, als ob ich es gewohnt war, Befehle zu erteilen.

Das Mädchen – sie konnte nicht älter als vierzehn Jahre alt sein – suchte nach den passenden Worten. „Oh, edle Göttin, es ist niemand mehr hier! Wir sind ganz alleine..."

Ich schüttelte den Kopf. „Das kann nicht sein! Wo sind denn alle hingegangen. Es leben doch an die 30 Frauen hier. Wo ist die

Hohepriesterin, ihre Vertretung, die Dienerinnen? Sie können doch nicht alle weggegangen sein..."

Die Dienerin zuckte mit den Schultern. „Soll ich im Nachbartempel im Nebenort nachfragen?"

Wieder schüttelte ich den Kopf. „Sie wären niemals weggegangen. Da muss etwas anderes passiert sein." Ich fuhr fort, nervös in dem Raum herumzulaufen.

Etwas an der Dienerin kam mir komisch vor. Verschwieg sie mir etwas? „Tertia, du dienst mir seit Jahren in diesem Tempel!", sprach ich sie an. „Sprich mit mir! Was macht dir Angst?"

Indem ich sie scharf ansah, konnte sie nicht weglaufen. Aber mir schien, sie hätte es gern getan.

„Ich habe mit den anderen gesprochen, bevor sie verschwanden...", begann Tertia zu erzählen. Dann wurde ihre Stimme bedrohlicher. „Sie alle haben im Traum eine Botschaft erhalten, dass sie bald sterben werden – und alle von demselben Mann..."

„Tertia!", schalt ich sie, wurde allerdings sofort wieder liebenswürdig. „Warum hat mir niemand etwas gesagt. Ich könnte es vielleicht verhindern..."

Tertia schüttelte den Kopf. „Er hat gesagt, Ihr hättet nicht die Macht, es zu verhindern."

Ich straffte mich, gewann an Größe. „Wer wagt es, gegen mich, Diana, Göttin des Mondes und des Waldes zu intrigieren? Sag mir seinen Namen!"

Einen Moment lang schien die Dienerin zu zögern. Dann begann sie zu zittern. „Edle Göttin, bitte verzeiht mir! Ich habe selbst eine Botschaft erhalten!"

Mit einem Ruck legte ich meine Hand auf ihre Schulter und zwang sie, mich anzusehen. Ich konnte die Qual in ihren Augen sehen. „Du bist mir mehr als eine Dienerin. Ich beschwöre dich: sprich!"

Es war so, als ob ich einen Tritt in den Bauch bekommen hätte.

„Der Schattendieb...", war die Antwort von Tertia, der Dienerin. „Edle Göttin, es ist der Schattendieb!"

Noch konnte ich den Nachhall des Wortes hören.

„Welche Botschaft hat er dir hinterlassen?", fragte ich matt.

Tertia hatte Tränen in den Augen. Ihre Stimme klang brüchig. „Er hat gesagt, ich sei die nächste, die er holt..."

Ich als die Göttin umarmte die Dienerin.

Eine Weile lang standen wir nur so da. Dann blickte ich Tertia scharf an. „Wer ist dieser Schattendieb? Ich habe noch niemals etwas von ihm gehört..."

Die Angesprochene konnte nur mit den Schultern zucken. Es fiel ihr schwer zu sprechen. „Ich weiß es nicht. Auch mir ist dieser Schattendieb unbekannt. Ich kann ihn auch nicht sehen. Er ist nur als Stimme in meinem Traum – und er macht mir Angst."

„Shhhhht" Wieder drückte ich die zitternde Dienerin an mich. „Es wird dir nichts geschehen. Warte hier! Ich bin gleich zurück, ich frage nur die anderen Götter!"

Damit erwachte ich langsam.

Was war das jetzt für ein Traum?

Das war ja ganz anders als die Träume, in denen der Schattendieb vorkam.

Und irgendwie kam es mir so vor, als wäre dieser Traum auch nicht vom Schattendieb geschickt worden, sondern von jemand ganz anderem – jemand, der gegen den Schattendieb arbeitete...

Jetzt wurde es ja wirklich komisch.

Erst erschien mir im Traum ein Schattendieb, dann war ich eine Göttin?

Und wenn ich das jemandem erzählen würde, dann glaubte mir das eh keiner.

Oder hatte mir er Schattendieb diesen Traum doch geschickt, damit ich etwas begriff.

Aber was sollte ich denn begreifen? Dass es keinen Ausweg gab?

Dass alle um mich herum sterben würden?

Ach ja, er nannte es ja nicht sterben – er nannte es „In-sich-integrieren".

Für mich war es dasselbe.

Verwirrt erhob ich mich.

Erstmal eine Dusche nehmen und frühstücken, dann konnte ich mich dem weiter widmen.

Nach dem Frühstück rief mich dann Maria an. Sie hatte lange nichts mehr von mir gehört und wollte wissen, wie es mir ging.

„Ich habe ein paar Texte gefunden, die ich dir zeigen will", meinte sie dann geschäftig.

„Dann komm doch vorbei", bot ich an. „Wir können ja einen Kaffee trinken." Mir kam noch in den Sinn, ihr von dem neuen Traum zu erzählen – und vielleicht wusste sie ja auch etwas über die Göttin Diana.

Wir verabredeten uns für in einer halben Stunde.

Da blieb mir noch etwas Zeit, meine Wohnung in Ordnung zu bringen. Wieselflink eilte ich hin und her, stellte die alten Blumen weg und meine Wohnung war besucherfreundlich.

Dann kam auch Maria. Sie hatte eine Mappe bei sich.

Ich bot ihr einen Platz an, Kaffee und Waffeln.

Als wir dann so beieinander saßen, schlug sie die Mappe auf. „Ich habe dir ein paar Infos zusammengestellt. Es geht dabei immer um Schatten und was die Menschen mit ihm verbunden haben – in anderen Kulturen oder früher. Lies es dir mal durch, vielleicht kannst du etwas davon gebrauchen."

Nickend nahm ich Mappe entgegen und warf einen Blick hinein. Die Ägypter nannten ihren Schatten chaiput, die Römer umbra und..."

Na ja, das musste ich mir mal genauer ansehen, wenn ich Zeit hatte.

„Sag mal", meinte ich, während ich Kaffee nachschenkte, „was kannst du mir eigentlich über meine Namensvetterin, die Göttin Diana, erzählen. Weißt du etwas über sie?"

Maria zuckte mir den Schultern. „Nun ja, nur das übliche. Sie war die Göttin des Mondes und der Tiere. Sie kümmerte sich um die Frauen. Und zur Inquisition mutierte sie zur ‚Königin der Hexen'."

Das brachte mir erst einmal gar nichts. Lustlos stocherte ich in meiner Waffel herum.

„Es gibt da eine komische Geschichte", fiel Maria nach einer Weile ein. „Es geht darum, dass die Göttin ihre Sterblichkeit aufgab, um den Menschen zu helfen."

Aha, das hörte sich doch schon besser an.

Vielleicht konnte ich damit was anfangen.

„Einmal verliebte sich ein Dämon in die Göttin Diana", begann sie zu erzählen, „und weil es ein hochrangiger Dämon war, erkannte ihn die Göttin nicht und verliebte sich auch in ihn. Die beiden wurden ein Paar, doch sie trafen sich nur nachts und bei schummrigem Licht. Zur gleichen Zeit wurden die Dienerinnen im Tempel immer weniger und als nur noch eine Dienerin übrig war, erfuhr Diana von seltsamen Träumen, die die Tempeldienerinnen heimsuchten. Kurz darauf verschwanden sie auf Nimmerwiedersehen. Obwohl sie eine Göttin war, konnte sie die letzte Dienerin nicht retten und so holte sie sich Hilfe bei einer fremden weisen Göttin. Die wiederum sagte ihr, dass sich der Dämon ihrer Seele bemächtigt hätte und sie nicht mehr freigeben könne. Und weil er ihr kein Leid antun könne, würde er sich anderer bedienen. Diana hätte nur eine Chance, sie müsse ihre Sterblichkeit aufgeben und in dem Moment sterben, wenn der Dämon bei ihr war."

„Und?", fragte ich gespannt. „Wie ist sie aus der Situation herausgekommen?"

Maria schüttelte den Kopf. „Gar nicht. Es funktionierte nicht richtig. Sie wartete ab, bis ihr Geliebter bei ihr war, dann nahm sie sich ihr Leben. Aber der Dämon war nicht mit ihr gestorben und so quält er weiterhin die Menschen, traurig suchend nach seiner verlorenen Liebe."

Wir schwiegen beide.

Das hörte sich nach meiner Geschichte an. Warum hatte Maria das nicht schon vorher mal erzählt?

„Weißt du...", erklärte Maria nach einer Weile. „Die Geschichte ist ein Gleichnis, das besagt, dass die Kirche die frühere Religion zum Untergang trieb, wobei die alte Religion durch die Göttin symbolisiert wird und die Kirche durch den Dämon. Die Geschichte ist also nie passiert. Sie wurde nur als Erklärung erfunden."

Erfunden? Das glaubte ich nicht.

Das passte genau zu dem Traum, den ich letzte Nacht hatte.

Ich hätte ihr sogar den Namen der letzten Tempeldienerin sagen können.

Sollte ich das jetzt Maria erzählten?

Nach kurzem Abwägen entschied ich mich dagegen.

Ich wollte einfach keine Leute mehr in Gefahr bringen.

Tempeldienerinnen hatte ich nicht, also hielt sich der Schattendieb bei mir an die Leute, die mir nahestanden.

Und jetzt wurde mir auch klar, warum er so böse gewesen war, als ich den Unfall hatte. Er hatte gedacht, ich wollte die gleiche Lösung wie meine Namenskollegin wählen.

Das Puzzle hatte wieder ein Stückchen dazu bekommen.

Wir aßen noch eine Waffel und tranken Kaffee, aber ein richtiges Gespräch wollte nicht mehr aufkommen.

Das lag vielleicht auch daran, dass ich so betreten war und nicht aus den Gedanken um den traurigen Dämon und der Göttin herauskam.

Maria gab sich zwar Mühe, mich etwas aufzuheitern, sie scheiterte dann aber daran und verabschiedete sich unter einem Vorwand, wie mir schien.

Ich war wieder allein mit meinen Gedanken.

Lustlos ging ich Wäsche waschen und beschäftigte mich, so gut es eben ging.

Nachgedacht hatte ich genug, das brachte im Moment nichts.

Eigentlich wusste ich, was ich zu tun gedachte.

Ich musste ein dringendes Wort mit dem Schattendieb reden, dass er nicht mehr meine Freunde bedrohte.

Und ich war bereit, für ihn dann das Spiel weiterzuführen.

Im Augenblick war mir nichts wichtiger als das Schicksal meiner Freunde.

Als die Wäsche fertig war, beschloss ich, meine Wohnung zu verlassen und irgendwo einen Salat essen zu gehen.

Hier fiel mir die Decke auf den Kopf.

Hastig schloss ich die Haustür und schickte mich an, die Treppe herunterzustürmen, als ich beinahe gegen Herrn Pingel gerauscht wäre.

Der wirkte auch sehr verschreckt und quiekte leise.

Mich traf fast der Schlag!

Wie sah der denn aus?

Normalerweise war Herr Pingel schon nicht ein wunderschöner Mensch, aber was ich hier sah, ließ mir den Atem stocken: seine Haut wirkte grau, die Augen blutunterlaufen und die ganze Person schien so was von fertig zu sein, dass sie sich nur mit Mühe aufrecht halten konnte. Er keuchte von der Anstrengung, die Treppen bezwungen zu haben.

„Frl. Schulte", meinte er und rang die Hände. „Ich wollte Sie nicht erschrecken, wirklich."

„Schon gut", brachte ich hervor. Ich war immer noch geschockt über sein Aussehen. Allerdings schien er nicht getrunken zu haben. Was war denn mit dem los? „Geht es Ihnen gut, Herr

Pingel?"

Mein Gegenüber versuchte fahrig seine Haare zu ordnen und zuckte leicht mit den Schultern, um dann gleich wieder den Anflug eines verlegenen Lächelns zu zeigen. „Ähhh, ja geht so, danke."

Wir standen voreinander und starrten uns an.

„Sie wollten mich was fragen?", versuchte ich, ihm weiterzuhelfen.

Herr Pingel nickte aufgeregt, brachte aber erst einmal keinen Ton hervor.

Nach einer Weile heftigen Schluckens konnte er dann sein Anliegen vortragen. „Ihr Freund, der hat mir immer noch nicht verziehen, nicht...?"

Kai?

Der hatte keinen Gedanken mehr an meinen Nachbarn verloren.

Was hatte der nur immer mit Kai?

„Machen Sie sich keine Sorgen", beeilte ich mich, Herrn Pingel zu beruhigen. „Es ist alles vergeben und vergessen. Er hat Sie mit keinem Wort mehr erwähnt."

„Ach so..." Ein weiteres verschämtes Grinsen tauchte auf. „Aber..." Sein Gesicht verdüsterte sich. „Wieso hat er mir nochmal nahegelegt, Sie in Ruhe zu lassen?"

„Hat er?" Das überraschte mich wirklich. „Ich spreche nochmal mit ihm. Bitte beunruhigen Sie sich nicht", versprach ich ihm dann mit ruhiger Stimme. Fast spürte ich eine Art Mitgefühl für ihn.

Wieder zuckte Herr Pingel mit den Schultern, so als wolle er mir zwar glauben, könne es aber nicht. „Es ist nur, weil..." Dann winke er ab, bedankte sich nochmal und verschwand so schnell, dass ich einige Minuten später immer noch entgeistert dastand.

Anscheinend hatte Herr Pingel wohl doch mehr Probleme.

Kopfschüttelnd stieg ich die Treppe hinab und traf im Flur eine andere Nachbarin, Frau Becker. Wir unterhielten uns kurz über belanglose Sachen, dann meinte sie im verschwörerischen Plauderton: „Haben Sie eigentlich schon den Pingel gesehen?"

Ich bejahte. „Er sah ganz schrecklich aus. Als ob er krank wäre..."

Frau Becker seufzte. „Also, ich habe ja sonst so nichts mit ihm zu tun, außer er versucht, mich anzugraben, aber irgendwas muss mit ihm passiert sein. Er behandelt mich außerordentlich höflich."

Das passte zu der Erfahrung, die ich mit ihm gemacht hatte.

Ich erklärte, mein Freund hätte ihm die Meinung gesagt (dabei verschwieg ich, wie er das getan hatte) und meinte, davon könne jetzt jede Frau profitieren.

„Das war mal nötig", fand Frau Becker und lachte.

Wir verabschiedeten uns kurz danach und ich fuhr ins Einkaufszentrum, wo ich in eine Pizzeria ging, um meinen Salat zu essen. Dabei vergaß ich die Zeit, beobachtete die Menschen um mich herum und ließ es mir einfach gut gehen.

Natürlich konnte ich nicht alle Gedanken ausschalten.

Wieso war gerade ich mit dem Schattendieb gestraft, wo alle anderen herumlaufen konnten und keine Sorgen hatten?

Na ja, das stimmte ja nun so auch nicht. Sicher hatten andere Menschen auch Sorgen, vielleicht sogar größere als ich, aber es war mir eindeutig klar, dass nur ich mich mit dem Schattendieb herumschlagen musste.

Und ausgerechnet jetzt, wo ich mich seit langer Zeit wieder einmal verliebt hatte.

Was wäre wohl passiert, wenn ich Kai nicht kennengelernt hätte?

Hätte ich da mir-nichts-dir-nichts eine Affäre mit dem Schattendieb begonnen?

Nein, diese Gedanken führten zu nichts!

Ich wollte das auch nicht mehr mit mir selbst ausdiskutieren!

„Hallo...", sagte da eine Stimme direkt neben mir.

Erschrocken fuhr ich zusammen.

Es war Vinzenz, der neben meinem Tisch stand und die Hände ineinander knetete. „Darf ich mich kurz setzen?"

„Ja sicher." Schnell machte ich den zweiten Stuhl frei. „Komm, ich freue mich, dich zu sehen!"

Vinzenz nahm Platz. Er hatte eine dunkle Jacke an und eine helle Jeans. Obwohl die Sachen sauber waren, machte er einen recht abgerissenen Eindruck. Ob er wohl gegessen hatte?

„Ich dachte, du wärest mit deinem Freund da und wusste nicht, ob ihm das recht ist, wenn ich dich so anspreche", sagte er leise.

„Ach", tadelte ich halbherzig. „Das hätte ihm nichts ausgemacht. Aber er ist arbeiten. Ich bin alleine hier."

Er nickte, starrte auf den Tisch.

„Wie geht es dir jetzt?", forschte ich mitfühlend.

Zuerst kam eine lange Zeit nichts von ihm, dann zuckte er die Schultern. „Ich bin froh, dass wir beide nicht mehr unter Tatverdacht stehen. Normalerweise mag ich meinen Nachbarn nicht, aber diesmal war ich ihm richtig dankbar, dass er immer so viel repariert."

Jetzt nickte ich. Ich war ihm auch dankbar.

„Die Polizei nimmt an", fuhr er weiter fort, „dass Daniel noch lebt. Der Arzt, der den Tod festgestellt hat, war noch sehr neu und nun glauben alle, er hätte einen Fehler gemacht. Aber..." Vinzenz schaute auf und ließ mich nicht aus den Augen, „ich weiß es besser: Daniel ist nicht einfach aufgestanden und weggegangen. Er ist tot! Das habe ich selbst gesehen!" Seine Augen brannten, als ob sie in Flammen stünden.

„Ich verstehe das alles nicht", stieß er hervor. „Das kann doch alles nicht wahr sein. So langsam komme ich mir vor wie in einem Horrorfilm!"

Ja, ich konnte ihn gut verstehen. Manchmal kam ich mir selber so vor. Doch das konnte ich ihm nicht erzählen, nicht ohne ihn nicht auch in Gefahr zu bringen.

„Beruhige dich!", forderte ich ihn auf. „Die Leute sehen schon her!"

Das wirkte.

Vinzenz sah sich um und guckte in Gesichter, die ihn mehr oder weniger verstört anstarrten. Er erkannte, dadurch dass er in ihre Augen schaute, wie schrecklich er sich gerade aufgeführt hatte.

Denn er hatte sich erhoben, so dass sein Stuhl umgekippt war und sein Ton war immer lauter geworden, bis dass er schrie.

„Entschuldigung", sagte er laut und hob den Stuhl auf, um sich daraufzusetzen.

Nach einigen Minuten kümmerte sich niemand mehr um uns. Die Leute machten weiter wie zuvor. Der Kellner kam an unseren Tisch und ich bestellte einen Cappuccino für mich und, weil Vinzenz nichts sagte, ebenfalls einen für ihn.

Er schaute nicht mal hoch, als die Getränke schließlich kamen. Doch als er den Cappuccino endlich wahrnahm, legte er die Hände fröstelnd darum und kostete vorsichtig.

„Wie war das mit deinem Doktor?", fragte er schließlich.

Diesmal zuckte ich die Schultern. „Er hatte auf der Straße einen Anfall, wurde vom Rettungswagen ins Krankenhaus gebracht und dort für tot erklärt. Dann ist er auf dem Wege in die Leichenhalle verschwunden."

„Ist ja komisch", meinte Vinzenz nach einer Weile dazu. „Du warst wirklich anwesend und beide sind verschwunden."

He, was waren das denn für Töne! Fing der jetzt auch schon an, mich zu verdächtigen?

„Du warst bei Daniel doch auch da", verteidigte ich mich. „Ich habe doch gar nichts gemacht."

„Stimmt", nickte er.

Dann trank er den Cappuccino mit einem Mal aus, reichte mir die Rechte und meinte: „Danke fürs Getränk. Wenn ich mehr weiß, melde ich mich. Tschüss!"

Völlig verdutzt nahm ich seine Hand und dann war er auch schon verschwunden.

Ich war beunruhigt. Vinzenz machte einerseits einen verwirrten Eindruck, andererseits aber auch den eines logisch denkenden Menschen. Man sagt ja nicht umsonst, das Genie und Wahnsinn nahe beieinander liegen.

Was, wenn er jetzt mit aller Macht hinter das Geheimnis kommen wollte?

Meine Idee, mit dem Schattendieb zu reden, wurde immer dringender.

Ich verließ die Pizzeria und fuhr nach Hause. Vor meiner Haustür traf ich den Briefträger, der ein Paket in der Hand hielt.

„Nehmen Sie das an für Herrn Pingel?", nuschelte er.

Komisch, eben noch war er zuhause gewesen.

„Ist er denn nicht da?", fragte ich dümmlich.

Der Briefträger machte ein genervtes Gesicht. „Hab' schon dreimal bei ihm angeschellt. Was ist jetzt? Nehmen Sie's oder muss ich es wieder mitnehmen?"

„Jaja", meinte ich, nahm es und unterschrieb.

Drinnen legte ich das Paket erst einmal auf die Garderobe.

Mir war da ein Gedanke gekommen. Ich traf den Schattendieb immer nur, wenn ich schlief – und jetzt wollte ich dringend mit ihm reden.

Also: ich musste nur schlafen.

Acht

Mit einem Sprung schaffte ich es auf die Couch, zog die Heimdecke über mich und versuchte einzuschlafen.

So ganz einfach, wie ich mir das vorgestellt hatte, war es dann doch nicht. Ich wälzte mich erst eine ganze Weile von der einen Seite auf die andere, dann drehte ich den Fernseher an, dessen monotones Geplapper mich schließlich einschlafen ließ.

Irgendwann fand ich mich in dem Bett wieder – dieses komisch vergitterte Bett, das ich schon kannte.

Es war düster und ich konnte nicht erkennen, ob der Schattendieb mit im Raum war.

„Hallo?", rief ich mutig. „Bist du da? Ich würde gern mit dir reden."

Es tat sich nichts und ich rüttelte an dem Gitter. „Hey, Schattendieb! Wo bist du?"

Nichts!

War der Schattendieb wirklich nicht hier oder kam der nur, wenn er wollte?

Langsam wurde mir mulmig.

Ich war noch nie in diesem Raum alleine gewesen, immer war er hier.

Wie kam ich hier bloß wieder weg, wenn er nicht hier war?

„Ich bin hier", hörte ich seine Stimme plötzlich und obwohl es mich erschreckte, war ich irgendwie beruhigt.

Anscheinend war er durch die Wand herein gekommen.

„Oh", machte ich. „Sag mal, wie kann ich dich eigentlich nennen? Schattendieb erscheint mir so...", ich überlegte, wie das richtige Wort war, „so seltsam."

Der Schattendieb lachte. Es klang erfreut.

„Ich habe viele Namen", meinte er dann eine Weile später. „Aber so etwas wie einen Vornamen habe ich nicht. Wie würdest du mich denn nennen wollen?"

Darüber hatte ich noch nicht nachgedacht.

„Keine Ahnung", gab ich schließlich zu. „Wie würdest du denn heißen wollen?"

Er schien eine Weile nachzudenken.

Ich konnte ihn hin- und herwandern sehen.

„Du kannst mich Erakh nennen..."

Erakh?

„Was ist das denn für ein Name?", wollte ich wissen. „Woher stammt der?"

„Das war IHR Name für mich", erklärte der Schattendieb. Mit „ihr" meinte er wohl die Göttin Diana. „Er stammt aus dem Altägyptischen."

Erakh also. Seltsam, aber passend für ihn, befand ich.

„Erakh, wir haben ein Problem", wagte ich dann einen Vorstoß.

Er hielt an, blieb aber in Reichweite meines Gefängnisses stehen.

Mutig geworden sprach ich weiter. „Du integrierst meine Freunde oder Bekannten in dich hinein und die verschwinden dann von dieser Welt. Ich weiß nicht, inwieweit du dich mit dem heutigen Gesetz auskennst, aber die Polizei beschuldigt mich, ich hätte die Leichen verschwinden lassen. Verstehst du, was ich meine?"

Es gab eine Stille, in der ich nicht wusste, ob ich ihm mein Problem richtig dargestellt hatte.

Dann hörte ich ihn sprechen. „Deine Welt ist auch die meine. Ich lebe so wie du in ihr. Die Polizei ist mir also nicht unbekannt, wenn es das ist, was du fürchtest."

Das war nicht wirklich das, was ich hören wollte.

Ich seufzte. „Aber du suchst dir zum Integrieren immer nur Leute aus meinem Umfeld aus. Ich leide darunter und es ist gefährlich für mich", versuchte ich zu erklären. „Kannst du nicht damit aufhören?"

Hoffentlich hatte ich ihn nicht damit verärgert.

Ich hatte wirklich Angst davor, was passierte, wenn er böse wurde.

Und es war umso schlimmer für mich, dass er nichts sagte.

„Erakh...", bat ich leise.

„Ahhhh." Er stieß die Luft aus und verschwand aus meinem Blickfeld. „Es ist schön, wie du das aussprichst."

Ich wartete geduldig.

„Wenn ich deine Freunde und dein Umfeld in mich integriere, dann bekomme ich immer auch einen Teil von dir, Göttin", wisperte er dann sacht. „Für mich ist das außerordentlich wichtig, da ich dich nicht haben kann."

Tränen traten in meine Augen. Ich klammerte mich an die

Gitterstäbe. „Aber du hast mich doch schon", sagte ich gequält. „Ich bin doch in deiner Macht, sieh doch her!"

„Du verstehst das nicht!", sagte er heftig. „Ich mache das nicht, weil es mir nur Spaß macht, ich lebe auch davon. Und wenn ich schon davon leben muss, dann will ich es auch genießen. Stell dir vor, du würdest ein köstliches Gericht essen. Die sinnliche Freude, die du dabei empfindest, kommt meinem Gefühl nahe, wenn ich jemandem seinen Schatten nehme. Und jetzt sage mir, könntest du dein Leben lang auf alle köstlichen Gerichte verzichten und nur noch trockenes Brot essen?"

„Du hast gesagt, dass du schon lange darauf gewartet hast, mich wiederzufinden", stieß ich hervor. „Dann gehe ich davon aus, dass du Liebe für mich empfindest. Wenn das so ist...", ich legte mein Gesicht durch die Gitterstäbe, um näher an ihn zu kommen, „...dann bitte ich dich, tu es für mich, Erakh."

Wieder hörte ich ihn die Luft gequält ausatmen. Es schien ihm ungeheuer schwer zu fallen, mit mir zu reden.

„Komm mir entgegen!", forderte er hart.

Mein Herz klopfte mir bis zum Hals. Was meinte er damit? Was wollte er? „Wie?", fragte ich und sank in die Knie.

Jetzt war ich ganz klein. Mein Wille war gebrochen. Ich schluchzte.

Plötzlich spürte ich seine Hand auf meinem Haar, wie er mich sanft streichelte.

„Ach, Göttin", hörte ich seine Stimme an meinem Ohr. Es war ebenfalls wie ein sanftes Streicheln. „Was ich haben möchte, kann ich im Moment nicht von dir bekommen. Also machen wir einen Kompromiss: es ist für mich nicht einfach, den Prozess zu stoppen, ist er erst einmal in Gang gebracht. Aber ich versuche es. Während dieser Zeit möchte ich, dass du meinen Ring trägst. Bist du einverstanden, Göttin?"

Langsam nickte ich. Dann durchfuhr es mich wie ein Blitz. „Du hast schon jemanden im Auge, seinen Schatten zu stehlen?"

Er entfernte sich etwas von mir. „Ja, aber ich werde den Prozess unterbrechen. Auch wenn das gefährlich für mich ist. Im Gegenzug dazu verlange ich von dir, meinen Ring zu tragen. Dadurch bin ich geistig mit dir verbunden und ich werde merken, wenn du ihn ablegst."

Ich bemerkte, dass er meine linke Hand durch das Gitter zog

und über meinen Ringfinger einen großen schweren Ring streifte. Im Dunkeln konnte ich diesen Ring aber nicht richtig sehen. Ich wusste nur, es war ein großer Stein.

Damit trug ich jetzt sein Zeichen. Ich war vollständig in seiner Macht.

Er zog die Hand an seinen Mund und hauchte einen langen Kuss auf die Innenseite. Es prickelte.

„Du musst jetzt aufwachen, Geliebte...", hörte ich noch, dann fand ich mich auf meiner Couch wieder.

Zuerst wusste ich nicht, wo ich war, dann aber klärte sich mein Blick und ich konnte das komische Geräusch identifizieren, das mich heimsuchte.

Es war das durchdringende Klingeln des Telefons.

Noch völlig beduselt ging ich ran.

„Hallo Liebes!", sagte die Stimme meines Freundes. „Wie geht es dir?"

„Kai", freute ich mich und war schlagartig wach. „Gut, ich habe gerade etwas geschlafen."

„Ach deshalb hat es so lange durchgeklingelt", meinte er und lachte gutmütig. Dann änderte sich seine Stimme. „Diana, ich muss dich leider versetzen für heute. Es tut mir sehr leid, aber ich muss Überstunden machen. Wir haben da einen Kunden und der Auftrag muss fertig werden. Ich kann leider nicht kommen."

„Schade", sagte ich traurig. „Kann man nichts machen. Wann wirst du wohl fertig sein?"

Kai erklärte, er wüsste es noch nicht genau, aber er hoffte morgen.

Und er versprach, er würde zwischendurch mal anrufen.

Mit einem gehauchten Kuss verabschiedete ich mich und legte auf.

So, Kai würde heute nicht mehr herkommen.

Aber alleine sein wollte ich auch nicht.

Mein Blick fiel auf den Ring an meiner linken Hand.

Es war ein ovaler dunkelblauer Stein mit kleinen goldenen Sprenkeln; ein Lapislazuli, wusste ich.

Er war schwer und fühlte sich an wie ein Fremdkörper.

In mir regte sich der Wunsch, ihn abzunehmen. Aber wir hatten eine Vereinbarung. Also schüttelte ich innerlich den Kopf und versuchte, nicht mehr dran zu denken.

Ich legte die Decke zusammen und räumte das Wohnzimmer auf, schaltete den Fernseher auf moderne Musik um und wunderte mich, wie spät es schon war.

Wie sollte ich bloß den Abend verbringen?

Ob ich mal bei Sara anrufen sollte?

Bei Sara ging nur Filippo ran. „Sara ist nicht da", meinte er stockend und es kam mir komisch vor. „Ich dachte, sie sei bei dir?"

Aha, das war es also.

„Nein", antwortete ich langsam. „Hat sie gesagt, dass sie zu mir kommen will?"

Filippo verneinte. „Ich hatte es nur angenommen."

Das war doch nicht alles. Der war heute so komisch. Was war da los?

„Willst du mir was sagen?", fiel ich mit der Tür ins Haus.

Einen Moment lang schwieg er.

„Ich habe mich mit ihr gestritten", gab er dann leise zu. „Da ist sie weggelaufen und ich dachte zu dir. Jetzt mache ich mir aber wirklich Sorgen. Wo ist sie wohl hingegangen? Wenn ihr was passiert ist..."

Das hier war nicht der Filippo, den ich kannte. Der hätte sich niemals Sorgen gemacht, wäre vielleicht ausgegangen und hätte es sich mit anderen Frauen gut gehen lassen.

Aber ich hörte aus seiner Stimme heraus, dass ihm der Sinn gar nicht danach stand und er wirklich ernsthaft besorgt war.

„Beruhige dich", schlug ich erst mal vor. „Vielleicht ist sie zu Maria gegangen. Ich bin doch nicht ihre einzige Freundin."

„Maria?", fragte er. „Die kenne ich ja gar nicht. Wer ist das?"

Zu spät fiel mir ein, dass Maria ja Sara mit einer Art Zauber geholfen hatte, dass Filippo nur Augen für sie hatte. Da hatte sie ihm gewiss nichts erzählt.

„Ach", log ich geschickt, „Maria ist eine gemeinsame Freundin. Möchtest du, dass ich mal nachfrage?"

Ja, genau das wollte Filippo. Und noch mehr. „Diana, ich wollte mich schon lange bei dir entschuldigen und mich auch bedanken. Die Sache von damals... ich weiß nicht, warum ich so blöd gewesen bin. Wenn du Sara etwas erzählt hättest, wäre ich niemals mehr mit ihr zusammen. Und ich brauche Sara einfach, wie die Luft zum Leben."

Das waren wirklich ganz andere Töne. Hier hörte ich nur einen liebenden Mann, keinen Macho.

Ich versprach, ihn sofort zu benachrichtigen, wenn ich etwas wüsste und beendete das Gespräch.

Dann probierte ich es bei Maria.

Sie ging sofort beim dritten Klingeln ran.

Ja, und Sara war bei ihr. Maria gab sie mir sofort.

„Diana, ich brauchte mal eben eine Auszeit mit Filippo", gab sie zu. „Er hat mir einen Heiratsantrag gemacht."

Ich staunte. „Aber das ist doch schön! Herzlichen Glückwunsch! Willst du ihn denn nicht heiraten?"

„Doch, schon...", meinte Sara. „Aber er macht es nur aus dem Grund, mich versorgt zu sehen. Er hat nicht gesagt, dass er mich liebt."

Ich musste fast lachen. Konnte sie das denn nicht sehen? Wenn jemand sie liebte, dann dieser nichtsnutzige Italiener. „Sara, hör mal zu: er macht sich tierische Sorgen und er hat mir gesagt, er brauche dich so wie die Luft zum Leben. Für mich hört sich das sehr nach Liebe an – vor allen Dingen, weil er es mir gesagt hat, wo er mich eigentlich doch gar nicht leiden kann."

Einen Augenblick lang schwieg Sara. „Aber er soll es zu mir sagen, nicht zu anderen."

Ich verstand.

Hatte Filippo es ihr niemals mitgeteilt? Warum nicht? Hatte er Angst vor diesen Gefühlen?

„Was soll ich ihm sagen?", fragte ich. „Soll ich ihm überhaupt etwas sagen. Ich hatte versprochen, ihm Bescheid zu geben, wenn ich dich gefunden hätte."

„Sag ihm", seufzte Sara, „dass ich bei einer Freundin bin, mir geht es gut und ich komme später wieder. Sonst nichts, ja?"

Ich versprach es und wir legten auf.

Dann rief ich wieder bei Filippo an.

„Also", erklärte ich, als er sich meldete, „Sara ist bei Maria. Ich soll dir sagen, es gehe ihr gut und sie käme später wieder."

„Wann später?", ließ sich Filippo vernehmen. „Und warum sagt sie mir das nicht selbst? Hat sie dir gesagt, warum sie weggelaufen ist?"

„Ja", gab ich zu. „Aber sie redet mit dir später darüber. Ich soll dich nur beruhigen und dir sonst nichts sagen."

Filippo schwieg für eine Minute. „Sag mal, was sollst du mir nicht sagen...?"

Ich lachte. „Wenn ich es dir sage, habe ich doch mein Wort gebrochen." Dann räusperte ich mich. „Du liebst doch Sara, oder?"

„Na, sicher", rief er aufgebracht. „Was glaubst du, warum ich sie heiraten will?"

„Und?", fragte ich. „Hast du ihr das auch gesagt?"

Wieder schwieg Filippo. „Was meist du damit?"

„Na, ja, wir Frauen wollen gerne hören, dass wir geliebt werden – keine vernünftigen Gründe, warum man heiraten will, sondern aus Liebe. Es reicht nicht, es anderen zu sagen. Wahrscheinlich will Sara es auch von dir hören. Liege ich da vielleicht richtig?"

Er schnaufte. Das war nicht gerade eine Zustimmung, ich nahm es aber als eine.

„Willst du einen Ratschlag von mir?"

Klar wollte er. Im Moment hatte er ja auch keinen anderen, der ihm etwas riet.

„Am besten, du besorgst dir eine Rose, etwas Sekt und ein paar Kerzen", riet ich, „und dann versuchst du es nochmal. Aber diesmal richtig, ja?"

„Danke", meinte er, etwas betreten. „Du hast wahrscheinlich recht. Aber das bleibt unter uns, ja?"

Ich versprach es ihm.

Nachdem wir beide aufgelegt hatten, war ich wieder allein.

Aufseufzend machte ich mir den Fernseher an und holte mir einen Tee, um den Abend auf der Couch zu verbringen.

Als ob ich Abende dieser Art nicht schon öfter gehabt hatte.

Damals, als ich Kai noch nicht kannte.

Schon komisch, so lange waren wir noch gar nicht zusammen, aber ich hatte mich schon so an ihn gewöhnt, dass er mir fehlte.

Einen Moment lang machte mir das Angst, die ich aber schnell wieder verdrängen konnte.

Im Fernsehen gab es eine Art Fantasy-Film, der zwar sehr spannend war, mich aber irgendwann doch einschlafen ließ.

Wach wurde ich wieder gegen zwei Uhr nachts.

Der Fernseher lief immer noch.

Man sah eine Höhle, aus der im Hintergrund flackerndes Licht zu kommen schien.

Aha, dachte ich, wieder so ein Fantasy-Film.

Die Kamera fuhr langsam in die Höhle und ich konnte sehen, dass weit hinten eine Person war. Es war eine alte Frau mit weißem langen Haar, das sie offen trug. Sie rührte in einem überdimensionalen Kessel. Die typische Vorstellung einer Hexe.

Was dann kam, erschreckte mich wirklich.

Das war ich!

Ich war dort im Fernsehen und besuchte diese weißhaarige Hexe!

Nein, das konnte doch nicht sein!

Das war ich nicht wirklich!

Gebannt starrte ich auf den Bildschirm.

Da erkannte ich, dass ich die Person nicht war. Aber ich kannte sie, so wie ich mich kannte. Es war die Göttin Diana!

Die Göttin, die ich schon aus meinen Träumen kannte.

Was sollte das? Was machte sie da?

Ich kniff mich in den Arm, um zu sehen, ob ich nicht vielleicht doch schlief und träumte. Aber ich spürte den Schmerz, also war ich wach.

Die Göttin auf dem Bildschirm näherte sich langsam der Hexe, die in dem Kessel rührte. Die alte Frau schaute auf. Sie hatte ein weites dunkles Kleid an, darüber ein lila Tuch, ähnlich einem Umhang. Neben ihr lag ein großer schwarzer Hund, der jetzt warnend knurrte und sich erhob.

Die Göttin Diana, gekleidet in der allbekannten weißen Toga, hob die Hand dem Hund entgegen und flüsterte leise und sacht auf ihn ein. Sekunden später ließ der Hund sich streicheln und kraulen.

Die alte Frau sprach als erste. „Warum bist du hergekommen, Diana, Göttin des Mondes und der Tiere? Du kommst aus einer anderen Welt." Es hatte nicht böse geklungen, sondern eher einladend.

„Du kennst mich also...", sagte die Göttin Diana.

Mit einer Handbewegung wies die alte Frau den Hund an, sich in die Ecke zu begeben und hinzulegen.

„Zerberus ist Fremden gegenüber nicht immer freundlich", sagte sie und deutete mit einem Kopfnicken auf den Hund. „Du besitzt eine innere Magie, die er erkennt – und die meiner Magie nicht unähnlich ist. Was willst du?"

Diana seufzte. Dann trat sie an den Kessel heran.

„Hekate, Göttin der Wegkreuzungen und alter Magie, ich bin hergekommen, um dich nach dem Schattendieb zu fragen", sprach sie dann.

Der Schattendieb!

Ich erinnerte mich daran, was Maria erzählte hatte: wie sich die Göttin Rat bei einer anderen Göttin holte!

Und genau das bekam ich hier zu sehen!

„Der Schattendieb", wiederholte Hekate und schwieg dann eine Zeitlang. „Ja, ich kenne den Schattendieb. Aber er stammt nicht aus meiner Welt."

„Ich weiß", gab Diana zu. „Doch er hat sich meiner bemächtigt. Wie werde ich ihn wieder los?"

„Ahhhh." Hekate hörte auf, in dem Kessel zu rühren und wies auf eine Bank im Hinteren der Höhle, wo beide Platz nahmen.

„Wie lange bist du schon in seinem Bann?", fragte sie dann.

Diana zuckte mit den Schultern. „Ich weiß es nicht. Er hat alle meine Tempeldienerinnen geholt, ich konnte nicht einmal die letzte retten."

„So lange also schon", meinte die alte Göttin mit nickendem Kopf. „Der Schattendieb ist ein hochrangiger Dämon, der davon lebt, Menschen die Seele, also seinen Schatten, zu nehmen und dadurch Teile von den Menschen in sich zu vereinen. Die Menschen verschwinden dann von der Welt, sind aber nicht tot. Sie leben in dem Schattendieb weiter, bis ihre Seele verbraucht ist. Dir, Göttin des Mondes und aller Waldtiere, kann er nichts tun, denn du bist unsterblich. Aber er wird die Menschen aus deiner Umgebung holen, denn so kann er dir nahe sein."

„Aber ich verstehe nicht", rief Diana verzweifelt. „Warum tut er das?"

„Aus mehreren Gründen", wusste Hekate. „Zuerst einmal ernährt er sich auf diese Weise. Er ist vor langer, langer Zeit verflucht worden. Dann ist es seine Art, dir nahe zu sein. Mit jeder, dich umgebenden Seele nimmt er ein Teil von dir auf und das ist für ihn so, als würde er dich ganz besitzen. Und dann sucht er immer noch nach dem Wesen, das ihn erlösen kann."

„Erlösen?"

Hekate nickte. „Ich erklärte dir schon, er ist verflucht worden. Und er sucht nach der Frau, die ihn erlösen kann. Die Seele seiner ehemaligen Geliebten."

„Aber dann bin ich es nicht", stieß Diana hervor. „Ich kann es gar nicht sein!"

„Du hast recht", pflichtete ihr die alte Göttin bei. „Deine Seele ist unsterblich. Aus diesem Grunde kannst du nicht seine Erlöserin sein." Sie seufzte. „Niemand kann es sein, denn er hat die Seele seiner Geliebten genommen, als er ihren Schatten nahm. Aber das weiß er nicht."

Beide schwiegen einen Augenblick lang.

„Was kann ich tun?", wollte die Göttin des Mondes wissen.

Hekate erhob sich. Sie wirkte erhaben. Dann trat sie an ihren Kessel, nahm eine kleine Flasche und füllte sie mit dem Inhalt des Kessels.

Mit ernster Miene gab sie die Flasche Diana. „Hier ist ein Zauber für dich. Du nimmst den Inhalt, bevor er zu dir kommt."

Sie nahm die Gabe entgegen und wartete auf weitere Instruktionen.

„Das ist nicht alles", meinte die alte Göttin auch sogleich. „Mit dem Trank gibst du deine Unsterblichkeit auf. Du bist dann so verwundbar wie ein Mensch. Kommt dann der Schattendieb zu dir, musst du dich selbst töten. Dadurch wird auch er sterben."

Diana starrte sie an. Das schien sie nicht erwartet zu haben.

„Und?", fragte die weise Alte. „Bist du bereit, diesen Weg zu gehen?"

Die Göttin Diana nickte. Dann drehte sie sich um.

Der Fernseher zeigt nur das Bild ihres Gesichtes.

Sie schien mich direkt anzusehen.

Es erschreckte mich, denn sie sprach direkt zu mir. „Ich war bereit. Bist du es auch?"

Mit einem Aufschrei presste ich die Hand auf meinen Mund.

Das Bild verschwamm.

Und plötzlich war da wieder das normale Programm: die Wiederholung einer Nachmittagstalkshow.

Entsetzt schaltete ich den Fernseher ab.

Jetzt war ich wirklich und endgültig vollständig und komplett verrückt geworden.

Nein, sagte ich mir innerlich und schüttelte den Kopf. Das war jetzt nicht wirklich passiert, das war nur eine... Sinnestäuschung. Ich habe mir das nur eingebildet.

Beim Umschalten war ich in den falschen Kanal gerutscht, deshalb war das Programm so komisch. Außerdem hatte ich noch fast geschlafen. Nein, das war alles nicht passiert.

Erst nach einer Viertelstunde Rumgerenne konnte ich mir eingestehen, dass das doch alles geschehen war.

Aber es war so wahnsinnig schwierig.

Bislang war mir doch so viel dummes Zeug passiert, musste das denn jetzt auch noch sein.

War ich jetzt nicht einmal sicher, wenn ich Fernsehen schaute?

Mein Verstand sagte mir, dass ich jetzt etwas über den Schattendieb gelernt hatte, von dem er keine Ahnung hatte.

Fast schien es mir, als ob mir die Göttin aus der Vergangenheit Tipps geben wollte, wie ich den Dämon besiegen konnte.

Aber konnte ich das denn wirklich?

Ich war bestimmt nicht die Wiedergeburt seiner Geliebten, die seine Erlöserin war.

Und ich hatte schon lange gebraucht, um zu akzeptieren, dass ich die Reinkarnation der einstigen Göttin Diana war. Ganz ehrlich gesagt: ich versuchte das vielmehr zu verdrängen.

Er schien jedenfalls davon überzeugt zu sein.

Ob er wohl wusste, dass die Göttin mit mir über den Fernseher kommuniziert hatte.

Mein Blick fiel auf den Ring. „Damit bin ich geistig mit dir verbunden", hörte ich ihn nochmals sagen, auch wenn es nur in Gedanken war. Hieß das etwa, er bekam alles mit, was ich so tat?

Ich schüttelte den Kopf und entschied, dass er jetzt gerade andere Probleme haben musste. Hatte er nicht behauptet, es sei schwierig, den Prozess des Integrierens rückgängig zu machen? Dann war er beschäftigt, denn hätte er dieses „Fernsehstück" mitbekommen, hätte er es sicherlich auf die eine oder andere Weise gestoppt.

Und er wusste ja auch nichts über den Traum von der Göttin Diana, sonst hätte er mich darauf angesprochen.

Langsam beruhigte ich mich etwas.

Was war jetzt zu tun?

Meinte die Göttin etwa, ich solle mich wie sie selbst töten, um den Schattendieb zu besiegen?

Das war ja geradezu hirnrissig, schließlich hatte es bei ihr ja auch nicht geklappt.

Es gab noch eine Lösung!

Ich musste doch bloß diese Erlöserin finden, die Seele der ehemaligen Geliebten.

Pech war nur, die hatte er eingesaugt, mitsamt ihrem Schatten.

Wieder Sackgasse!

Das ganze Hin- und Herüberlegen brachte nichts.

Mir fehlten ganz einfach Informationen über dieses Thema.

Was sollte ich beispielsweise tun, wenn ich diese Erlöserin gefunden hatte?

Und wo sollte ich die suchen?

War ich das am Ende selbst?

Und wenn ja, was wurde von mir erwartet?

Ganz wirr von den vielen Gedanken in meinem Kopf ging ich ins Bett.

Niemals hätte ich gedacht, schlafen zu können, doch sobald ich in den Kissen lag, schlief ich auch schon traumlos.

Der nächste Tag brachte erst einmal nicht Neues. Ich hatte verschlafen. Es war schon 11.00 Uhr, als ich aufwachte.

Dann ging alles Knall auf Fall.

Zuerst rief Sara an. Filippo hatte ihr noch einen Heiratsantrag gemacht, diesmal einen richtigen, und sie hatte ihn angenommen.

Es sollte eine richtig große Hochzeit werden und sie würde in Italien stattfinden, wo die meisten von Filippos Angehörigen wohnten.

Kommende Woche wollten sie dann auch sofort los.

„Ich hätte dich gern als meine Brautjungfer gehabt", meinte Sara etwas traurig, „aber Filippos Eltern sind sehr konservativ und wollen nur Leute aus ihrer oder meiner Familie."

Saras Familie bestand nur aus einem jüngeren Bruder, der weiß der Himmel wo lebte. Er zog durchs Land und hielt sich mit Gelegenheitsjobs über Wasser. Dann und wann kam er mal vorbei, schnorrte ein wenig Geld von Sara und verschwand wieder. Ihre Eltern waren schon bei einem Autounfall verstorben, als sie sechzehn Jahre alt war.

„Das macht gar nichts", sagte ich gutmütig, obwohl ich insgeheim auch ein bisschen traurig war. „Ich hätte das Geld für die Reise eh nicht gehabt. - Aber wenn ihr wiederkommt, gehen wir mal zusammen aus, ja?"

Sara versprach es. Dann verabschiedeten wir uns. Für sie gab es noch so viele Dinge vorzubereiten.

Ich unterdessen machte mich erst einmal frisch und zauberte mir ein leichtes Essen auf den Tisch. Gerade nippte ich an meinem Kaffee, als es klingelte.

Es war Herr Pingel. Heute sah er nicht so schrecklich aus wie gestern. Seine Augen waren immer noch verquollen und seine Haut etwas grau, aber alles in allem machte er einen gesünderen Eindruck als gestern.

„Danke", sagte er und drückte meine Hand. „Vielen, vielen Dank!"

Tränen standen in seinen Augen und er schniefte leise. „Ich werde das nie vergessen. Das kann ich nicht wieder gut machen!"

Ziemlich verdattert stand ich da. Was meinte der bloß?

„Ach ja", fiel es mir wieder ein. Das Paket!

Ich machte meine Hand frei und holte es von der Garderobe.

„Das war doch selbstverständlich", lächelte ich ihn an, während ich es ihm gab. „Nichts zu danken, Herr Pingel!"

Etwas verwirrt starrte er auf das Paket, dann schien es ihm wieder einzufallen. „Ach, meine Bücherbestellung!"

Eine Träne lief ihm die Wange hinunter. „Sie sind so nett, das habe ich gar nicht verdient..."

Sprach's und drehte sich um, um sich die Treppe herunterzubewegen.

Nun gut, Herr Pingel war seltsam!

Spätestens jetzt hatte ich es endgültig gerafft!

Aber musste er so ein Theater wegen dem Paket machen? Kopfschüttelnd schloss ich die Tür.

Na, wenigstens hatte ich jetzt Herrn Pingel gegenüber keine Verpflichtungen mehr.

Ich beschloss, aufzuräumen und sauberzumachen.

Etwas anderes hatte ich ja auch nicht zu tun.

Ob Kai immer noch arbeitete? Oder schon wieder?

Langsam bekam ich Sehnsucht nach ihm.

Es war kaum ein Tag vergangen, an dem ich ihn nicht gesehen hatte in letzter Zeit und das fehlte mir jetzt.

Und was würde aus meinem Job werden?

Musste ich mir da nicht auch schon Sorgen machen?

Gegen Mittag rief ich Kai an. Vielleicht konnte er eine kleine Mittagspause machen und mit mir eine Kleinigkeit essen. Er ging erst beim fünften Klingeln an sein Mobiltelefon.

„Ja?" Seine Stimme hörte sich verändert an.

„Ich bin's, Diana", meldete ich mich. „Störe ich gerade?"

Kai ließ ein kleines Stöhnen verlauten. „Ach, Liebes, du..."

„Nein, nein!", beeilte er sich dann zu sagen. „Ich wollte dich ja anrufen, aber ich habe es nicht geschafft. Wir sind immer noch an der Sache dran und hängen uns voll rein."

„Schade", bedauerte ich. „Machst du nicht mal eine Pause? Dann könnten wir was essen."

„Nein." Seine Stimme klang matt. „So verführerisch das Angebot ist, ich kann nicht. Wir lassen uns was kommen. Bitte, sei mir nicht böse, aber es klappt auch heute nicht mehr. Ich melde mich morgen Abend bei dir. Ich liebe dich. Ciao!"

Damit hatte er aufgelegt. Er tat mir richtig leid. Und ich selber tat mir auch leid. So langsam wusste ich nichts mehr mit mir anzufangen: ich vermisste meine Arbeit. Ich kam mir einsam und verlassen vor.

Das erinnerte mich an die Zeit, wo ich Daniel frisch verlassen hatte.

Ich hatte keine Freunde außer Sara, und die war gerade nicht ansprechbar.

Ob ich mal Maria anrief? Vielleicht unternahm die etwas mit mir? Nach ein paar Minuten Überlegens wählte ich ihre Nummer und sie meldete sich sofort.

Ja, Maria hatte Zeit. Wir würden gegen 15.00 Uhr spazieren gehen und anschließend Kaffee trinken.

Die Zeit verging wie im Fluge und schon bald stand ich vor Marias Haustür. Sie kam auch sofort heraus und erklärte, sie müsse für die Nachbarin den Hund ausführen. Die hatte nämlich einen Bänderriss und konnte „Wuschel", ihren Golden Retriever, nicht selber Gassi gehen lassen. Und so hatte sich Maria angeboten.

Wuschel entpuppte als sich als gutmütiger alter Kamerad, der offensichtlich froh war, mal wieder rauszukommen. Wir gingen auf matschige Feldwege, aber wir hatten eine Menge Spaß.

Etwa anderthalb Stunden später kamen wir wieder, lieferten

einen zufriedenen Hund ab und verzogen uns vor Marias Kaminofen.

Während sie den Kaffee zubereitete, deckte ich den Tisch und schnitt den Kuchen, den ich mitgebracht hatte, auf. Später saßen wir dann da und schlugen uns die Bäuche voll mit Vanille-Kaffee und Kirschkuchen mit Sahne.

„Hast du mal einen Blick in die Unterlagen geworfen?", wollte Maria wissen.

Ich schüttelte den Kopf. Die hatte ich vollkommen vergessen.

„Der Schattendieb will keine Menschen mehr aus meiner Umgebung den Schatten stehlen", platzte ich heraus. „Ich habe ihn darum gebeten und er erfüllt mir diesen Wunsch."

Maria starrte mich an. „Interessant... Und was sollst du für ihn tun?"

Zögernd streckte ich meine linke Hand hervor. „Ich soll seinen Ring tragen..."

Sie ergriff meine Hand und begutachtete den großen Lapislazuli mit gerunzelter Stirn.

„Sehr schön", ließ sie sich dann vernehmen.

„Ach komm schon", rief ich empört. „Das kann doch nicht alles sein. Du willst doch bestimmt etwas ganz anderes sagen!"

Maria seufzte. „Ja, du hast recht. Ich wollte eigentlich sagen, dass das gefährlich ist. Aber wahrscheinlich hast du deine Gründe dafür."

„Selbstverständlich habe ich meine Gründe", stieß ich hervor. „Meine Freunde sind nicht mehr in Gefahr! Was ist dagegen das Tragen eines lumpigen Ringes!"

„Wenn es nur um das Tragen eines Ringes ginge", meinte Maria ruhig, „dann... Aber überleg' doch mal: er tut etwas Großes für dich. Und du? Könnte es nicht sein, dass dieser Ring etwas ebenso Großes ist – dass mehr dahinter steckt?"

„Was meinst du?", fragte ich verunsichert.

Sie zuckte die Schultern. „Der Lapislazuli steht für den Nachthimmel", ließ sie sich dann vernehmen. „Die Einschüsse sind Pyrit und stehen für die Sterne. Mir fällt es nicht schwer, Parallelen zu deinem Schattendieb zu finden, da du ihn ja nur nachts triffst. Früher glaubten die Menschen, dass sich all die göttliche Kraft, Geborgenheit und das unendliche Leben im Lapislazuli konzentriert. Er wurde zum Schutzstein der Römer

und Griechen, die glaubten, dass er Frieden, Weisheit und Liebe bringt. Die Heilwirkungen auf die Psyche sind dahingehend bekannt, dass er die Bedürfnisse nach Liebe, Partnerschaft fördert. Er befreit die in uns verborgenen positiven Kräfte durch Abbauen von Blockaden, Ängsten und Vorurteilen. Man erhält dadurch mehr Selbstvertrauen und erkennt, dass Partnerschaft und Freundschaft zu den wertvollsten Gütern gehören, die man pflegen soll. Und das habe ich mir nicht ausgedacht, es gibt Bücher über Steine, in denen du noch viel mehr lesen kannst."
Ich schwieg.
„Glaubst du, er will mich mit diesem Stein irgendwie beeinflussen?", fragte ich nach einer Weile. „Geht das überhaupt?"
„Nur so lange wie du es zulässt", war ihre eigentümliche Antwort. Sie schwieg auch einen Moment, seufzte dann und sah mich eindringlich an. „Ich bin der Meinung, er will dich damit dominieren. Es liegt an dir, in wieweit du das mitmachst. Du bist dein eigener Herr und so ein Stein sollte nur das Gute in dir ansprechen."
Wieder hing ich meinen Gedanken nach.
Ich hatte mir gar nicht überlegt, was so ein Ring nach sich ziehen konnte. Und schon gar nicht hatte ich geglaubt, dass er mich irgendwie beeinflussen könnte.
Maria legte mir ihren Arm um die Schultern. „Bitte, denk jetzt nicht weiter darüber nach. Ich bin ein wenig unfair gewesen. Natürlich ist es besser, wenn keiner mehr in Gefahr ist. Und du bist eine starke Frau. Du wirst es merken, wenn etwas nicht in Ordnung ist. Außerdem hast du den Handel ja schon abgeschlossen und positiv für dich vermerkt, ohne meinen Hintergrund zu kennen."
Es war schon komisch mit Maria.
Das was sie sagte, gefiel mir selten, aber es hatte doch immer einen Funken Wahrheit für mich. Worin nun die Wahrheit in dieser Unterhaltung lag, vermochte ich noch nicht festzustellen, doch ich entschied mich, erst einmal das Leben zu genießen. Also nahm ich noch ein Stückchen Kuchen und Maria wechselte auch das Thema.
Wir unterhielten uns über Saras Hochzeit und Maria freute sich für sie und Filippo. Eigentlich hätte es mich ja brennend

interessiert, was Maria für Sara gemacht hatte, aber ich hielt wohlweislich meinen vorlauten Mund. Wenn sie das nicht von sich selbst aus erzählten wollte, war es vielleicht besser, ich fragte Sara danach.

Das nahm ich mir für nach der Hochzeit vor.

Gegen sechs Uhr brach ich dann nach Hause auf. Es war regnerisch und kalt und ich freute mich darauf, auf meiner Couch zu kuscheln und fernzusehen. Es lief eine interessante Dokumentation über Tiere und gegen elf Uhr wankte ich müde zu meinem Bett.

Ich schlief traumlos bis zum nächsten Morgen.

So im Nachhinein wunderte ich mich, dass ich nichts vom Schattendieb gehört hatte. Aber es war alles so ruhig gewesen, dass ich ausgeruht und frisch gegen acht Uhr erwachte.

Dann war es allerdings mit der Ruhe vorbei.

Neun

Der Morgen begann mit einem Knall – bildlich gesprochen natürlich.

Gerade erst war ich aus dem Bad gekommen, da ging auch schon das Telefon.

Und es war auch noch die Polizei, genauer gesagt: Herr Krüger!

„Morgen, Frau Schulte", konnte ich ihn hören. „Ich wollte Ihnen nur sagen, dass die Leiche von Dr. Peters aufgetaucht ist."

„Das ist ja schön", meinte ich erleichtert, bevor ich merkte, wie bescheuert das klang. „Ich meinte..."

„Ja, ja", unterbrach er mich, „Ich weiß schon, was Sie meinten. Und es kommt noch viel schöner! Wir haben nämlich auch die Leiche von Daniel Willoschek gefunden. Was sagen Sie dazu?"

Was jetzt? Was wollte dieser Typ hören?

Also: nochmal setzte ich mich nicht in die Nesseln, indem ich unsinniges Zeug quatschte.

„Ah ja", antwortete ich vorsichtig. „Das ist... erleichternd für mich."

„Meine Kollegin und ich würden uns gern noch einmal mit Ihnen unterhalten", ließ er mich wissen. „Können Sie in einer guten Stunde mal zu uns ins Präsidium kommen?"

Ich sagte zu und wir legten auf.

Lieber Himmel, was sollte ich denn jetzt tun?

Was erwarteten die beiden von mir?

Sollte ich am Ende gar die beiden Leichen identifizieren?

Schnell verwarf ich den Gedanken wieder – das war ja wirklich zu dämlich. Das Polizeipräsidium war ja schließlich kein Leichenschauhaus. So zog ich mich schnell um, sprintete dann zu meinem Auto und fuhr los.

In der Polizeistation fragte ich mich durch, dann stand ich vor dem Büro von Herrn Krüger. Und nach meinem Anklopfen fand ich ihn und seine Kollegin dann auch drinnen, beschäftigt mit Akten und je einer Tasse Kaffee.

„Möchten Sie auch einen?", fragte mich Frau Riedle, nachdem sie mir einen Stuhl angeboten hatte.

Bass erstaunt nickte ich.

„Mit Milch und Zucker?", fragte sie nach.

Wieder nickte ich, unfähig etwas zu sagen.

Was war denn mit der heute los? So nett hatte ich die ja noch nie erlebt? Oder war das irgendeine Taktik?

Etwas zweifelnd starrte ich in die Tasse Kaffee, die sie lächelnd vor mich stellte – es lag vielleicht auch daran, dass ich sonst nie Zucker nahm.

Da mich beide abwartend anstarrten, nahm ich einen Schluck, nickte ihnen zu und log: „Guuut!"

Hoffentlich hatte das keiner bemerkt.

„Das wundert mich", ließ Herr Krüger auch gleich verlauten. „Sonst ist der immer mies."

Erwischt!

„Ich bin kein großer Kaffeetrinker", entschuldigte ich mich lahm.

Der Kriminalbeamte grinste mich an. „Der Kaffee bei Ihnen war um einiges besser – oder hatte den der Freund gekocht?"

„Ja", nickte ich dankbar.

Aber war ich hier um mich über die Qualität von Kaffee zu unterhalten?

„Sie wollten mich sprechen, weil Sie Daniel und den Doktor gefunden haben?", half ich weiter.

Die beiden guckten sich an, dann mich und nickten beide.

„Die Leichen wurden im alten Feuerlöschteich gefunden", meinte Frau Riedle und nahm in meiner Nähe Platz. „Es ist also unumstößlich, dass die beiden Personen tot sind."

„Das hatten wir auch niemals bezweifelt", warf Herr Krüger ein.

Ich verstand immer noch nichts. „Gibt es denn irgendwelche anderen Zweifel?", fragte ich vorsichtig.

„So wie das aussieht", erklärte Frau Riedle durchaus freundlich, „ist der Arzt an Herzversagen gestorben. Das war jedenfalls die erste Annahme des Gerichtsmediziners. Wir rechnen aber mit keiner Abweichung, warten die Obduktion jedoch ab."

Herr Krüger nickte. „Was uns Probleme bereitet, ist der Tod von Daniel Willoschek. Es gibt keine ursächlichen Gründe dafür. Er ist einfach so gestorben."

Klirrend setzte ich die Tasse auf den Untersatz. „Und jetzt glauben Sie, ich hätte etwas damit zu tun?"

In seinem Gesicht konnte ich lesen, dass er einerseits dachte, ich sei unschuldig, andererseits aber annahm, dass ich ihm etwas verschwieg. Und damit hatte er ja auch recht.

„Fängt jetzt wieder das Gequatsche von Hexerei an?", stieß ich hervor.

Frau Riedle legte ihre Hand beruhigend auf meine Schulter. „Nein, nein, ganz gewiss nicht! Wir wollen nur die Todesursache herausbekommen."

„Und an übersinnliche Gründe glauben wir absolut nicht", stimmte Herr Krüger zu.

Ich schüttelte die Hand vorsichtig ab und atmete tief durch.

„Dann verstehe ich nicht, was Sie von mir wollen. Ich habe nichts getan. Vinzenz hat mich erst angerufen, als Daniel schon tot war. Und ich weiß auch nicht, wie die Leichen in diesen Teich gekommen sind."

„Das haben wir niemals behauptet", beruhigte mich Herr Krüger. „Sie sind überwacht worden und konnten die Leichen gar nicht entsorgt haben, keine Angst. Wir werfen Ihnen nichts vor; Sie sind nicht festgenommen, noch soll das hier ein Verhör werden. Es ist nur so, dass wir Informationen sammeln wollen."

Aus der Ansage hatte ich nur eines genau mitbekommen: ich war überwacht worden???

„Wie bitte?", würgte ich heraus.

Er seufzte, so als ob ihm diese Info einfach so entwischt war und er das eigentlich gar nicht hatte sagen wollen.

Dann sah er mir ernst in die Augen. „Ich knacke noch daran, dass die beiden quasi in ihrem Beisein gestorben und verschwunden sind. Und als Reaktion darauf sind Sie in der nächsten Stunde vor ein Auto gelaufen." Er kam mir mit dem Gesicht näher und seine Stimme wurde sanfter und leiserer. „Wissen Sie, wie das für mich aussieht? Ganz genau wie ein Selbstmordversuch!"

Der Stuhl quietschte, als er sich wieder in seine alte Position begab.

„Wir haben mit dem Unfallverursacher gesprochen", mischte sich seine Kollegin ein. „Der junge Mann schwört, dass Sie ohne zu gucken schnurstracks über diese Fußgängerampel gelaufen sind. Sie haben nicht einmal gewusst, dass sie grün war."

Ich saß auf meinem Stuhl und wäre am liebsten in das sprichwörtliche Mauseloch verschwunden. Wieder einmal traten Tränen in meine Augen.

„Kommen Sie, Diana", meinte Krüger jovial. „Wir bieten Ihnen unsere Hilfe an. Sie müssen nur mit uns sprechen."

Für einen Moment lang schloss ich die Augen, um mich zu sammeln. Als ich sie wieder geöffnet hatte, war mein Selbstbewusstsein wieder da.

„Ich habe keine Probleme und ich habe nicht versucht, mich zu töten", sagte ich laut und scharf. „Des Weiteren bin ich nicht in die Umstände des Todes von Daniel Willoschek und Dr. Heiner Peters verwickelt – so gerne, wie's mir leid tut. Ich weiß ebenfalls nichts über irgendwelche Löschteiche oder etwaige Funde in denselben. Das einzige, was ich zur Zeit habe, ist ein kleines bisschen Pech. Aber dafür kann man mich nicht einsperren, festhalten, verhören oder überwachen. Punkt!"

Frau Riedle und Herr Krüger warfen sich gegenseitig Blicke zu. Sie wussten beide, dass sie mit mir nicht weiterkommen würden.

„Falls Sie doch mit uns sprechen wollen...", meinte sie schließlich lahm und reichte eine Visitenkarte rüber.

„...weiß ich, wo ich Sie finden kann", beendete ich den Satz.

Die Visitenkarte legte ich auf den Bürotisch, nahm meine Klamotten und verabschiedete mich.

Draußen lehnte ich mich matt gegen die Wand.

Manchmal bedauerte ich es wirklich, das Rauchen aufgegeben zu haben, denn jetzt hätte ich wirklich eine Zigarette gebrauchen können. Oder Alkohol, oder Drogen...

Das war natürlich Unsinn, so was half einem ja nicht wirklich weiter.

Aber der Gedanke daran half schon, es etwas ruhiger bis zum Auto zu schaffen. Und endlich saß ich drin, warf meine Handtasche auf den Beifahrersitz und verbarg mein Gesicht in den Händen.

Was für ein Morgen!

Es war kaum elf Uhr und ich war schon fertig wie ein Brötchen.

Plötzlich klopfte es an meine Seitenscheibe.

Erschrocken fuhr ich zusammen und starrte in das Gesicht von Herrn Krüger. Er machte mir ein Zeichen, so dass ich die Scheibe herunter drehte. Sein Gesicht hatte den Ausdruck eines wissenden Vaters.

„Was meine Kollegin sagen wollte...", begann er, stockte dann aber etwas. In seiner Hand war die Visitenkarte, die er mir hinhielt. „Wenn Sie Schwierigkeiten haben oder nur reden wollen, bitte rufen Sie an."

Langsam nahm ich die Karte aus seiner Hand.

„Sie sind ganz schön hartnäckig", meinte ich vage lächelnd.

„Bei Ihnen habe ich den Eindruck, dass es sein muss", gab er zu. „Rufen Sie an. Das sage ich jetzt nicht als Polizist, sondern als Freund. Denken Sie daran."

Er nickte mir nochmal aufmunternd zu, drehte sich dann herum und verschwand im Gebäude.

Eigentlich war er ein netter Mensch.

Vielleicht so etwas wie ein lieber Verwandter. Einen Gedankensprung lang stellte ich ihn mir als meinen Onkel vor, verwarf das dann aber grinsend und startete den Motor.

Heute würde ich Hausputz halten. Das würde mich ablenken, hatte ich beschlossen. Sobald ich zuhause ankam, fing ich an zu wüten.

Ich gebe ja zu, putzen ist nicht gerade meine Lieblingsbeschäftigung, aber es konnte prima von Problemen ablenken.

Erst gegen Nachmittag wurde ich durch das Telefon unterbrochen.

„Schulte!", meldete ich mich, völlig außer Atem.

„Frau Schulte?", hörte ich die Stimme von Frau Denhöver, der Schwägerin meines verstorbenen Chefs. „Ist alles in Ordnung bei Ihnen. Sie klingen... asthmatisch?"

„Nein, nein", beruhigte ich sie. „Ich habe nur gerade die Badewanne geschrubbt. Deswegen bin ich wohl etwas kurzatmig."

Sie lachte kurz, wurde dann aber wieder ernst. „Wissen Sie, die Leiche meines Schwagers ist aufgefunden worden. Und jetzt können wir auch die Beerdigung stattfinden lassen. Er ist schon von der Polizei freigegeben worden und wird am nächsten Donnerstag auf dem Stadtfriedhof beerdigt."

Ich entgegnete, dass ich schon von der Polizei über den Fund aufgeklärt worden war und versprach, übermorgen, also eben jenen Donnerstag, mitzugehen.

„Wir haben noch eine Anzeige in der Zeitung geschaltet", wusste sie noch zu berichten. „Karten werden nicht versendet, aber wir erwarten Sie und Frau Koch zum Kaffeetrinken."

Nun musste ich ihr wohl erklären, dass Sara nach Italien

aufgebrochen war, um zu heiraten. Sie war sehr erstaunt.

„Sagen Sie, erwartet sie ein Kind?", fragte sie mit belegter Stimme. „Ich würde nicht fragen, aber wir haben einen Interessenten für die Praxis, der Sie beide mit übernehmen würde. Allerdings weiß ich nicht, ob..."

„Nein, sie ist nicht schwanger", klärte ich Frau Denhöver auf. „Die Hochzeit war schon länger im Gespräch, ist aber jetzt erst aktuell geworden. Es ist schön, dass Sie jemanden gefunden haben, der uns beide auch noch übernehmen will."

„Sie müssten ihn sogar kennen!", meinte sie erfreut. „Es ist der Sohn von Dr. Goldner. Letztes Jahr erst ist er fertig geworden und suchte eine Praxis. Sie kennen ihn doch, oder?"

Scheiße!

Scheiße!

Dreimal gottverdammte Scheiße!!!

Dr. Goldner war der Arzt, bei dem ich die Lehre gemacht hatte.

Der Arzt aus meinem Heimatdorf.

Und sein Sohn war nur etwas älter als ich und einer meiner meist gehassten Leute – in etwa so wie alle anderen aus diesem Kack-Dorf.

Irgendwie redete ich mich raus und konnte das Gespräch einigermaßen ruhig beenden. Dann ging ich ins Bad und schrubbte die Badewanne noch einmal, bis sie wirklich glänzte und sich nicht mal das kleinste Atömchen Schmutz mehr daran festhalten konnte. Und das Waschbecken, sowie die Fliesen und Fugen kamen auch dran. Ich hörte erst auf, als ich mich sprichwörtlich spiegeln konnte und meine Finger als die von Waschfrauen identifiziert werden konnten.

Zum Teufel, konnte ich nicht mal Glück haben?

Ich wollte niemanden aus meinem Heimatdorf sehen, schon gar nicht bei ihm arbeiten! Daniel hatte mir gereicht! Der war ja noch irgendwie auf meiner Seite gewesen. Von Johannes Goldner wusste ich das nicht mehr so genau. War das der Typ gewesen, der mich immer mit Dreck beworfen hatte? Nein, das war sein fetter Freund, Frank, gewesen. Aber Johannes hatte zugeschaut, das war mindestens genauso fies.

Sollte ich mich einfach auf einen wilden Buff hin bei anderen Ärzten bewerben und nicht bei Goldner anfangen? Einiges sprach dafür.

Aber vielleicht sollte ich ihm erst einmal eine Chance geben: am Ende war er sogar nett geworden?

Und was, wenn nicht?

Ich beschloss, erst einmal abzuwarten und mir selbst ein Bild von Johannes Goldner zu machen.

Es brachte jetzt wirklich nichts, die Sache übers Knie zu brechen.

Und während ich mir nach der anstrengenden Putzaktion einen Tee braute, klingelte wieder das Telefon. Diesmal war es Kai. Er hörte sich nicht sehr gut an.

„Was hast du, bist du krank?", fragte ich besorgt.

Er lachte leise. Es klang matt und aufgezehrt.

„Ich glaube, ich habe mich überarbeitet und jetzt eine Grippe bekommen", meinte er und hustete zum Gotteserbarmen. „Zumindest tut mir alles weh und Fieber habe ich auch."

„Du lieber Himmel!", rief ich aus. „Hast du was im Haus oder soll ich dir Medikamente mitbringen?"

„Es wäre mir wirklich lieber, wenn du nicht mal herkommen würdest", bat mich Kai. „Ich habe alles im Haus, was ich brauche. Bitte, komm nicht hierher und steck dich an. Das wäre mir nicht recht."

Ein paarmal versuchte ich noch, ihn zu überreden, dann aber gab ich es auf und versprach, ihn morgen nochmal anzurufen.

Kai wollte ins Bett gehen, erklärte, seine Medizin akkurat zu nehmen und sich zu schonen. Wenn es nicht besser werden sollte, wollte er mich anrufen – oder einen Arzt.

So saß ich wieder einmal alleine da.

Aber Kai tat mir so richtig leid, Grippe zu haben war nicht unbedingt lustig. Ich nahm mir vor, einfach morgen mal vorbeizufahren – egal, ob er das nun gut hieß oder nicht.

Den Rest vom Tag verbrachte ich damit, meine liegengelassenen Papiere zu sortieren, einen Kranz zu ordern und noch etwas aufzuräumen. Gegen Abend entschied ich mich, da die Badewanne jetzt wieder tipp-topp war, mich doch dort ein wenig zu pflegen und ein langes ausgiebiges Bad zu nehmen.

Ich zündete Kerzen an, goss mir ein Glas Rotwein ein und legte ein Buch bereit. Und so brachte ich etwa zwei Stunden in der Wanne zu.

Das war so richtig entspannend gewesen, so dass ich sofort ins

Bett sprang und einschlief.

Und ich begann zu träumen.

Ich lag wieder in dem vergitterten Bett, in dem ich schon so oft gelegen hatte.

Nur der Raum hatte sich irgendwie verändert.

Er war schummerig-düster, ohne das Anzeichen einer Lichtquelle.

In der rechten hinteren Ecke konnte ich ein Fenster oder eine Tür ausmachen, die von draußen kommendes Mondlicht hineinscheinen ließ. Die andere Ecke lag so weit im Schatten, das ich gar nichts erkennen konnte.

Das war doch sonst der Ort, wo der Schattendieb saß.

Bei den letzten Malen hatte ich immer den Ansatz eines Mannes oder den Sessel. in dem er saß erkannt, doch heute lag alles so im Schatten, dass es dunkel blieb.

„Erakh?", flüsterte ich sacht.

„Ich bin da", wisperte es aus der Ecke.

Sogar seine Stimme klang anders.

Sie war – menschlicher... sanfter...matter?

„Es ist so anders heute", sagte ich. „Warum?"

Er atmete tief aus.

„Der Prozess hat mich stark geschwächt", gab er dann zu. „Ich muss mich erst regenerieren."

„Man hat die Leichen von Daniel und dem Doktor gefunden", berichtete ich. „Danke, dass du das für mich getan hast."

Ich war ihm wirklich dankbar, denn das hatte ich gar nicht erwartet.

Er hatte mir doch erklärt, dass er nur die Schatten der Menschen integrierte, deren Körper dann verschwanden, die Menschen aber in ihm weiter existierten. Bislang hatte ich nur angenommen, er wolle den Prozess des „Schattenstehlens" bei einem Menschen, den er im Visier hatte, unterbrechen. So wie das jetzt aussah, hatte er die Schatten von Daniel und dem Doc wieder hervorgeholt, damit die toten Körper der beiden gefunden werden konnten und ich nicht mehr von der Polizei verdächtigt wurde.

Das ganze begriff ich erst jetzt.

Und eine Welle von Mitgefühl überschwemmte mich.

Er hatte mir einen großen Gefallen getan, den ich nicht mal von ihm verlangt hatte, und deshalb ging es ihm jetzt schlecht.

„Kann ich dir irgendwie helfen?", hörte ich mich sagen.

Wieder lachte er leise. Und wieder hörte es sich so an, als sei er dem Tode näher als dem Leben.

„Wenn du zum vernichtenden Schlag gegen mich ausholen willst, ist jetzt der richtige Zeitpunkt", meinte er nach einer Weile müde.

„Du machst mir Angst", rief ich aus. „Ich wollte dich nie töten, ich wollte immer nur, dass du weggehst und mich in Ruhe lässt."

„Und?", fragte er. „Willst du das jetzt immer noch?"

Es hatte ihn sichtlich Mühe gekostet, so zu reden, und er erwartete eine Antwort von mir.

Ich hatte die Antwort aber nicht.

Wollte ich nun wirklich, dass er mich für immer in Ruhe ließ?

Oder hatte ich mich so an ihn gewöhnt, dass ich ihn nicht mehr gehen lassen wollte?

Zum ersten Mal verstand ich das Sprichwort: „Sei vorsichtig, was du dir wünscht; du wirst damit leben müssen!" richtig.

„Ich weiß es nicht", gab ich beschämt zu. „Würdest du das denn können?"

„Niemals!" Trotz seines Zustandes hatte er leidenschaftlich geklungen. Seine Stimme war gleichzeitig fest und müde, wenn es so etwas überhaupt gab.

„Das war also nur hypothetisch gemeint?", fragte ich nach.

„Genauso hypothetisch wie du es gemeint hast, als du mich fragtest, ob du mir helfen könntest", war seine Antwort. Mir war die Bitterkeit in seiner Stimme nicht entgangen.

„Das war völlig ernst gemeint", begehrte ich auf. „Ich bin dir wirklich dankbar und würde dir gerne helfen, wenn ich nur dazu in der Lage wäre. Aber du hast mich hier eingesperrt!"

„Trotz deiner ach so schlimmen mir zu verdankenden Lage gäbe es eine Möglichkeit, mir zu helfen", stieß er gequält hervor. „Na Göttin, möchtest du einen Rückzieher machen?"

„Nein, das möchte ich nicht!" Ich war ärgerlich und verletzt. „Was denkst du eigentlich von mir? Glaubst du, ich mag es, wenn du leidest?"

Er antwortete nicht. Eine ganze Zeit lang kam von ihm kein Lebenszeichen. Ich war mir fast sicher, er war einfach verschwunden.

„Erakh...", flüsterte ich leise.

„Ich bin noch hier, Diana", hauchte er matt. „Ich habe gerade darüber nachgedacht, wie sehr du, Diana, dich von ihr, der Göttin, unterscheidest. Sie hätte mich gerne leiden lassen."

Das musste ich erst einmal verdauen!

War das jetzt gut oder schlecht für mich?

„Ich habe sie geliebt!", sprach er weiter und tausend Emotionen sprachen aus seiner Stimme. „Aber dich liebe ich umso mehr! - Ich werde dich nie wieder Göttin nennen, denn du bist zugleich göttlicher als auch menschlicher als sie."

Mein Herz geriet völlig aus dem Rhythmus. Ich hatte doch nicht ahnen können, das eine kleine dumme Bemerkung diese Flut von Reaktionen auslösen würde. Unfähig, überhaupt etwas zu erwidern, schwieg ich.

Er liebte mich – mich, nicht die Göttin!

Bislang war er nur verliebt gewesen in das Bild, das ich von ihr darstellte, jetzt aber liebte er mich, die Person.

Und ich liebte doch Kai!

Etwas in mir ließ mich wissen, dass sich die Situation kaum für mich geändert hatte. Ob er nun die ehemalige Göttin in mir oder mich selbst liebt, war egal – denn ich wollte nichts von ihm. Oder doch?

Ach, das Ganze war so verwirrend!

„Wie kann ich dir helfen?", unterbrach ich das Schweigen, bevor es zu unangenehm wurde.

Erakh fiel es sichtlich schwer, mit mir zu reden. „Ich habe zu viel Energie verloren, indem ich gleich mehrere Schatten weggegeben habe. Du könntest mir ein wenig von deiner Lebensenergie geben, das würde mir helfen." Nachdem ich eine Weile nichts sagte, meinte er spöttisch: „Willst du nicht doch einen Rückzieher machen?"

Ich schüttelte den Kopf. „Sag mir, wie ich das mache", forderte ich.

„Auf die übliche Weise", war seine Antwort. „Der magische Kuss."

„Aber ich muss dich warnen", fuhr er fort. „Deine Lebensenergie ist ganz anders als meine, nämlich viel schwächer und ich werde dementsprechend eine Menge brauchen. Das heißt für dich, dass du den Tag in einer Art Erholungsschlaf verbringen wirst, so dass sich dein Körper regenerieren kann."

„Also Dornröschen einmal andersherum", folgerte ich.

Er lachte, wohl über meine Bemerkung. „Du hast völlig recht. Und das Ganze ist nicht ungefährlich. Wenn ich nicht rechtzeitig aufhöre, kann es sein, dass du in einen Todesschlaf fällst, einem Koma nicht unähnlich. Bist du dir wirklich sicher, dass du mir helfen willst?"

„Ja", sagte ich zittrig. „Fang an!" Bevor ich mir es noch anders überlege, fügte ich in Gedanken hinzu.

Mit einem großen Knall verschwanden die Gitter im Boden und ich war frei. Ich hätte jetzt gehen können, verstand ich, tat es aber nicht.

Es lag mir nicht, etwas zu beginnen und es dann nicht zu Ende zu bringen.

Erakh war plötzlich neben mir und legte mir seine Hand über die Augen. „Shhhhht", beruhigte er mich. „Mach sie einfach zu und überlass alles weitere mir."

Und so schloss ich die Lider und harrte ängstlich der Dinge, die da kommen würden.

Mit einem Mal spürte ich seine Lippen auf meinen, dann durchfuhr es mich wie ein Blitz. Noch niemals in meinem Leben hatte ich so etwas Erotisches erlebt. Ich fühlte mich wie im Rauschzustand – dabei war das doch nur ein Kuss!

Und Erakh hörte nicht auf, mich zu küssen.

Das wollte ich auch gar nicht. Ich vergrub meine Hand in seinem Haar und versuchte, ihn noch näher an mich zu ziehen. Gleichzeitig bemerkte ich, wir mir die Kräfte zu schwinden begannen und ich in eine Art Dämmerzustand hinüberglitt, bis da nur noch Schwärze war.

Er hatte Recht gehabt.

Als ich nach tagelangem Schlaf endlich wieder erwachte, war ich keinesfalls ausgeruht, sondern ich fühlte mich so, als hätte ich einen Marathonlauf gemacht. Ein Blick zur Uhr zeigte mir, dass es genau 12.54 Uhr war – Donnerstag, 12.54 Uhr! Das hieß genau, dass ich den gestrigen Tag und die ganze darauffolgende Nacht geschlafen hatte.

Und das hieß weiterhin, dass ich mich jetzt verdammt sputen musste, denn die Beerdigung war um 14.00 Uhr und ich war noch nicht geduscht.

Gequält wie eine ganz alte Frau erhob ich mich und versuchte, mich im Schnelltempo salonfähig zu machen.

Wie ich das geschafft hatte, weiß ich nicht mehr, ich weiß vielmehr nur noch, dass ich mich zur angegebenen Zeit in der Kirche vor dem Friedhof einfand und sogar noch vorher etwas gegessen hatte.

Danach hatte ich mich schon etwas besser gefühlt, doch die Beerdigung zehrte an meinen Nerven und meiner Vitalität, falls ich so was noch hatte. Später fanden sich alle Gäste in einer kleinen Gastwirtschaft ein, um den Leichenschmaus einzunehmen. Frau Denhöver führte mich an den Familientisch, wo schon Frau Peters saß und ein braungelockter Mann mittleren Alters. Es fiel mir nicht schwer, ihn als Johannes Goldner zu identifizieren. Auch das noch!

Ich nickte ihm zu, was er mit einem verschämten Lächeln quittierte.

Johannes hatte sich nicht viel verändert. Er trug immer noch die gleiche Frisur wie vor Jahren, die ihn lausbubenhaft erscheinen ließ. Groß war er damals schon gewesen, ich schätzte ihn jetzt so auf 1.90 Meter, und dass er so schlank war, konnte nichts mit seiner Ernährung zu tun haben, denn er aß erst drei Stückchen Beerdigungskuchen, um dann mit den belegten Broten fortzufahren.

Frau Peters war sehr gefasst, sah den Umständen entsprechend gut aus und erzählte, sie würde zu Frau Denhöver nach Trier ziehen, sobald sie das Haus verkauft hatte.

Nachdem ich ein paar Happen gegessen hatte, ohne so verfressen zu wirken wie Johannes Goldner, wollte ich mich verabschieden.

Am Ausgang hielt mich Goldner auf.

„Diana", meinte er verlegen. „Ich darf doch Diana sagen, oder?"

„Sicher", gab ich zurück. „Was gibt es, Johannes?"

So, das hatte gesessen! Glaubte der vielleicht, ich würde Dr. Goldner zu ihm sagen?

Er griff sich an die Stirn. „Johannes sagen nur meine Eltern. Wie wär's mit Jo?"

„Jo also", nickte ich.

Wir gingen Richtung Tür und hielten erst vor der Gaststätte an.

„Ich würde mich gern mit dir und deiner Kollegin

zusammensetzen, um die neue Situation zu besprechen", meinte er, nachdem er Luft geholt hatte. „Ich habe schon gehört, dass sie im Moment in Italien ist, um zu heiraten. Vielleicht reden erst einmal du und ich zusammen."

Das hörte sich ja ganz freundlich an.

Ich nickte. „Wann und wo?", fragte ich dann.

Er holte eine Visitenkarte aus seiner Sakkotasche. „Ich wohne am Stadtpark. Können wir uns da treffen? Morgen vielleicht, so um elf?"

Ich nahm die Karte und nickte.

„Geht klar", sagte ich noch und wandte mich zum Gehen ab.

Da spürte ich seine Hand auf meinem Arm und als ich mich umdrehte, um in sein Gesicht zu schauen, fand ich ihn verlegen vor.

„Diana, was vor Jahren vorgefallen ist...", begann er und sah zu Boden. „Ich hoffe, das steht nicht zwischen uns."

„Du warst nie einer, der Druck gegen mich gemacht hat", erinnerte ich mich. „Was sollte da zwischen uns stehen?"

Jo lächelte, wenn auch etwas mühsam. „Ich kann mich noch entsinnen, dass Frank dich immer mit Schmutz beworfen hat und ich dabei stand. Eigentlich hätte ich dir gerne geholfen, aber er hat mir Schläge angedroht, wenn ich es tue. Ich war ein erbärmlicher Feigling."

Seine ganze Miene war so schuldbewusst, dass ich lachen musste. Spontan griff ich nach seiner Rechten. „Vergeben und vergessen!", sagte ich und schüttelte sie. „Lass uns einfach von vorne anfangen, ja?" Und dankbar drückte mein neuer Chef auch meine Hand und lachte mich an.

Ich fuhr nach Hause und fiel auf die Couch.

Kaum hatte mein Kopf auch schon die Lehne berührt, war ich auch schon eingeschlafen. Und geweckt wurde ich erst wieder von der Türklingel. Mühsam erhob ich mich und wankte zum Türöffner.

Ein Mann kam die Treppe herauf. Es war Kai!

Schlagartig war ich wach.

„Kai!", jubelte ich. „Geht's dir besser? Du siehst ja gut aus!"

Damit warf ich mich in seine Arme und er drückte ihn an mich.

„Süße, nicht so heftig", beschwerte er sich lachend. „Wenn ich gewusst hätte, das so ein paar Tage Enthaltsamkeit dich so wild werden lassen, hätte ich das eher ausprobiert."

Wie auf Kommando wurde ich rot.

Das schien ihn zu erheitern. Er lachte wieder und küsste eines meiner roten Ohren.

„Mir geht es wieder prima", ließ er sich vernehmen. „Aber was ist mit dir? Du siehst geschafft aus."

Ich sah wahrscheinlich nicht nur so aus, ich fühlte mich auch so.

„Ach, ich habe gerade geschlafen", redete ich mich raus und ordnete meine sicherlich wild aussehenden Haare.

Kai hielt meine Hände fest und küsste mich leidenschaftlich. Und ich kam nicht umhin, seinen Kuss mit dem von Erakh zu vergleichen – obwohl ich das gar nicht wollte. Die ganze Zeit hatte ich verdrängt, was ich getan hatte, nun holte mich alles wieder ein.

Kais Kuss war klasse.

Aber der von Erakh war irgendwie magisch gewesen...

Trotzdem reichte es aus. Wir landeten im Schlafzimmer.

Wach wurde ich erst wieder, als mir der Duft von frischem Kaffee in die Nase stieg und mich etwas an derselben kitzelte.

„Mmmmmh", machte ich genießerisch, als ich merkte, dass Kai mich mit einer Blume kitzelte und das Frühstück neben mir deponiert hatte.

Ich küsste ihn liebevoll, bevor ich einen Schluck aus der mir am nächsten stehenden Tasse nahm. „Oh, Gott, ist das gut!"

Kai lachte, legte sich spielerisch neben mich und wurde wieder ernst. „Liebling, wie geht es dir?"

Das klang komisch. So als fehlte mir ein Teil vom Puzzle. Aber ich erinnerte mich an nichts Schlimmes.

„Wieso fragst du?", wollte ich wissen und widmete mich einem Brötchen.

„Na ja", meinte er. „Ich wollte nur wissen, ob etwas nicht stimmt. Im einen Moment haben wir den fantastischsten Sex meines Lebens und im anderen schläfst du ein, gerade als ich dir sage, wie sehr ich dich liebe."

Schuldbewusst schlug ich die Hand vor den Mund und wurde wieder rot. „Sag jetzt nicht, ich bin mittendrin eingeschlafen."

Kai schüttelte den Kopf und grinste. „Sag ich ja gar nicht. Das wäre auch gelogen. Aber ich habe dich wirklich geschafft – oder hast du auch die Grippe?"

134

Ich schaffte es, mich nochmals rauszureden, indem ich ihm von meinem Putzmarathon erzählte. Und von der Polizei, die mich auch Nerven gekostet hatte. Dabei fiel mir wieder ein, dass ich mich mit Jo verabredet hatte. Schnell erzählte ich Kai von meinem neuen Chef und schaffte es sogar noch rechtzeitig, unter die Dusche zu springen, um mich von meinem Freund vorm Stadtpark absetzen zu lassen.

Er wollte dort auf mich warten.

Als Jo mitbekam, dass Kai vor dem Haus im Auto saß, schlug er vor, ihn doch einfach hinzu zu bitten. Also holte ich meinen Freund hoch.

Zuerst war er ziemlich unwirsch und so gar nicht darauf vorbereitet, dass Jo und ich uns duzten. Es schien ihm sehr suspekt zu sein.

Aber Jos freundliche Art und Weise konnte ihn schließlich überzeugen, dass unsere Beziehung nicht über das Chef-Arzthelferin-Verhältnis hinausgehen sollte. Und über die Arbeit wurden wir uns auch schnell einig. Jo hatte nicht vor, etwas am Praxisalltag zu ändern, jedenfalls nicht sofort. Das würde sich beim Arbeiten ergeben. Und so vereinbarten wir, dass es nächsten Monat losgehen sollte. Mein Gehalt war weitergelaufen und es gab keinen Leerlauf für mich oder Sara, die ebenfalls mit übernommen werden sollte.

Wir hatten halt nur eine Menge zusätzlichen Urlaub gehabt.

Kai und Jo schienen sich prächtig zu verstehen und mein Freund versprach, wenn es bei ihm mal Probleme mit seiner Gesundheit geben würde, als Erstes bei uns vorstellig zu werden. So hatten wir schon mal einen Patienten glücklich und den Doktor auch.

Gegen zwei Uhr verabschiedeten Kai und ich uns und beschlossen, noch einen Happen essen zu gehen. Die nächste Pizzeria war unsere und wir bestellten beide einen Salat und Pizza.

„Kennst du Jo schon von früher?", forschte Kai, während wir beide warteten.

Ich nickte. „Er ist der Sohn des Arztes, bei dem ich meine Lehre gemacht habe."

„Aha", meinte er dazu. „Wie war er früher so?"

„Wir hatte nie viel miteinander zu tun", erklärte ich achselzuckend. „Er war nicht der Typ, der auffällt. Während ich in die Lehre ging, war er schon im Studium. Wir haben uns nicht viel gesehen. Und wenn, sind wir aneinander vorbeigegangen."

„War er auch einer von denen, die dich Hexe genannt haben?", wollte Kai wissen.

Ich verneinte. „Er hat sich nie für mich interessiert und ich nicht für ihn."

Er schien zufrieden zu sein. Aber etwas in ihm auch wieder nicht. Was war los? Was stand da zwischen uns?

„Sag mal", begann ich, als unsere Salate geliefert wurden, „bist du noch sauer, weil ich eingeschlafen bin?"

Erstaunt starrte Kai mich an. „Nein, natürlich nicht. Ich war nur etwas überrascht, dass du so müde warst, wo du doch vorher schon geschlafen hattest. Aber du hattest ja auch so viel Ärger, dass ich das mittlerweile verstehe. Außerdem wollte ich dich nur necken."

„Das kann nicht alles sein", fuhr ich weiter fort, ohne ihn aus den Augen zu lassen. „Ist noch etwas anderes vorgefallen, was ich noch nicht weiß?"

Kai atmete tief ein und legte die Gabel weg. „Zwei Dinge, um genau zu sein" Er schaute mich nicht an und gab sich bewusst Mühe, ruhig zu bleiben. „Du sprichst im Schlaf. Und zwar Altägyptisch. Mich wundert das schon, vor allem, weil du noch nie in Ägypten gewesen bist, wie du mir erzählt hast. Und außerdem sprechen die da mittlerweile Arabisch. Wen nennst du auf Altägyptisch ‚Geliebter'?"

„Geliebter?" Mein Gesicht war ein einziges Fragezeichen. „Keine Ahnung. Ich kann überhaupt nicht Altägyptisch. Und ich habe keinen Geliebten außer dir."

Das war ja nicht so ganz richtig. Ich hatte noch den Schattendieb.

Konnte Erakh wohl Geliebter heißen?

Ganz langsam bekam ich rote Ohren. Aber das konnte Kai nicht sehen, weil meine Haare darüber hingen.

„Das reicht mir nicht als Antwort", beklagte er sich. „Womit wir beim zweiten wären: du siehst immer schuldbewusst aus. Was verbirgst du vor mir?"

Stöhnend stieß ich die Luft aus.

Kai hatte mir schon mal gesagt, er könne in mir lesen wie in einem Buch, doch ich hatte das nicht ernst genommen.

136

Das schien mir jetzt das Knie zu brechen, rein gedanklich gesehen.

Er wartete immer noch auf eine Antwort, hatte das Besteck auf die Seite gelegt und ließ mich nicht aus den Augen.

Ich legte mein Besteck ebenfalls weg und schaute ihm direkt in die Augen. „Ich habe schon mal erzählt, dass ich nachts immer träume...", machte ich einen kleinen Vorstoß und wartete ab, wie Kai reagieren würde.

Eigentlich reagierte er gar nicht. Ich sah den Anflug eines Nickens, so als wartete er auf mehr.

Wieder atmete ich bewusst die Luft ein und aus. „Ich träume wirklich wilde Sachen."

Jetzt nickte Kai wirklich.

„Wilde erotische Sachen...?", forschte er langsam und leise.

Ich lief knallrot an.

„Ach, Herzchen!", lachte er laut und schüttelte sich fast. „Das ist alles?" Er hörte gar nicht mehr auf zu lachen.

Peinlich berührt nickte ich. Das war zumindest alles, was ich zu diesem Zeitpunkt zugeben wollte.

Als sich Kai beruhigt hatte, zog er meinen Kopf zu sich hin und flüsterte: „Glaubst du, du bist die einzige, die solche Sachen träumt. Ich träume ebenfalls viele erotische Dinge, die ich alle mal mit dir ausprobieren möchte. Das ist völlig normal, glaub mir."

Etwas zweifelnd schaute ich ihn an.

Im verführerischen leisen Ton fuhr er weiter fort: „Zum Beispiel stelle ich mir vor, wir sind im Badezimmer und du..."

Zum Glück kam gerade die Kellnerin mit der Pizza und Kai verstummte. Ich weiß nicht wirklich, ob das nun ein Glück war, denn ich hätte schon gern erfahren, was er für Ideen hatte.

Eine Stimme in mir sagte, dass ich es eben später erfahren würde und ich musste grinsen.

Als die Kellnerin wieder weg war, griff Kai nach meiner Hand.

„Ich liebe dich!", sagte er im ernsten Ton und schaute mich so an, dass mir ganz warm ums Herz wurde. „Du bist so herrlich ehrlich, das gibt es heutzutage kaum noch."

Dann gab er mir einen sinnlichen Kuss auf die Hand und begann zu essen.

Irgendwie peinlich berührt begann ich ebenfalls zu essen.

Kai hatte völlig Unrecht!

Ich war nicht halb so ehrlich wie er mich sah.

Eigentlich war ich ganz unehrlich und verdorben.

Schließlich betrog ich ihn mit einem Dämon, der in meinen Träumen vorkam. Mir schoss in den Kopf, dass ich das ja im Grunde genommen gar nicht gewollt hatte und mich der Schattendieb ja irgendwie gezwungen hatte. Damit konnte ich erst einmal leben und so schob ich alle unangenehmen Gedanken an die Seite.

Nachdem wir alles aufgegessen hatten, wollte Kai nochmal kurz in die Stadt gehen. Er meinte, er hätte etwas vergessen einzukaufen.

Wir verabredeten uns für abends bei ihm und er brachte mich heim.

Zuhause hatte ich gerade noch Zeit, die Post durchzusehen, mich frischzumachen und ein wenig aufzuräumen, dann musste ich auch schon los. Irgendwas hatte Kai geplant, aber er wollte mir eben noch nichts sagen und so kam ich denn in freudiger Erregung bei ihm an.

Er öffnete mir in einem schwarzen Kimono und zog mich sanft in die Wohnung.

„Hallo, Diana", meinte er und seine Stimme klang etwas heiser.

Dann hielt er mir auch einen Kimono hin, der allerdings weiß war.

„Würdest du das für mich anziehen?", fragte er. Dann reichte mir ein Glas mit perlendem Inhalt.

Mit einem Lächeln kostete ich und fand den Sekt exquisit.

„Das würde dich glücklich machen?", fragte ich kokett.

Er nickte und deutete auf sein Schlafzimmer. „Dort kannst du dich umziehen..."

Ich nahm nochmal einen tiefen Schluck Sekt, um mir Mut zu machen, dann griff ich den Kimono und verschwand im Schlafzimmer.

Was sollte das denn werden? Welcher Teufel ritt Kai da denn jetzt?

Ich beschloss, dass ich die Situation unbedingt genießen wollte, egal was da kam, und so entkleidete ich mich hastig und schlüpfte in den Kimono.

Ein letzter Blick in Kais Schlafzimmerspiegel und ich verließ leicht hüftenschwingend den Raum.

Im Wohnzimmer stand Kai da und hielt unsere Sektgläser in der Hand. Er schluckte, als er mich sah, gab mir mein neu gefülltes Glas und schaute mich unverwandt an.

Wieder nahm ich einen tiefen Schluck. Das würde meine Nerven beruhigen. Im nächsten Moment bemerkte ich, dass das keinesfalls der Fall war, denn der Alkohol tat seine Wirkung und in mir prickelte es.

Kai nahm mir das Glas weg und begann, mich am Hals zu küssen.

Sekunden später bemerkte ich, wie er meinen Pferdeschwanz löste und mir mit seinen Fingern durch die Haare fuhr. Ein wenig benommen ließ ich es geschehen und er nahm mich in den Arm und küsste mich weiter. Irgendwann hatte er eine Krawatte in der Hand.

„Vertraust du mir?", fragte er und legte den seidigen Schlips über meine Augen.

Willenlos konnte ich nur nicken und, als hätte er nur darauf gewartet, verband er mir die Augen.

Um mich herum war es dunkel und auf einmal hörte ich die Musik, die aus einem anderen Raum zu kommen schien.

Es war sinnliche und erotische Musik.

Kai berührte mich hier und da und meine kleinen, feinen Härchen stellten sich in freudiger Erwartung auf.

Dann schob er mich in Richtung Musik.

Ich wusste wirklich nicht, wo ich mich nun befand.

„Was passiert mit mir?", fragte ich vorsichtig und erkannte meine Stimme kaum wieder.

Er lachte leise in mein Ohr, sein Atem kitzelte mich.

„Du bist Teil meiner Phantasie, meines nächtlichen Traums", erklärte er dann heiser. „Genieße es einfach und lass dich gehen!"

Mein Herz begann wie wild zu klopfen und ich versuchte mich zu erinnern, was er gesagt hatte über seine Träume.

„Das Badezimmer...", hauchte ich sacht.

„Genau", stimmte er mir zu und küsste mich wieder. „Lass dich überraschen..."

Alles, was ich dazu noch sagen kann, war, dass ich im Nachhinein wirklich überrascht gewesen war.

Am nächsten Morgen bekam ich kurz vor acht Uhr mit, dass Kai seine Wohnung verließ, um arbeiten zu gehen.

Ehrlich gesagt, war ich viel zu müde, um darauf reagieren zu können.

Wir waren erst gegen vier Uhr aus dem Badezimmer gekommen und wir hatten nicht mal die Überschwemmung beseitigt.

Das war wahrscheinlich mein Part bei der Sache.

Aber nicht jetzt, jetzt musste ich erst einmal Schlaf nachholen.

Und so schlief ich weiter.

Als ich erwachte, war es dunkel und ich erschrak.

Dann bemerkte ich, dass ich beim Schattendieb in meinem allzu vertrauten Bett lag.

Doch die Gitterstäbe waren nicht da.

Erstaunt erhob ich mich. Erkennen konnte ich nicht viel. Es war so wie immer, duster und mystisch.

„Hallo Diana!", tönte es aus der Ecke und ich konnte schemenhaft den Schattendieb ausmachen.

„Erakh", sagte ich und wunderte mich über mich selbst, weil es so erfreut klang. „Wie geht es dir?"

„Dank dir geht es mir wieder sehr gut", ließ sich der Schattendieb vernehmen.

Ich deutete auf die nicht vorhandenen Gitterstäbe. „Du hast sie eingemottet...?"

Er begriff sofort und lachte leise. „Wir brauchen sie nicht mehr", meinte er dann und erhob sich.

Wie immer konnte ich ihn nicht erkennen, er war einfach wie verschwommen.

„Mir ist etwas klar geworden", sagte er, während er weiter auf mich zukam.

Ich war so fasziniert davon, dass er mir nicht klarer erschien, je näher er mir kam.

„Was denn?", fragte ich ahnungslos nach einer Pause.

Jetzt war er mir ganz nahe.

„Du liebst mich ebenfalls, Diana", flüsterte er und streichelte mein Haar. „Sonst hättest du mir niemals so selbstlos geholfen."

Plötzlich fühlte ich ein Zerren in meinen Haaren, denn Erakh hatte zugegriffen und hielt fest.

„Gib es zu!", forderte er hart. „Sag mir, dass du etwas für mich empfindest!"

„Aua!", rief ich und versuchte, seine Hand zu lösen. „Erakh, du tust mir weh!"

„Dann sag es!", zischte er wie durch zusammengebissene Zähnen hindurch. „Sag einfach, dass du für mich ebenfalls etwas empfindest!"

Meine Kopfhaut brannte und mir kamen die Tränen.

„Wie willst du sicher sein, dass ich dir nicht jetzt nur nach dem Mund rede?", sagte ich gequält und versuchte noch mehr, seine Hand loszuwerden. „Willst du ein erzwungenes Geständnis hören?"

Mit einem Mal ließ er los und ich sank auf das Bett zurück.

Er verzog sich wieder in seine Ecke.

Ich hatte Angst. So hatte ich den Schattendieb noch niemals erlebt.

Tief atmete ich durch.

„Warum ist es so wichtig für dich, dass ich dich liebe?", wollte ich dann erzwungen ruhig wissen. „Ich habe dir doch mehrfach gesagt, ich bin nicht deine einstige Geliebte. Und deine heutige Geliebte kann ich auch nicht sein. Du bist nicht mal aus Fleisch und Blut!"

Eine Weile lang kam nichts von ihm. „Dann erzähl mir, wie du dich bei unserem Kuss gefühlt hast!", meinte er in so ruhigem Ton, als ob die schlimme Szene niemals passiert wäre.

Schlagartig strömte mir das Blut ins Gesicht, sprich: ich wurde puterrot.

„Du kannst ruhig zugeben, dass es dich angesprochen hat!" Es war, als ob er leise lachte.

„Gut", wagte ich einen Schritt nach vorn und ordnete meine Haare. „Wenn ich jetzt zugebe, dass mich der Kuss sehr aufgewühlt hat, bist du dann zufrieden?"

„Phhh!", machte er. „Zufrieden ist nicht das richtige Wort. Für mich ist es ein Beweis deiner Zuneigung. Es hat dich innerlich berührt und das macht mich glücklich."

„Na prima", meinte ich sarkastisch. „Du bist glücklich, dann ist ja alles klar. Und kannst du mir mal verraten, wieso mein Kopf wehtut und ich ein Viertel meiner Haarefülle verloren habe?!"

„Ich habe mich noch niemals entschuldigt und ich werde jetzt nicht damit anfangen", meinte er ruhig. „Aber ich gebe zu, dass ich mich nicht unter Kontrolle hatte." Er atmete angestrengt ein

und aus. „Ich kann den Schmerz wegnehmen, wenn du willst."
Entschieden hob ich die Hand hoch und wehrte ab. „Nein danke, es erinnert mich daran, dich niemals zu unterschätzen. Ich habe meine Lektion gelernt."
Erakh fluchte leise und bewegte sich in seinem Stuhl hin und her.
„Mit mir sind die Pferde durchgegangen", begann er. „Ich wollte dir nicht wehtun, ehrlich. Wenn ich das zwischen uns zerstört habe..."
Ich vollendete seinen Satz, doch nicht so wie er es wollte. „Das hast du", sagte ich entschieden.
Mit einem Mal erhob er sich und brüllte so laut, dass es von den Wänden widerhallte. „Lüg mich nicht an! Versuch das erst gar nicht! Wage es nicht, mich anzulügen!"
Panisch flüchtete ich an das Kopfende des Bettes. Nur weg hier, riet mir mein Körper. Versuche, so viel Platz zwischen ihm und dir zu bringen, wie es nur möglich ist.
Das misslang mir kläglich, denn plötzlich stand er vor mir, packte mich und ich fühlte seine Lippen auf meinen.
Es war ein brutaler Kuss, ganz anders als der letzte und trotzdem stellte sich das magische Gefühl ein, dass mich schweben ließ und mir die Regenbogenfarben zeigte, die mich in einem wilden Strudel umflatterten, als wären sie Schmetterlinge.
Meine Haut prickelte und ganz instinktiv erwiderte ich den Kuss, obwohl ich das gar nicht wollte. Mit einem Keuchen landeten wir im Bett und er hörte nicht auf, mich zu küssen. Seine Hände waren überall und ich konnte mich dem Zauber nicht entziehen.
Eine solche Leidenschaft kannte ich nicht.
Erst gegen 11.30 Uhr wurde ich wach in Kais Bett und jeder meiner Knochen tat mir im Leib weh.
Eine ganze Weile musste ich überlegen, bis mir klar wurde, was passiert war. Ich hatte mir dem Schattendieb geschlafen!
Und es war galaktisch gewesen!!!
Halt, halt, halt und Momentchen noch einmal!
Hier lief doch was schief.
Sollte es nicht vielmehr heißen: ich hatte mit Kai geschlafen und es war galaktisch gewesen?
Nun ja, zugegeben: Kai war erste Sahne.
Aber Erakh war besser... Eben galaktisch...

142

„Oh nein!", stöhnte ich und vergrub vor Scham meinen Kopf in dem Kissen. Wie hatte das denn nur passieren können?

Innerlich redete ich mir ein, dass ich es gar nicht hatte verhindern können; Erakh hatte mich irgendwie gezwungen. Doch das war nur die halbe Wahrheit. Ich hatte zu bereitwillig mitgemacht, und deshalb hatte ich jetzt ein ganz, ganz schlechtes Gewissen. Mir stieg die Galle hoch, aus Ekel vor mir selbst. Mit einem Sprung flüchtete ich ins Bad und erbrach mich ins Waschbecken.

Hier war noch das Chaos von letzter Nacht.

Verzweifelt rettete ich mich in eine meiner Putzorgien und verließ das Badezimmer erst, als alles sauber und rein war, inklusive mir selbst, denn ich hatte versucht, mein Gewissen mit einer gehörigen Portion Wasser wegzuduschen.

Es war mir natürlich nicht gelungen.

Im Schlafzimmer sammelte ich meine Sachen ein, zog mich an, räumte auch hier ein wenig auf und machte mich daran, nach Hause zu fahren.

Zehn

Die eine Hälfte des Nachmittags verbrachte ich damit, wie ein Tiger im Käfig hin- und herzulaufen, immer nach einer guten Idee suchend, wie ich Kai in die Augen schauen sollte. Dann fiel mir ein, dass das ja nun nicht alles war. Schließlich musste ich ja auch irgendwann schlafen – und dann würde ich Erakh wiedertreffen. Dem wollte ich auch nicht in die Augen schauen müssen, bildlich gesehen.

Mit einem Hechtsprung jumpte ich aus dem Raum, griff im Rennen noch meine Tasche und fuhr wie der Blitz in den nächsten Supermarkt. Es war der Supermarkt, in dem ich Daniel das letzte Mal getroffen hatte, fiel mir ein, machte aber nichts. Hier steuerte ich das nächste Regal mit koffeinhaltigen Erfrischungsgetränken an. Ich besorgte mir fünf Flaschen Cola light (wegen der Kalorien) und eine ganze Menge Dosen „Taureau Rouge". Auf dem Weg zur Kasse fanden sich noch ein paar Kekse und ein Pfund Kaffee in meinem Einkaufswagen ein und ich war am Ende erstaunt, wie teuer doch der ganze Kram war.

Zuhause angekommen klingelte das Telefon. Ich ging ran, mir fiel dann nur ein, dass das keine gute Idee gewesen war, es hätte ja Kai sein können.

Er war es aber nicht, es war Maria.

„Hallo Diana, wie geht es dir?", wollte sie wissen.

Ich nuschelte mir etwas in den Bart, den ich nicht hatte.

Maria verstand wohl daraus, es müsse mir gut gehen, denn sie redete gleich weiter. „Du hast mich neulich nach der Göttin Diana gefragt. In der nächsten Stadt gibt es eine Ausstellung griechischer Göttinnen. Vielleicht hast du Lust, dir das mal anzusehen?"

Lust? Es war mir alles recht, was mich nur ablenken konnte, also sagte ich zu.

Wir wollten uns dann übermorgen treffen und zusammen in dieses Museum gehen. Nachdem sie aufgelegt hatte, zog ich den Telefonstecker aus der Dose. Danach stellte ich die Türklingel ab. Ich wollte für niemanden zu erreichen sein. Für gar keinen!

Damit trank ich die erste Dose „Taureau Rouge" aus. Und dann ging ich Kaffee kochen.

Gegen 20.00 Uhr war ich zwar ziemlich nervös, aber dafür hellwach.

Ich zappte durch den Fernsehkanal, trank abwechselnd Cola, Kaffee und das andere Zeug und aß dazu Kekse. Eine halbe Stunde später klopfte es Sturm an meiner Wohnungstür. Vor Schreck verschluckte ich mich und hustete, was das Zeug hielt.

„Diana", hörte ich die Stimme von Kai durch die Tür. „Bist du da drin, ist was mit dir?"

Immer noch hustete ich.

„Diana, mach doch auf!", rief er wieder. „Hast du jetzt auch die Grippe?" - Und ein bisschen später, ziemlich entnervt: „Mach endlich die Tür auf!"

Grippe? Das brachte mich auf eine Idee!

„Kai!", hustete ich und bewegte mich zur Wohnungstür. „Bitte geh weg, ich bin ganz schrecklich erkältet. Wahrscheinlich habe ich mich gestern verkühlt..." Und zum Beweis hustete ich weiter.

„Ich habe das zum Glück schon überstanden", hörte ich Kai durch die Tür. „Mach schon auf, ich pflege dich."

Auch das noch! Nein!

„Bitte nicht...", hauchte ich, so als ob ich keine Energie mehr hätte. „Ich habe alles, was ich brauche. Bitte geh weg, ich kann nicht ertragen, dass du mich so siehst."

Vor der Tür wurde es still. Anscheinend überlegte er, was er nun tun wollte. „Gut, ganz wie du willst", meinte er dann traurig. „Ich rufe dich morgen an, ob es dir besser geht. Mach es gut, mein Liebling!"

Wahrscheinlich hatte er noch nicht mitbekommen, dass ich die Leitung gekappt hatte.

Aber er tat mir wahnsinnig leid. Er war so gut zu mir und ich, ich betrog ich schamlos mir einem Mann aus meinen Träumen. Vor lauter Selbstmitleid fing ich an zu weinen.

Wie sollte das denn nur weitergehen?

Ich konnte mich doch nicht ewig hier verstecken.

Doch erst einmal schien das das beste zu sein. Also kochte ich erneut Kaffee und holte ein paar Chips hervor. So gerüstet konnte ich das Fernsehprogramm überstehen.

Am Morgen fühlte ich mich zwar hundemüde, aber ich hatte es

überstanden. Ich hatte nicht geschlafen. Jetzt brauchte ich nur eine erfrischende Dusche, dann konnte der Tag beginnen.

Nachdem ich ein umfangreiches Pflegeprogramm für meinen geschundenen Körper beendet hatte, frühstückte ich ausgiebig mit Kaffee. Was einmal funktioniert hatte, das klappte wahrscheinlich wieder. Aber wie sollte ich den Tag verbringen? Nochmal mit Fernsehen? Nein, da kamen nur die Wiederholungen von gestern Abend.

Putzen? Nein, alles war leider oder zum Glück blitzblank nach meiner letztlichen Mammutaktion.

Doch mit viel Phantasie fand ich in jeder Ecke etwas zu tun.

Ich ordnete meine Bücherregale alphabetisch um, was schon eine ganze Weile dauerte, da ich eine Menge Bücher hatte, dann räumte ich die Küchenschränke um, bis nichts mehr da war, wo es vorher gestanden hatte, danach dekorierte ich die gesamte Wohnung um und zwischendurch trank ich Kaffee und andere koffeinhaltige Getränke.

Am Spätnachmittag kochte ich mir eine leichte Mahlzeit, setzte mich vor den Fernseher und war eigentlich ganz zufrieden mit mir.

Ich war nicht mal müde.

Ein bisschen Angst machte mir der Gedanke, dass Kai vielleicht vorbeikommen wollte, doch es wurde immer später und nichts passierte. Anscheinend hatte er sich damit abgefunden, dass ich meine Ruhe haben wollte. Also zog ich das gleiche Programm vom Vortag wieder durch: Fernsehen mit Cola. Je später es wurde um so schwerer war es für mich aufzubleiben. Gegen vier Uhr am Morgen lief ich hin und her, damit ich bloß nicht einschlief. Und wenn mir die Augen zufielen, spritzte ich mir kaltes Wasser ins Gesicht.

Endlich war es Morgen und gegen halb zehn Uhr wollte mich Maria abholen, um mit mir zusammen zum Museum zu fahren.

Jetzt war es 8.30 Uhr, also frühstückte ich und machte mich dann fertig.

Genau auf den Punkt hupte draußen ein Auto und ich raste die Treppen runter.

Unten stand Maria und ich stieg in ihren kleinen Seat.

„Hallo, du", sagte ich beim Einsteigen. „Wie geht's? Ich bin fürchterlich gespannt auf diese Ausstellung, du nicht? Warst du schon mal da? Was werden wir da alles zu sehen bekommen? Und überhaupt: weißt du, wie wir fahren müssen? Ich war noch nie in dem Museum. Hoffentlich ist es da nicht so kalt. In letzter Zeit friere ich immer so leicht. - Was hast du denn? Du sagst ja gar nichts!"

Maria starrte mich an, schluckte dann und legte mir ihre Hand auf die Schulter. „Ich komme ja auch nicht zu Wort. Geht es dir gut?"

„Gut?" Verwirrt schaute ich sie an. „Gut? Warum sollte es mir denn nicht gut gehen? Mir geht's immer gut, ich wüsste nicht, dass es mir schlecht ginge. Wieso fragst du?"

Jetzt lächelte sie. „Ich habe dich noch nie so aufgekratzt gesehen. Deshalb habe ich gefragt. Aber wenn alles in Ordnung ist..."

Sie startete den Wagen und wir fuhren los.

„Ich bin schon mal da gewesen", erklärte sie während der Fahrt. „Es ist nicht schwer zu finden. Und im Museum ist es auch nicht kalt, also keine Angst."

Angst? Nein, wegen so einer Kleinigkeit hatte ich keine Angst. Ich fuhr ja noch nicht einmal das Auto.

„Gibt es was Neues?", wollte Maria wissen.

„Die Polizei hat die Leichen von Dr. Peters und Daniel gefunden", wusste ich zu berichten. „Ich brauche mir keine Sorgen zu machen, dass ich beschuldigt werde. Der Herr Krüger, der eine Polizist, hat mir seine Visitenkarte gegeben, wenn ich Hilfe bräuchte, aber die brauche ich ja nicht."

Meine Freundin nickte. „Und der Schattendieb? Was gibt es da Neues?"

„Ach" Ich lachte misstönig auf. „Nichts wirklich Neues. Ich habe ihn seit zwei Tagen nicht getroffen."

„Weil...?", forschte Maria nach.

„Weil ich nicht geschlafen habe", brach es aus mir heraus.

Sie nickte und lenkte den Seat auf die Autobahn. „So was habe ich mir schon fast gedacht. Kaffee und Cola?"

„Und Taureau Rouge", gab ich zu.

„Was sagt denn dein Freund dazu? Hast du ihm eigentlich etwas von dem Schattendieb erzählt?"

Maria schaute mich nicht an. Sie konzentrierte sich auf die Straße, aber ich konnte erkennen, dass sie in Gedanken bei mir war.

Ich schüttelte den Kopf als Antwort auf ihre Frage. „Das konnte ich nicht. Ich hatte zu viel Angst, dass er in Gefahr wäre. Zwar hat mir der Schattendieb versprochen, keine Schatten mehr aus meiner Umgebung zu holen, aber das Risiko war mir einfach zu hoch. Ich weiß auch nicht, ob Kai mir glauben würde. Im Moment weiß ich gar nicht, was Realität ist und was ich mir einbilde – oder ob das, was ich in den Träumen erlebe, wirklich real ist. Ich weiß nur, dass die Träume immer intensiver werden und ich kann das nicht mehr aushalten."

„Ich nehme mal an", folgerte sie, „dass der Schattendieb irgendwas getan hat, was dir gar nicht gefallen hat. Das scheint mir der Grund zu sein, warum du ihn nicht mehr sehen möchtest. Denn als wir das letzte Mal miteinander gesprochen haben, hast du ihn eigentlich als sehr positiv dargestellt, da er dir helfen wollte. Möchtest du darüber reden?"

Entschieden schüttelte ich den Kopf. Ich wollte nicht mal darüber nachdenken!

Den Rest der Fahrt sprachen wir nur über belanglose Dinge. Maria ließ das Thema Erakh außen vor und dafür war ich ihr sehr dankbar.

Endlich waren wir angekommen. Wir fanden auch sofort einen Parkplatz in der Nähe und konnten das Museum stürmen.

Der Einfachheit halber hatten wir uns für eine Führung in einer Gruppe entschieden. Maria kannte viele der Kostbarkeiten zwar schon und konnte auch mit den einzelnen Göttinnen etwas anfangen, aber sie war interessiert daran, noch ein paar mehr Infos zu bekommen.

Unsere Führerin war eine einfühlsame Frau mittleren Alters, die zu jedem Stück noch eine kleine Geschichte wusste.

Ganz gespannt war ich auf die Dinge „meiner" Göttin, Diana. Wir kamen auch recht schnell zu ihren Teilen. Richtig beeindruckt war ich von dem „Spiegel der weinenden Diana", wie ich erfahren durfte.

Und während die Führerin uns etwas dazu erklärte, ging ich noch ein Stück näher auf den Spiegel zu.

War das ein blinder Fleck – oder war das ein Stein inmitten einer Landschaft?

Ich rieb mir die Augen – doch der Stein blieb. Kopfschüttelnd fixierte ich den Stein und hatte unversehens das Gefühl, die Landschaft käme auf mich zu.

Mit einem Mal zog mich etwas oder jemand in den Spiegel.

Ich versuchte, mich zu wehren, doch...

Plötzlich stand ich mitten vor dem Stein, den ich eben noch bewundern durfte, und neben mir, auf einem anderen Stein saß... die Göttin Diana.

Völlig entgeistert starrte ich sie an, erkannte mich in ihr wieder und auch doch nicht. Sie trug ein weißes weites Kleid und hatte ihre Haare im griechischen Stil hochgesteckt. An ihren Füßen trug sie goldene Sandalen.

Entsetzt stieß ich einen Laut aus.

„Hallo, Diana", grüßte sie mich und bot mir einen Sitz auf dem anderen Stein an. „Ich wollte dich schon lange kennenlernen."

Ich verglich ihre Stimme mit der meinigen und sie waren sich wirklich ähnlich, fand ich. Allerdings war ich immer noch wie erstarrt. Platz nehmen konnte ich nicht.

Nach einer Weile konnte ich mich artikulieren. „Was ist passiert?", wollte ich wissen.

Sie schlug gekonnt die Beine übereinander und wirkte dabei sehr elegant. „Keine Angst, Diana, ich habe dich in meinen Spiegel geholt, damit wir uns unterhalten können."

„Oh", brachte ich sinnig hervor. Dann setzte ich mich doch auf den Stein. „Ich sollte vielleicht auch hallo sagen, nur weiß ich nicht, wie ich mich Ihnen gegenüber verhalten soll..."

Ihr perlendes Lachen umfing mich. „Nur keine falsche Bescheidenheit. Wir sind schließlich seelenverwandt. Fühle dich mir gegenüber nicht als Dienerin."

Das Wort „Dienerin" weckte in mir unangenehme Empfindungen. „Was wollen Sie von mir?"

Sie seufzte, sah dann betreten zu Boden. Es dauerte eine Weile, bis sie wieder sprach. „Ich habe dir schon mehrere Botschaften gesandt..."

Ich nickte wissend. „Im Traum und im Fernsehen, ja. Allerdings gebe ich zu, dass ich nicht alles verstanden habe. Ich glaube, Sie möchten, dass ich den Schattendieb-Dämon vernichte."

„Das musst du sogar", war ihre Antwort. „Sonst wird er dich vernichten."

„Wieso?", fragte ich langsam. „Ich glaube, er möchte mich nicht mehr töten – oder meine Seele in sich integrieren, wie er es nennt. Im Moment sieht es eher so aus, als sei er in mich verliebt..."

Die Göttin nickt wissend.

Sie erhob sich und kam mir näher. Wo ihre Füße auftraten, stob eine kleine Staubwolke in die Luft. „Ich weiß, wie das ist. Schließlich glaubte ich auch, ihn zu lieben. Aber lass dir von mir sagen, dass er als Dämon keine Liebe empfinden kann. Er kann gar keine Gefühle empfinden."

„Das sehe ich anders", widersprach ich. „Ich habe ihn kennengelernt. Er konnte freundlich sein, aber auch fies, er war traurig, ebenso wie froh. Es gab eine ganze Palette von Gefühlen. Das war doch nicht nur gespielt."

„Wahrscheinlich nicht", gab sie zu. „Aber er ist nun mal ein Dämon und diese Spezies kann keine echte Liebe empfinden. Das ist ja das Problem – sein Problem. Weil er dieses Gefühl nicht empfinden kann, sucht er überall nach Ersatz, er möchte unbedingt Liebe empfinden, kann es aber nicht. Das ist seine Strafe,"

Verwirrt schüttelte ich den Kopf. „Das verstehe ich auch nicht. Warum wird er bestraft?"

Für einen Moment lang schien sie nachzudenken. Dann begann sie zu erklären. „Der Mensch, der der Schattendieb einmal war, lebte im alten Ägypten und war etwas, was du heute als Heiratsschwindler bezeichnen würdest. Er ging dabei ohne Gewissen sozusagen über Leichen. Bis er die Tochter einer Göttin kennenlernte. Und obwohl er diesmal wirklich in diese junge Frau verliebt war, suchte er sie zu vernichten. Die Göttin, Maat, belegte ihn deshalb mit einem Zauber: er wurde daraufhin zum Dämon, dem Schattendieb, der sich von den Seelen von Menschen ernährt, immer auf der Suche nach Liebe. Und die Erlösung blieb ihm versagt, denn die konnte nur die Tochter der Göttin erteilen. In einem Anfall von Wut hat er ihr aber ihre Seele genommen, ohne auf die Folgen zu achten. Das ist seine Geschichte."

„Das ist traurig", gab ich zu. „Aber wenn es für ihn keine Erlösung gibt, wie werde ich ihn dann wieder los? Das ist nämlich das einzige, was ich immer wollte: ihn loswerden."

Die Göttin schaute mich mitleidig an. „Es gibt keine Erlösung für ihn, nur die Vernichtung. Und du kannst ebenfalls nicht erlöst werden, wenn du ihn nicht vernichtest. Sonst wirst auch du irgendwann von ihm integriert, sprich: er nimmt dir deine Seele."

Ich wurde knallrot, als ich an die letzte Nacht mit ihm dachte. „Er hat mit mir geschlafen..."

„Das ist nur der Anfang", meinte sie dazu. „Der Anfang vom Ende..."

„Aber Sie haben auch mit ihm geschlafen", begehrte ich auf.

„Und?" Sie schaute mich fragend an. „Habe ich es überlebt?"

Gute Frage, wirklich.

Ich wusste nicht mehr, was real war und was nicht.

Schließlich war ich in einem Spiegel und sprach mit einer Göttin. Wir saßen auf einem Stein inmitten einer Landschaft, die man wohl oder übel als idyllisch bezeichnen könnte.

Und jetzt fragte diese Göttin mich, ob sie wohl lebte?

Was sollte ich da antworten?

„Ich helfe dir mal auf die Sprünge", meinte sie, als sie mein verwirrtes Mienenspiel gesehen hatte.

„Dass ich jetzt vor dir stehe, hat nichts damit zu tun, dass ich als Mensch lebe. Ich habe mich selbst gerichtet, das war sehr schmerzhaft und ein dunkler Fleck in meinem Leben. Nur der alten Hekate ist es zu verdanken, dass ich so etwas wie ein Geistwesen geworden bin. Du kannst das nicht. Wenn du stirbst, ist dein Leben auf der Erde vorbei. Die Frage ist nur: willst du das?"

Entsetzt schüttelte ich den Kopf.

„Aber du bist in seiner Hand und tust das, was er will", fuhr sie weiter fort. Dabei deutete sie auf meinen Ring, den ich von Erakh bekommen hatte.

„Sie meinen, er kontrolliert mich durch den Lapislazuli?", fragte ich verzagt. So etwas hatte ich doch schon gehört.

Sie nickte. „Du hast ihm die Kontrolle erteilt, indem du ihm erlaubt hast, dir den Ring anzulegen."

Einen Moment lang schwieg sie, ging unruhig hin und her und verteilte den Staub neu. „Du bist sein durch diesen Ring."

Entsetzt zerrte ich an dem Ring, aber er wollte einfach nicht über meinen Finger flutschen.

Kurz darauf spürte ich die kühlen Finger der Göttin auf meinen.

„Du darfst ihn nicht ablegen", warnte sie mich. „Dann wird er wissen, dass du dich gegen ihn wendest."

Kraftlos ließ ich meine Hände in den Schoß sinken. „Aber ich will nicht kontrolliert werden, von niemandem."

Mit feuchten Augen sah ich sie an.

Und in ihrem Gesicht las ich Mitgefühl und Verständnis. Sie streichelte mir übers Haar.

„Wir haben nicht mehr viel Zeit", sagte sie und zog mich in die Höhe. „Willst du ihn vernichten und weiterleben? - Oder möchtest du lieber abwarten, was passiert, bis es zu spät ist?"

„Ich muss ihn loswerden", flüsterte ich. „Hilfst du mir dabei?"

Jetzt nickte sie, ließ mich aber nicht aus den Augen. „Ich weiß, dass du stark bist. Wenn du wirklich etwas gegen ihn unternehmen willst, kann ich dir helfen. Aber das wird sehr schwer."

Was konnte noch schlimmer sein als es jetzt schon war?

Sollte es noch so schwer sein, es war nicht unmöglich.

„Er ist die Dunkelheit, der Schatten", fuhr die Göttin fort. „Und wenn er die Dunkelheit ist, musst du das Licht sein."

Wie bitte?

Irgendwo zwischen Gehör und Gehirn war mein Verstand nicht mitgekommen.

Wie sollte ich denn das Licht sein?

Ich war ja schließlich keine Glühbirne.

Die Göttin schien zu merken, dass ich gerade nicht so ganz verstanden hatte, was sie meinte, denn sie schüttelte mich kurz und wies mich an, jetzt gut aufzupassen.

Doch so sehr ich mich bemühte, sie zu verstehen, es funktionierte nicht. Meine Füße wurden bleiern und schwer und schienen mich in die entgegen gerichtete Richtung zu ziehen.

Und ich hatte das Gefühl, jetzt gleich ohnmächtig zu werden.

Ich schwankte.

Wortfetzen drangen in mein Gehirn ein. „Amaterasu... Ring... Licht..."

Als Nächstes fühlte ich ein Brennen auf meiner linken Wange, während es dunkel um mich war.

Langsam begann ich, die Augen zu öffnen. Um mich herum standen eine Menge Menschen. Einige kannte ich, andere nun wieder nicht.

Der Mann, der gerade meine Wange getätschelt hatte - und

zwar nicht gerade zart – war mir gar nicht bekannt, und eigentlich war ich so ziemlich dagegen, mich von fremden Männern antatschen zu lassen.

Dann sprach mich Maria an. „Diana, geht es dir gut?", wollte sie wissen. Blöde Frage eigentlich!

Ich lag hier auf dem Boden des Museums vor dem Bild einer Göttin und ein Mann stand über mir gebeugt, vielleicht gerade im Begriff, mich wieder zu schlagen. Mühsam stieß ich seine Hand von mir weg.

„Danke", murmelte ich. „Ich möchte aufstehen."

„Nein, nein, nein", widersprach der Mann. „Sie haben einen wahnsinnig hohen Puls. Bleiben Sie liegen, der Krankenwagen kommt sofort!"

„Ich will keinen Krankenwagen!", protestierte ich mit einer Energie, die mir keiner zugetraut hätte. „Maria, hilf mir hoch, ich will hier weg."

Dieser Mann konnte machen, was er wollte: ich war nicht bereit, wieder ins Krankenhaus zu gehen. Außerdem wusste ich ja, was mich krank gemacht hatte: zu viel Koffein und zu wenig Schlaf.

Maria schien mich zu verstehen. Sie half mir auf die Beine und ich wankte zur nächsten Bank. So langsam zerstreute sich die Menschenmenge. Ein Sanitäter vom Museum brachte mir ein Glas Wasser. Meine Freundin beruhigte ihn, mir ginge es schon wieder besser, es wäre nur ein kleiner Ohnmachtsanfall gewesen wegen der abgestandenen Luft. Als der Helfer sich zum Gehen wendete, war ich auch wieder so weit.

„Können wir nach Hause fahren?", bat ich Maria. „Ich habe genug gesehen."

Sie nickte. „Kannst du laufen?"

Natürlich konnte ich. Ich wollte so schnell wie möglich hier weg.

Der Weg zum Auto fiel mir sehr schwer. Andauernd war mir übel und ich drohte, erneut ohnmächtig zu werden. Doch mit eisernem Willen und Marias Hilfe klappte es.

„Meinst du nicht, ich soll dich zum Arzt fahren?", wollte sie wissen. „Ehrlich gesagt, du machst mir Angst."

Wieder schüttelte ich den Kopf. „Keine Panik, es geht schon wieder", ließ ich mich dann vernehmen. „Ich bin schon wieder ganz klar. Wenn ich zuhause bin, lege ich mich hin."

Müde strich ich mir über die Stirn.

Wie war ich bloß auf den blödsinnigen Gedanken gekommen, ich könnte dem Schattendieb aus dem Weg gehen, wenn ich nicht mehr schlief?

Auf einmal war mir das selbst ganz klar, dass das nicht gehen konnte.

Ich lehnte meinen Kopf an die Stütze und lauschte dem eintönigen Geräusch des Autofahrens.

Wach wurde ich wieder, als Maria mich vorsichtig schüttelte. „Diana. Wir sind jetzt zuhause."

Mit einem Seufzer begann ich mit aufrecht hinzusetzen und mich zu strecken, um richtig wach zu werden.

„Habe ich lange geschlafen?", wollte ich wissen.

Maria nickte. „Wir haben kaum im Auto gesessen, da bist du schon eingeschlummert. - Kannst du dich an etwas erinnern?"

„Nein", meinte ich und streckte mich erneut. „Ich habe ganz traumlos geschlafen und fühle mich richtig gut!"

„Ich meine, kannst du dich an das erinnern, was war, bevor du einschliefest?", fragte sie weiter.

Verwundert schaute ich sie an. „Natürlich kann ich das. Wir waren im Museum und ich bin umgekippt. Wieso fragst du?"

Sie griff über mich hinweg, nahm meine rechte Hand und hielt sie hoch. „Weil ich mich nicht daran erinnern kann, woher du diesen Ring hast."

Ich schaute auf meine rechte Hand und wurde unversehens blass.

Auf meinem Ringfinger steckte ein großer goldener Ring mit bräunlichen Steinen, die Glitzer in sich hatten. Sie waren in Form einer Blume angebracht.

„Ich weiß nicht", stotterte ich verwirrt.

„Den hast du definitiv heute Morgen noch nicht gehabt", wusste Maria. „Ich habe nur deinen Lapislazuli an dir gesehen."

Und damit hatte sie völlig recht: ich hatte diesen Ring vorher noch nie gesehen.

Doch ich hatte ihn an meiner Hand.

In einem Anfall von Panik versuchte ich, mir das Teil vom Finger zu ziehen, erstarrte aber mitten in der Bewegung.

Irgendwas in mir hielt mich davon ab.

Es war nicht gut, den Lapislazuli abzunehmen, da konnte es nicht gut sein, diesen neuen Ring - sei es was auch immer für ein Stein - von meinem Finger zu ziehen.

„Weißt du, was das für ein Stein ist?", fragte ich Maria und hielt ihr meine Hand unter die Nase.

Prüfend nahm sie meine Hand in ihre und bewegte sie hin und her.

„Wahrscheinlich ein Sonnenstein", meinte sie dann. „Ein besonders schöner übrigens."

Schön oder nicht schön, mir wurde das langsam unheimlich.

Wollte mir jeder einfach so einen Ring schenken - oder barg dieses Juwel auch eine Art Kontrollmechanismus in sich, so wie der Lapis, den ich vom Schattendieb bekommen hatte.

Sonnenstein?

Sonne - Licht...

Mit einem Mal wurde mir klar, dass die Göttin mir diesen Ring gegeben haben musste.

Na sicher!

Schließlich hatte sie ja auch gemeint, ich solle das Licht sein.

Vielleicht half mir dieser Ring dabei.

„Ich weiß es wieder", murmelte ich und sah Maria an. „Als ich kollabiert bin, war ich in diesem Spiegel bei der Göttin Diana. Und dort hat sie mir diesen Ring gegeben..."

Als die Worte raus waren, bedauerte ich sie schon wieder.

Marias Augen weiteten sich und ihre Pupillen wurden groß und rund.

Ihr Mund verzog sich zu einem perfekten O.

Aber sie sagte nichts. Konnte sie wahrscheinlich auch gar nicht.

Wenn mir das so vor den Kopf geknallt worden wäre, hätte ich auch nichts sagen können.

„Maria, ich...", begann ich, um es ihr zu erklären, wurde aber von ihr unterbrochen.

„Du hast die Göttin gesehen?", fragte sie ehrfurchtsvoll.

Langsam nickte ich.

„Und sie hat dich in den Spiegel gerufen", fuhr sie weiter fort.

Wieder nickte ich. „Wir haben miteinander geredet. Sie wollte mir helfen, wegen des Schattendiebs. Aber wir hatten nicht genügend Zeit. Ich habe nicht alles verstanden."

Maria löste sich aus der Erstarrung und senkte den Kopf, um sich zu schütteln. „Das habe ich noch nie geschafft", sagte sie leise. „Obwohl ich es immer und immer wieder versucht habe.

Wie hast du das gemacht?"

Sie sah mich an und ich erkannte, dass sie enttäuscht war. Und ich verstand sie irgendwie. Sie betete schon lange zur Göttin und hatte – ihre Worte - es immer und immer wieder versucht, Kontakt zu ihr aufzunehmen. Offensichtlich hatte es aber nie so funktioniert, wie Maria es sich erhofft hatte. Und nun kam ich daher, eine völlige Neuanfängerin, und mir wurde erlaubt, was ihr, Maria, versagt geblieben war.

Mein Herz flog ihr zu. Ich legte ihr meinen Arm um die Schultern. „Liebes", sagte ich leise. „Ich habe gar nichts gemacht. Die Göttin hat sich mir dargestellt, weil ich irgendwie dasselbe Problem habe, was sie vor Tausenden von Jahren hatte. Und sie hatte einfach Mitleid mit mir. Sie hat bestimmt nicht gewusst, dass du dadurch in ein Loch gezogen wirst. Wenn sie das geahnt hätte, hätte sie mir bestimmt eine Botschaft für dich mitgegeben."

„Ich bin unglaublich selbstsüchtig", brach es plötzlich aus Maria heraus und sie wischte sich die Tränen ab. „Es tut mir leid, wirklich! Aber ich warte schon so lange auf ein Zeichen von ihr."

„Die Zeichen sind aber doch da", hörte ich mich selber sagen. "Sie sind in jeder Taube, die dir entgegenfliegt, in jedem Regenbogen, in den Worten der Menschen, denen du hilfst, in dem Zauber, der dich umgibt, in allem. Hast du sie denn nicht gesehen?"

Ich blinzelte. Hatte ich das wirklich gerade gesagt? Es kam mir so komisch vor. Das konnten doch nie meine Worte gewesen sein. War ich etwa ferngesteuert worden.

Verwirrt guckte ich Maria an. Sie starrte mich an.

Dann lief eine einzelne Träne über ihr Gesicht, aber sie lächelte.

„Danke", sagte sie. „Jetzt habe ich es verstanden..."

Gut, dass sie es verstanden hatte; ich hatte es nicht.

„Du hast viel mehr Weisheit in dir als ich dir zugetraut hätte...", flüsterte sie.

Das Kompliment hatte ich womöglich gar nicht verdient.

„Ich glaube nicht, dass das von mir kam...", gab ich leise zu. „Es war mir, als hätte SIE durch mich gesprochen."

Maria nickte. Sie lächelte wissend und drückte meine Hand.

Und ich spürte, alles war wieder in Ordnung zwischen uns.

„Kommst du mir hoch?", wollte ich wissen.

„Gern", meinte sie und ihr Lächeln tat mir gut.

Als wir in den Flur kamen, ging die Tür von Herrn Pingel auf und er schalinste durch die Tür.

„Fräulein Schulte", flüsterte er. „Seien Sie vorsichtig! Ihr Freund ist oben, und er ist sehr böse!" Dann schloss sich die Tür wieder und Herr Pingel war verschwunden.

„Was war das denn?", fragte mich Maria und schüttelte verwirrt den Kopf. „Hast du deinen eigenen Sicherheitsberater im Haus?" Das hatte ziemlich lustig geklungen, aber für mich war es das nicht.

Herr Pingel war ja nun nicht so gut auf Kai zu sprechen, da konnte ich schon verstehen, dass er ihn mal wieder in den Dreck ziehen wollte - aber ich hatte nun ein ganz anderes Problem: Kai dachte, ich hätte Grippe und nun lief ich quietschfidel mit meiner Freundin durch den Flur.

Wahrscheinlich war der wirklich sauer - zumal ich auch die Klingel nicht wieder eingestellt hatte.

Ein Zittern durchlief meinen Körper, doch dann straffte ich mich und wandte mich mit einem Schulterzucken an Maria. „Mein Nachbar...", als ob das alles erklären würde.

Wir gingen die Treppen hoch. Richtig, oben stand Kai und er warf mir einen Blick zu, der nicht von Pappe war.

Maria rettete die Situation.

„Hallo", sagte sie betont fröhlich. „Sie sind bestimmt der Freund von Diana. Ich bringe sie gerade nach hause. Sie ist nämlich eben umgekippt."

Damit ergriff sie Kais Hand und schüttelte sie.

Kais Miene wurde besorgt. „Umgekippt?", brachte er hervor.

Ich nickte müde und schloss die Tür auf.

Die beiden folgten mir.

„Vielleicht legst du dich hin", riet mir Maria. „Ich könnte dir einen Tee kochen."

„Bleiben Sie hier", verlangte Kai. „Den Tee koche ich."

Damit verzog er sich in die Küche.

Ich legte mich auf die Couch und seufzte.

„Im Moment bist du sicher", flüsterte mir meine Freundin zu. „Aber ich muss gleich gehen."

„Danke", hauchte ich sacht.

In der Küche konnte ich Kai rumoren hören und mich grauste vor dem Gedanken, wann er fertig sein würde und herauskäme.

Maria sah mir an, was ich dachte und streichelte sanft meine Schulter.

„Der versteht das bestimmt", raunte sie mir zu und erhob sich dann.

„Seid mir nicht böse, aber ich muss jetzt wirklich gehen", sagte sie laut und wandte sich Richtung Küche. „Kümmern Sie sich um Diana! Sie braucht viel Schlaf!"

Sie nickte Kai nochmal aufmunternd zu, blinzelte mich verschwörerisch an und machte sich auf den Weg.

Als die Tür zuklappte, kam auch Kai mit dem Tee. Er nahm mir gegenüber auf einem Sessel Platz, nachdem er mir eine Tasse gereicht hatte.

„Und?", fragte er.

„Und was?", wich ich aus. Ich schaute ihn fast ängstlich an, denn seine Stimme hatte irgendwie so streng geklungen. Wäre ich ein Kind gewesen, hätte mich die Stimme schon eingeschüchtert.

Was für ein Blödsinn, sagte ich mir. Ich bin kein Kind mehr, trotzdem hatte er mich eingeschüchtert.

„Was ist passiert?", wollte er im unveränderten Ton wissen.

Tief atmete ich ein und aus, so als wollte ich mich beruhigen.

„Ich bin umgefallen", gab ich dann leise zu.

Er nickte. „Kann ich mir schon vorstellen."

Mein Gesicht war wohl ein einziges Fragezeichen.

Wieso konnte er sich das denn vorstellen?

„Ich habe die leeren Colaflaschen und Taureau-Rouge-Dosen, sowie die Kaffeefilter gesehen", klärte er mich auf.

Scheiße!

Entmutigt griff ich mir an die Stirn. Wie blöd ich doch war, den Kram nicht weggeräumt zu haben.

„Kannst du mir mal sagen, warum du das ganze Zeug in dich hineingekippt hast?"

Müde schüttelte ich den Kopf.

Ich konnte nicht und ich wollte auch gar nicht.

Kai stand auf. Er stand jetzt direkt vor mir. Mit einem Mal kam er mir so groß vor, groß und furchteinflößend.

„Seien Sie vorsichtig, Ihr Freund ist oben und er ist sehr böse!", hörte ich die Worte von Herrn Pingel in Gedanken und jetzt bekam ich wirklich Angst.

So weit es ging, drückte ich mich tiefer in die Couch. Er beugte sich über mich.

„Ich will es aber wissen!", meinte er leise, aber sehr bestimmt. Dann veränderte sich sein Gesichtsausdruck. „Hast du etwa Angst vor mir?" Langsam zog er sich zurück.

„Hallo", sagte er gekränkt. „Ich bin dein Freund, ich will dir doch nichts tun! Was ist denn bloß los mit dir?"

Er setzte sich mit erzwungener Ruhe zurück in den Sessel.

„Gar nichts", hauchte ich leise. „Ich brauche etwas Ruhe."

Kai schüttelte den Kopf. „Was war mit den letzten Tagen? Du hattest Ruhe genug und hast nur Koffein in jeglicher Form zu dir genommen. Das widerspricht sich enorm. Denn so wirst du niemals Ruhe bekommen."

Ruhig nahm er einen Schluck Tee, stellte dann die Tasse ab und seufzte. „Diana, ich möchte an deinem Leben teilnehmen, aber du lässt mich nicht. Es ist wohl besser, ich gehe jetzt!"

Er erhob sich und schickte sich an, die Wohnung zu verlassen.

„Warte!", rief ich gequält, als er an der Tür angekommen war.

Kai drehte sich nicht mal um, wartete aber mit der Hand auf der Klinke.

„Bitte bleib hier!", bat ich.

Keine Reaktion!

Dann schüttelte er den Kopf. Er drehte sich immer noch nicht um.

„Du bekommst deine Ruhe", sagte er dann hart. „Wenn es dir besser geht, ruf mich an. Aber nicht heute!"

Als die Tür von außen zugemacht wurde, ließ ich meinen Tränen freien Lauf.

Elf

Ich erwachte am nächsten Morgen mit tauben Gliedern und verheultem Gesicht.

Jetzt konnte ich Resümee ziehen.

Ja, ich hatte traumlos geschlafen, gut. Aber ich spürte, es war nur eine Auszeit, die mir Erakh gegönnt hatte – er würde wieder kommen. So, und das war auch schon alles Positive, was ich finden konnte. Mein Freund hatte mit mir Schluss gemacht und ich sah aus wie eine wandelnde Leiche.

Na ja, so ganz stimmte das nun auch wieder nicht: so wirklich Schluss gemacht hatte Kai ja nicht.

Ein Hintertürchen war da noch offen.

Und eine kräftige Dusche würde mich wieder in ein zivilisiertes Mitglied unserer Gesellschaft machen.

Aber die anderen Probleme blieben.

Wie sollte ich Erakh bloß loswerden und wie sollte ich es Kai beibringen?

Ich beschloss, der Reihe nach vorzugehen.

1. Dusche, 2. Frühstück - aber ohne Kaffee, den war ich erst mal leid.

Genau so machte ich es auch dann und als ich vor meinem Frühstückstoast saß, sah die Welt auch schon wieder ganz anders aus.

Und jetzt musste ich Kai gegenübertreten, so schwer mir das auch fiel.

Am Telefon war nur sein Anrufbeantworter dran - wahrscheinlich war er arbeiten.

Ich versuchte es mobil. „Ja", meldete er sich kurz.

„Hallo, hier ist Diana", sagte ich leise.

„Ja", wiederholte er sich, keine Spur freundlicher.

„Ich möchte mich entschuldigen." Meine Stimme war sanft und flehend. „Es tut mir so leid, diese ganze Sache..."

Er wurde immer noch nicht freundlicher. „Ist das alles?"

Jetzt wurde ich langsam sauer. Gut, ich war nicht gerade nett zu ihm gewesen, aber musste er mich denn nun so zappeln lassen?

„Können wir miteinander reden?", fragte ich schon etwas

forscher.

„Das tun wir gerade", war seine Antwort.

„Ich würde es vorziehen, von Angesicht zu Angesicht miteinander zu sprechen, nicht am Telefon", meinte ich mühsam beherrscht.

Er räusperte sich. Hurra! Ein menschliches Zeichen! „Und warum bist du dann nicht hier bei mir?"

„Aber ich weiß doch gar nicht, wo du bist", redete ich mich heraus. „Zuhause bei dir geht nur der AB ran, ich habe es gerade probiert. Wohin soll ich kommen?"

„Ich bin in einer Viertelstunde zuhause", sagte Kai, immer noch sehr hart wie mir vorkam.

Dann legte er auf.

Eine Viertelstunde? Nur eine Viertelstunde?

Du lieber Himmel, meine Haare waren noch nass und ich hatte überhaupt kein Geschenk für ihn.

Wenn ein Mann sich bei einer Frau entschuldigt, bringt er ihr Blumen mit. Aber was, zum Donner, brachte denn eine Frau mit, die sich bei einem Mann entschuldigte?

Alkohol!

Ja, ganz genau: Alkohol!

Das war das beste, was mir einfiel.

Ich flocht mir die noch feuchten Haare zu einem Zopf und steckte den hoch. Dann fuhr ich wie der Blitz in den nächsten Laden und holte eine gute Flasche Rotwein aus dem Regal.

Und so schnell es ging, fuhr ich weiter zu Kais Wohnung. Vor seiner Tür verfiel ich in leichtes Zittern. Das war kein leichter Gang.

Mit dem letzten Mut klingelte ich.

Kai öffnete. Er trug eine dunkle Jeans und einen schwarzen Sweater - und er sah so verflucht gut aus.

Das Zittern legte sich nicht.

Mit einer Geste lud er mich ein hereinzukommen.

„Hallo", sagte ich und hörte selbst meine kleine Stimme. „Ich habe dir etwas mitgebracht..."

Er nahm mir die Flasche aus der Hand, studierte das Etikett und nickte dann. „Ich hatte eine ähnliche Idee."

Damit zog er mich in sein Wohnzimmer und reichte mir ein Glas mit durchsichtigem Inhalt und Eiswürfeln.

Noch ehe ich mich versah, prostete er mir mit exakt dem gleichen Glas zu und meinte: „Auf ex!"

Und er exte!

Ich wollte nichts falsch machen und tat es ihm nach.

Schon spürte ich das Brennen, das anzeigte, dass der Alkohol im Magen endlich angekommen war und seine Wirkung tat.

Kai nahm mir das Glas ab, drehte sich um und mixte aus zwei Flaschen genau denselben Drink wie zuvor.

Wieder hatte ich ein Glas in der Hand, er prostete mir zu und exte es erneut. Wie unter einem inneren Zwang machte ich es ebenso.

Dann holte ich tief Luft und hustete.

In mir begann es, sich leicht zu drehen.

Ich fühlte Kais Hand an meinem Ellenbogen. Er dirigierte mich zum Ledersofa und platzierte mich direkt darauf.

„Ich glaube, du hast genug", war sein Kommentar.

Dem konnte ich entsprechen. In mir war es warm und ich bemerkte, dass ich einen Schwips hatte.

Noch konnte ich nicht begreifen, was das Spielchen sollte.

„Ich verstehe nicht...", begann ich, stoppte dann aber, weil ich vergessen hatte, was ich eigentlich hatte sagen wollen.

Kai setzte sich neben mich und zwang mich, ihn anzusehen. "So wie ich deine Reaktion auf Alkohol kenne, müsstest du innerhalb der nächsten Minuten ein wenig bedröhnt sein."

Mühsam versuchte ich zu nicken. „Warum...?"

In seinem Gesicht erschien ein Lächeln – es kam mir etwas hinterlistig vor. „Du willst wissen, warum ich keinen Schwips kriege? Ganz einfach: in meinem Glas war nur Wasser."

Jetzt hatte ich echt Mühe, ihm zu folgen.

Hieß das etwa, er hatte mich mit voller Absicht betrunken machen wollen.

Ich wollte aufstehen, schaffte es aber nicht. Alles schwankte und ich plumpste in Kais Arme zurück.

„Shhht", beruhigte er mich und legte meinen Kopf an seine Schulter.

Und er sprach weiter in dieser leisen einschmeichelnden Stimme zu mir. „Es passiert dir nichts, du bist hier in Sicherheit. Bleib einfach liegen und schließe die Augen."

Es war so einfach, die Augen zuzumachen und es war so ein

wundervolles Gefühl.

Wenn ich eine Katze gewesen wäre, hätte ich geschnurrt.

„Diana...", hörte ich Kai wie durch einen Nebel von ganz weit her.

"Sag mir jetzt, warum du so viel Koffein getrunken hast."

"Ohhh", machte ich. "Ich wollte einfach nicht schlafen."

Kai löste meinen Zopf und fuhr mit seinen Fingern durch meine Haare.

Ich schnurrte jetzt wohl wirklich.

„Warum wolltest du das nicht?", fragte er weiter.

Als wäre es nicht ich, die da sprach, hörte ich: „Ich wollte nicht träumen..."

Das war das letzte, an das ich mich erinnern konnte.

Irgendwann fuhr ich mit einem leisen Schrei auf.

Es war wohl mehr ein Kiekser.

Im ersten Moment wusste ich nicht, wo ich war und was ich dort machte, dann kam die Erinnerung wieder.

Kai hatte mich betrunken gemacht und mich ausgefragt!

Und er hatte das ganz bewusst gemacht!

Instinktiv griff ich mir an den Kopf, konnte gar nicht verstehen, warum ich keine Kopfschmerzen hatte, nur so ein dumpfes, leeres Gefühl.

Beim Aufstehen von der Couch schwindelte es etwas, aber ich hielt tapfer durch und schwankte zum Badezimmer, wo ich mir den Mund ausspülte und mein Gesicht mit kaltem Wasser wusch.

Jetzt war ich wieder klar.

„Alles in Ordnung mit dir?", fragte da eine Stimme hinter mir.

Ich fuhr herum.

Es war Kai, der mich unverwandt anschaute.

„Du!", platzte es aus mir heraus.

„Wen hattest du denn erwartet?", fragte er und grinste.

Und jetzt explodierte etwas in mir.

Wutschnaubend lief ich auf ihn zu, aus meinen Augen Zornfunken sprühend. „Das hast du mit voller Absicht gemacht!", schrie ich. „Du gemeiner, niederträchtiger Kerl! Was hast du mir getan? Hat es wenigstens Spaß gemacht?"

Tränen vor Wut liefen mir übers Gesicht und Kai trat verschreckt einen Schritt zurück, aber da war ich schon bei ihm und wollte ihn angreifen. Doch er hielt mir die Hände fest, presste mir dann

163

die Arme nach hinten und zog mich an sich, als wäre ich eine Puppe.

„Lass mich los!", brüllte ich und zappelte herum.

„Okay", sagte Kai ruhig und schüttelte mich etwas. „Aber nur, wenn du versprichst, dass wir dann ganz vernünftig miteinander reden und du mich nicht umbringst - oder dich selbst verletzt."

Ich atmete schwer und stand ganz still, obwohl mir das wirklich schwer fiel. „Erstes ja, zweites noch nicht so ganz."

Er stutzte. „Dann kann ich dich nicht loslassen", flüsterte er dicht an meinem Ohr. "Ich habe Angst um mein Leben - und auch um deines."

Mein Zorn war verraucht.

Ich fühlte mich müde, kaputt und verletzt.

Langsam sank ich gegen ihn.

In der nächsten Sekunde strich er mir mit seiner freien Hand die wirren Haare aus dem Gesicht, mit der anderen hielt er mich weiterhin fest, wenn auch nicht mehr ganz so hart.

„Ich vertraue dir jetzt einfach mal", raunte er. "Aber ich habe vielmehr Bedenken, dass du dich auf den Beinen halten kannst. Ich würde dich gern auf die Couch tragen, wenn du möchtest. Du brauchst bloß nicken."

Das Nicken war kaum zu spüren, aber er bemerkte es doch.

Unversehens fiel ich in seine Arme und fühlte mich gut aufgehoben, als er mich zum Sofa trug und mich dort hinlegte.

Dort saßen wir eine ganze Weile, ohne dass sich einer von uns rührte.

Es war eine Art Waffenstillstand.

Ich hatte mich beruhigt, fühlte mich aber immer noch verletzt.

Und ich hatte keine Ahnung, wie ich das Gespräch beginnen könnte.

Kai nahm mir die Aufgabe ab.

„Ich fürchte, ich muss mich bei dir entschuldigen", sagte er mit belegter Stimme und fing an, mein Kopf zu streicheln und durch meine Haare zu fahren.

Es hatte eine positive Wirkung auf mich, ich wurde innerlich noch ruhiger und entspannte mich.

Fast hätte ich die Augen geschlossen.

„Ich habe dich mit voller Absicht in diesen Zustand gebracht", fuhr Kai fort, "weil ich unbedingt wissen wollte, was in dir vorgeht. Im einen Augenblick hatte ich die fantastischste Nacht meines Lebens, im nächsten bist du weg, erzählst mir was von Grippe und bist nicht mehr zu erreichen. Das hat mir wirklich Sorgen gemacht, ob ich dir vielleicht im Badezimmer zu viel zugemutet habe. Ich kam einfach nicht mehr an dich ran. Und weil ich dich liebe und dich nicht verlieren wollte, habe ich einfach zu diesem Mittel gegriffen - was nicht so ganz in Ordnung war. Aber es hatte beim ersten Mal einfach zu gut geklappt... da konnte ich nicht widerstehen."

Mit einem Ruck fuhr mein Kopf hoch.

Kais Finger waren noch in meinem Haar und verhakten sich darin.

„Aua!"

Schnell zog er seine Hände zurück und hob sie hoch.

„Entschuldigung, tut mir leid!"

„Beim ersten Mal...?"

Für einen Moment schloss Kai die Augen.

Als er sie wieder öffnete, sah er sehr schuldbewusst aus.

„Du erinnerst dich daran, wie du in deiner Wohnung nach dem Glas Cognac in meinen Armen eingeschlafen bist...", forschte er und als ich nichts sagte: „Nun, du bist nicht sofort eingeschlafen... Du hast mir noch einiges aus deinem Leben erzählt..."

Entsetzt starrte ich ihn an.

„Nichts Schlimmes", beeilte er sich zu sagen. „Sachen, wie gern du Nicky hattest, die dumme Geschichte mit deinem Ex-Verlobten, wie lange du bei Dr. Peters gearbeitet hast und von einem komischen Italiener, der seine Frau betrügt..."

„Filippo", ergänzte ich.

Er nickte. „Genau der war's."

Betreten guckte er zu Boden. „Sachen, die dich mir noch sympathischer erscheinen ließen."

Jetzt schaute er mich direkt an. „Ich habe mich damals schon in dich verliebt. Vielleicht weil du so vertrauensvoll warst, einfach süß eben. Und ich wusste, wenn ich dir das am nächsten Tag erzählen würde, wärst du vor lauter Scham weg. Da habe ich es verschwiegen..."

Ich nickte.

Da hatte er mich richtig eingeschätzt.

Wenn ich davon gewusst hätte, wäre ich wirklich weg gewesen.

Mein Blick wurde sanfter.

Doch nur einen Augenblick lang. „Und was habe ich dir diesmal erzählt?"

„Alles, was ich wissen wollte", sagte Kai mit unbestimmter Miene. „Dass du nicht schlafen wolltest, weil du Angst hattest zu träumen. Dass du mich liebst und dir vorstellen kannst, mit mir zu leben. Und dass du ein Geheimnis hast, von dem keiner etwas wissen darf."

Das Blut rauschte in meinen Ohren und ich konnte das Adrenalin regelrecht spüren, das durch meine Adern pulsierte.

Bumm, bumm, bumm machte mein Herz.

„Was?", krächzte ich und beeilte mich, von der Couch zu kommen.

Kai erhob sich ebenfalls. „Ich habe dich nicht ausgehorcht wie bei einem Verhör. Das, was du gesagt hast, reichte mir. Glaubst du, ich habe keine Geheimnisse? Ich bin jedenfalls nicht so dumm, dass ich geglaubt hätte, wenn ich dich zwinge, das Geheimnis zu verraten, dass du weiterhin bei mir bleibst. Ich wollte nur hören, dass du mich liebst - mich und keinen anderen. Und das habe ich gehört."

Wir standen voreinander.

„Vielleicht willst du mich jetzt verprügeln?", schlug Kai vor. „Ich hätte es verdient. Und wenn das helfen würde..."

Entsetzt hob ich die Hände und streckte sie vor. „Wie bist du denn drauf? Ich halte nichts davon, Leute zu verprügeln!"

„Phuuu", machte er und pustete die Luft dabei aus. „Da habe ich ja nochmal Glück gehabt. Das hat nämlich eben ganz anders ausgesehen. Und ich stehe nicht wirklich auf Schmerzen."

Eben - ja, eben. Da hätte ich auch noch in einem Anfall von Zorn beinahe jeden und alles umbringen können.

Ich setzte mich wieder hin.

Das war mir jetzt wirklich allzu peinlich.

Kai wusste eine Menge über mich und ich kam mir so ausgeliefert vor. Aber war ich besser gewesen?

Schließlich hatte ich ihm auch einiges verschwiegen, so dass er annehmen musste, ich könne ihn nicht mehr leiden.

„Warum hast du mir nicht einfach gesagt, was du für Bedenken hast?", wollte ich wissen. „Ich hätte dir erzählt, dass das gar nichts mit dir zu tun hatte. Musstest du zu solchen Mitteln greifen?"

Er setzte sich neben mich und nickte. „Du hast recht. Ich musste nicht. Es war nur mein Stolz. Als ich vor ein paar Tagen nach Hause kam, nach unserer sensationellen Nacht im Bad, da hielt ich mich für den fantastischsten Liebhaber der Welt. Ich bin fast geflogen vor lauter Stolz. Aber du warst nicht da. Alles war aufgeräumt und du gingst nicht ans Telefon. Bei dir zuhause kam ich nicht rein und ich hatte die Vermutung, du spieltest mir die Grippe nur vor. Ich habe mir die nächsten Tage die Finger wund gewählt, aber du gingst nie ans Telefon, so dass ich schon die Störungsstelle angerufen habe. Die meinten nur, der Anschluss wäre okay, vielleicht wollte da keiner gestört werden. So wie ich vorher geflogen bin, bin ich da abgestürzt. Und dann sehe ich dich mit deiner Freundin wieder, die sagt, du wärst umgefallen. Ich war mir wieder sicher, dass das nur eine Ausrede wäre und ich wollte dich einfach nicht verlieren. Nein, die Mittel waren nicht recht..."

„Schon gut", bremste ich ihn. „Meine Mittel waren das auch nicht. Ich hätte dir von Anfang an erzählen sollen, dass ich unter "Alpträumen" leide. Und dass ich versuche, die loszuwerden. Das war reichlich blöd von mir, zu denken, wenn ich nicht mehr schliefe, gingen die Alpträume weg. Für mich war es in dem Moment logisch, jetzt aber nicht mehr nachvollziehbar. Und was hat mir diese Koffeingeschichte eingebracht: ich bin tatsächlich umgekippt und hatte einen großen Streit mit dir. Wenn es jemandem leidtun sollte, dann bin ich das."

Kai nahm mich in den Arm und drückte mich.

„Und du bist der fantastischste Liebhaber der Welt...", flüsterte ich in sein Ohr.

Erakh war nicht von dieser Welt, beruhigte ich mich innerlich.

„So...?", fragte Kai und schaute mich liebevoll an.

In den nächsten zwei Stunden bewies er es mir.

Die darauf folgenden zwei Wochen waren die schönsten meines Lebens.

Es begann damit, dass Kais Chef anrief, just als wir das Schlafzimmer verlassen wollten. Er informierte Kai, dass er in den letzten Tagen so hart gearbeitet hatte und sein Pensum nun erledigt sei. Kurzum: mein Freund sollte die nächsten Wochen zum Ausgleich freimachen.

Das passte hervorragend zu der Zeit, die ich noch frei hatte, bevor ich bei Jo anfangen musste

Und so konnten wir richtig Urlaub machen.

Am Anfang war ich noch unruhig: Erakh würde sich melden, wusste ich. Doch es passierte gar nichts.

Ich schlief wie ein kleines Baby ruhig und gelassen, ohne auch nur im Entferntesten zu träumen oder auch nur aufzuwachen.

Vielleicht hörte ich ihn einmal leise lachen, aber das konnte ich mir auch eingebildet haben.

Zugegeben: das war schon komisch, aber nach ein paar Tagen begann ich, ihn zu vergessen und noch ein paar Tage später war es so, als hätte Erakh gar nicht existiert.

Kai und ich genossen die Zeit zusammen. Wir gingen viel miteinander aus, verbrachten aber auch schöne Stunden auf der Couch vor dem Fernseher.

Und so nach und nach konnte ich Kai aus meinem Leben nicht mehr wegdenken.

Es war fast so, als wären wir ein Ehepaar – und ich genoss es.

Dann kam der Tag, an dem sich alles änderte.

Kai war früh aufgestanden, um zu duschen, dann wollte er für uns frische Brötchen und Croissants aus der Bäckerei holen.

Ich lag währenddessen noch im Bett und muss wohl nochmal eingeschlafen sein.

Und im Schlaf oder Traum fand ich mich wieder in dem Raum mit dem Bett wieder, wo ich Erakh immer getroffen hatte.

Erschrocken wickelte ich mich in ein Laken, denn ich war völlig unbekleidet.

Das Herz schlug mir bis zum Hals

„So", sagte Erakh von der Seite her. Es klang bitter. „Du betrügst mich also mit diesem Kerl!"

Für einen Moment lang setzte mein Herz aus, um gleich darauf mit Gewalt weiterzupochen.

„Was?", stammelte ich, mühsam beherrscht. „Das ist wohl eher anders herum: ich betrüge ihn und zwar mit dir! - Und eigentlich will ich das gar nicht!"

Er lachte. „Hast du darum gefleht, dass ich aufhöre beim letzten Mal?"

Ich wurde schamrot. In meiner Erinnerung war es genau

entgegengesetzt gewesen...

Mit einem Satz sprang ich aus dem Bett und wich in die Ecke des Raumes zurück. Je mehr Platz zwischen uns war, um so besser.

„Das gehört ja wohl jetzt wirklich nicht hier her!", blaffte ich mit einem Selbstbewusstsein, das ich nur vorspielte. „Ich habe dir erzählt, dass ich einen Freund habe, den ich liebe – und von dir will und wollte ich niemals etwas. Du hast dir etwas genommen, das gar nicht für dich bestimmt war."

Mein Trick funktionierte nicht.

Er war mir plötzlich zu nahe, nahm mich in seine Arme und hielt mich fest, so dass ich mich nicht rühren konnte.

„Nochmal", flüsterte er an meinem Ohr. „Du hättest nur sagen müssen, dass ich aufhören soll..."

Sein Atem strich sanft über meine Haut und die feinen kleinen Härchen begannen, sich in Erwartung aufzustellen.

Ich musste etwas tun, sonst landeten wir wieder da, wo ich nun so gar nicht hinwollte.

„Bitte...", stammelte ich. „Lass mich gehen..."

„Niemals!", war seine Antwort, bevor er mir sanfte Küsse auf den Hals drückte.

Und wieder passierte es: um mich herum begann alles zu verfließen und sich in einen Regenbogen zu verwandeln.

Tu etwas! sagte die Stimme in mir, meine? Nimm den Ring ab!

Wie in Trance bemerkte ich, dass ich schon wieder unter ihm lag und langsam versuchte ich, mir Erakhs Ring vom Finger zu ziehen.

Mit einem Ruck glitt er herunter – und das veränderte alles!

Ich hörte noch das „Plopp", mit dem der Ring auf den Boden fiel, dann war es, als gäbe es eine Explosion und da war kein Regenbogen mehr oder irgendetwas anderes Mystisches. Da war nur noch der Schattendieb, der versuchte, mich zu verführen.

„Runter von mir!", schrie ich und warf Erakh aus dem Bett.

Ich glaube, wir waren beide ziemlich verblüfft, dass es überhaupt funktionierte.

Wieder wickelte ich mich ein, sprang aus dem Bett und brachte so Platz zwischen uns.

„Mach das nie wieder!", brüllte ich erbost. „Deine scheiß

Gehirnkramerweichungskiste funktioniert nicht mehr bei mir! Ich will nichts von dir und du sollst mich in Ruhe lassen, zum Teufel nochmal!"

Die Stille danach war ohrenbetäubend!

Erakh war immer noch auf dem Boden und sagte nach einer Weile verblüfft: „Du hast den Ring abgenommen!"

„Wie gut du das bemerkt hast", spottete ich. „Und du brauchst gar nicht zu glauben, dass ich mich nochmal so verarschen lasse. Du hast versucht, mich zu manipulieren! Und das mag ich gar nicht!"

Er hatte sich gefasst, erhob sich, kam mir aber nicht näher.

Seine Stimme war kalt, als er wieder sprach. „Wir hatten eine Abmachung! Du trägst den Ring und ich lasse deine Freunde in Ruhe. Ich gehe also davon aus, dass dir nichts mehr an dem Handel liegt, denn sonst wäre der Ring noch an deiner Hand."

Damit hatte ich jetzt nicht gerechnet. „Was soll das heißen?", fragte ich vorsichtig und jetzt war ich nicht mehr die selbstbewusste Person, die ich eh nur vorgegeben hatte, jetzt war ich nur die kleine verunsicherte Diana.

Und Erakh wusste das genau und witterte seine Chance. „So dumm bist du doch nicht! Ich werde der Reihe nach die Schatten aller deiner Freunde und Verwandten stehlen und dann bist du allein und hast nur noch mich..."

„Nein...", wisperte ich.

„Oh doch", hörte ich ihn nahe meinem Ohr. „Und mit deinem sogenannten Freund fange ich an – und du kannst nichts tun!"

Damit wachte ich auf!

Ich schrie und schrie, bis ich merkte, dass ich diese grauenvollen Laute ausstieß.

Dann hörte ich die Haustür und Sekunden später stürmte Kai ins Schlafzimmer und riss mich besorgt in seine Arme.

„Was ist los? Was ist passiert?", wollte er wissen und hielt mich fest.

Ich zitterte. „Albtraum", brachte ich hervor.

Kai wiegte mich, bis ich wieder einigermaßen klar war.

„Willst du darüber reden?", fragte er mitfühlend.

Langsam schüttelte ich den Kopf. Noch war ich nicht so weit.

Dann wurde mir übel und ich sprang aus dem Bett, rannte ins Badezimmer und übergab mich ins Waschbecken.

Nach einiger Zeit ging es mir besser und ich beschloss, unter die Dusche zu gehen.

Eine halbe Stunde später fand ich mich dann in der Küche ein, wo Kai schon den Tisch gedeckt hatte und mir eine Tasse schwarzen Tees hinhielt. „Hier! Trink mit langsamen Schlücken. Soll gut sein bei Magenbeschwerden."

Dankbar nahm ich die Tasse an, kostete vorsichtig einen Schluck und fand ihn lecker.

Kai sah mich eindringlich an.

„Sag mal...", begann er vorsichtig, „glaubst du nicht, wir sollten vielleicht nicht doch über deinen Albtraum reden. Manche Dinge verlieren ihren Schrecken, wenn sie ausgesprochen werden."

Mich überlief es wieder kalt, aber ich nickte kurz. „Ich habe geträumt, jemand wollte dich töten", log ich dann unverfroren.

„Bitte versprich mir, sofort etwas zu mir zu sagen, wenn dir etwas komisch vorkommt."

„Ach komm jetzt aber", entfuhr es ihm und ihm entwischte ein kleines Lächeln. „Du hast das nur geträumt. Das ist nicht die Wirklichkeit! Mir wird rein gar nichts passieren, das sollte dir aber klar sein."

Ich zuckte mit den Schultern.

Der Schattendieb hatte mich nie belogen, fiel mir ein. Sicher, er hatte versucht, mich zu manipulieren, aber die Unwahrheit hatte er nie gesagt.

Ich musste wohl davon ausgehen, dass er jetzt gerade umherschwirrte und versuchte, allen, die mir etwas bedeuteten, den Schatten zu stehlen. Doch ganz so schnell ging das wohl nicht – schließlich hatte er allen immer erst eine Botschaft gesandt.

Also blieb mir noch ein bisschen Zeit, bevor ich ihn vernichten musste.

Ich war jetzt ein wenig gelassener. Die Sache mit dem Ring hatte mir gezeigt, dass er mich nicht mehr unter Kontrolle hatte.

Ich konnte nun wieder reagieren, ohne dass er mich leiten konnte.

Für mich war das ein bisschen so, als hätte ich ein Stückchen Freiheit zurückerobert.

Aber es war halt nur ein kleines Stückchen.

„Träumst du schon wieder?", riss mich Kai aus den Gedanken.

Langsam schüttelte ich den Kopf und versuchte ein kleines Lächeln. „Nein, aber ich fühle mich schon besser."

Das war natürlich etwas gelogen, aber Kai nahm es mir ab.

Ich nahm ein Brötchen und biss hinein.

Dann fiel mir ein, dass ja nicht nur Kai in Gefahr war, alle meine Freunde waren potentielle Opfer des Schattendiebs und das machte mir ein schlechtes Gewissen.

Andererseits waren wir mal wieder am Anfang.

Ich hatte nur ein wenig Zeit gewonnen, doch jetzt war Erakh wieder am Zug.

Und vielleicht hatte er diesmal wirklich versucht, mir Angst zu machen und tat gar nichts...

Damit versuchte ich mich zu trösten und wir frühstückten gelassen.

Kai schlug vor, in die nächste Stadt zu fahren, da ich noch einen neuen Kittel kaufen wollte.

Schließlich musste ich bald wieder anfangen zu arbeiten.

Sara hatte mich nochmal von Italien aus angerufen und ich hatte ihr erklärt, dass wir beide bei Jo übernommen worden waren und wann wir die Praxis wiedereröffnen wollten und sie versprach, zu dem Zeitpunkt auch wieder im Lande zu sein.

Während wir in die nächstgrößere Stadt fuhren, war Kai galant und tat sein Möglichstes, mich von dem Alptraum abzulenken, so dass wir später noch eine Menge Spaß hatten.

Wir bummelten herum, ergatterten dies und jenes Schnäppchen und ich bekam einen neuen schönen weißen Kittel, der dazu auch noch etwas modisch aussah.

Gegen 16.00 Uhr fuhren wir wieder heim, ich kochte Kaffee (ja genau, ich hatte meine selbstauferlegte Kaffeediät schon wieder aufgegeben) und wir aßen dazu einen mitgebrachten Kuchen, derweil wir eine Talkshow im Fernsehen anschauten.

Dann rief Maria an. Sie klang etwas beunruhigt. „Ich habe heute Mittag etwas geschlafen", begann sie. „Und dabei habe ich geträumt..."

Jetzt selber beunruhigt ließ ich mich in den Sessel plumpsen. „Du hast ihn gesehen?"

„Nein", ließ sich Maria vernehmen. „Nur gehört. Er hat gesagt, dass er schon uralt ist, den ganzen Sermon abgespult, den du mir damals schon erzählt hast, und zum Schluss meinte er, die nächste, die er holen würde, wäre ich."

Mir traten wieder einmal die Tränen in die Augen. „Maria... Es tut mir so leid. Ich habe den Ring zurückgegeben und er hat den Vertrag gelöst. Jetzt will er alle holen. Ich weiß nicht, wie das noch weitergehen soll."

Sie seufzte. „Ich werde es ihm nicht leicht machen. Noch ist nicht aller Tage Abend. Ein paar Asse habe ich noch im Ärmel."

Wieder bedauerte ich den Verlauf dieser Situation, aber Maria ließ es nicht zu. Sie würde sich zu wehren wissen, meinte sie und versprach mir, vorsichtig zu sein.

Als sie auflegte, spürte ich plötzlich Kais Hand auf meiner Schulter.

Ach du lieber Himmel, ich hatte ihn völlig vergessen!

Und er hatte alles gehört!

„Schatz, was ist los?", wollte er wissen. „Was hast du für ein Problem?"

„Ach", log ich wieder mal unverfroren und wischte über meine Augen. „Ich habe einen Fehler gemacht und nun bedrängt ein Bekannter meine Freunde."

Damit war es nicht mal völlig gelogen. Insgeheim gratulierte ich mir zu dieser Idee.

„Bist du schon bei der Polizei gewesen?", wollte Kai wissen.

Ich schüttelte den Kopf und wiegelte ab, das ginge nicht, man könne ihm nichts beweisen.

Außerdem müssten da meine Freunde etwas tun.

Netterweise ließ er von dem Thema ab und wir verbrachten einen wirklich schönen restlich Tag miteinander. Kai lenkte mich von meinen Sorgen ab und ich vergaß Erakh sogar fast.

Am nächsten Morgen war mal wieder Chaos angesagt.

Kais Chef rief an und meinte, er bräuchte ihn jetzt doch, worauf der auf der Stelle aufbrach.

Und als ich unter der Dusche stand, klingelte es Sturm bei mir.

Zuerst versuchte ich, das zu ignorieren, aber es klingelte und klingelte. Also sprang ich direkt in meinen Bademantel, schlang mir ein Tuch um den Kopf und sprintete zur Tür.

Davor stand – na, wer wohl? - mein neuer Freund: Herr Pingel!

Innerlich stöhnte ich auf. Wegen dem hatte ich jetzt die Dusche unterbrochen?

„Ja?", fragte ich, nicht mal unfreundlich.

„Och", machte mein Nachbar. „Ich habe wohl gerade gestört... - Tut mir leid, aber das kann nicht warten..."

Ich zog den Gürtel um meinen Bademantel enger und nickte ihm auffordernd zu. Wenn ich hier lange im Kalten stand, würde ich ruck zuck krank werden. „Was ist denn los?"

Er fuhr sich ein paarmal durch die Haare, wobei mir auffiel, dass er wohl beim Friseur gewesen sein musste, denn er sah ziemlich ordentlich aus – auch seine Kleidung wirkte sauber und frisch – fast modisch sozusagen.

„Das ist gemein!", platze er dann heraus.

„Wie bitte?", schluckte ich. Damit hatte ich jetzt nicht gerechnet und es versetzte mir einen kleinen Schock. „Was ist denn gemein?"

„Ich habe gerade wieder einen Job angenommen", erklärte Herr Pingel und ich erinnerte mich, dass er wohl lange Zeit arbeitslos gewesen war. „Gerade habe ich mein Leben wieder in den Griff bekommen, und jetzt wollen Sie mir alles kaputt machen!"

Er wirkte nicht aggressiv, sondern wirklich hilflos.

Allerdings verstand ich ihn nicht. „Aber was mache ich denn?", brachte ich hervor.

„Sie haben mir diesen Typen auf den Hals gehetzt!", meinte er weinerlich. „Und der will mich jetzt holen."

Es dauerte einen Moment lang, bis ich begriff, dass er den Schattendieb meinte.

„Sie haben ihn im Traum gesehen...?", fragte ich geschockt nach.

Herr Pingel nickte. „Genau wie beim letzten Mal. Was haben Sie getan?"

Hilflos zuckte ich die Schultern.

Innerlich lief mein Gehirn auf Hochtouren: er war also einer von denen gewesen, die Erakh wieder losgelassen hatte.

Deswegen hatte er erst so krank ausgesehen!

Mittlerweile war mir klar geworden, dass die Menschen nach einer Art Schema reagierten, wenn sie den Schattendieb im Traum gesehen hatten – na ja, sie hatte ihn wohl nicht gesehen, wohl eher seine Botschaft bekommen.

Aber sie wurden immer erst krank – oder ihnen war unwohl – dann erst konnte der Schattendieb ihnen ans Leder.

Herr Pingel wirkte noch nicht krank. Ehrlich gesagt, er sah

besser aus als je in seinem Leben.

„Sind Sie sicher, dass wir von derselben Sache sprechen?", forschte ich vorsichtig nach.

Er schnaubte. „Ich sag's Ihnen doch! Es ist wie beim letzten Mal. Da hat er mir zum Schluss allerdings gesagt, ich hätte nochmal Glück gehabt, weil Sie mich gerettet hätten. Egal, was Sie damals gemacht haben...", er kam vertrauensvoll näher, „...können Sie es nicht nochmal machen?"

Entsetzt schüttelte ich den Kopf.

„Nein!", platzte ich dann heraus. „Das kann ich sicher nicht. Ich kann da gar nichts machen, es tut mir wirklich leid."

Ich konnte direkt sehen, wie die Hoffnungslosigkeit in Herrn Pingels Gesicht kam. Er tat mir ganz entsetzlich leid, aber ich konnte ihm nicht helfen.

Was hätte ich auch tun sollen?

Wieder mit dem Schattendieb-Dämon schlafen?

Der Gedanke ließ mich erschaudern.

„Ich lass mir das nicht gefallen!", meinte Herr Pingel plötzlich angriffslustig. „Ich werden gegen diesen Kerl kämpfen!"

Damit drehte er sich um und stürmte die Treppen hinunter.

Ich atmete auf. Er machte es genau so wie Maria: gegen ihn kämpfen! Vielleicht brachte das ja was, wenn sich alle gegen ihn stellten. Ehrlich gesagt entsetzte es mich schon, wen Erakh so alles einsacken wollte. Er machte wirklich vor nichts halt.

Wer würde der nächste sein?

Hoffentlich nicht Kai...

Den Gedanken beiseite schiebend machte ich weiter mit der Morgentoilette. Dann frühstückte ich und sah mir die Morgenschows im Fernsehen an, um mich etwas abzulenken.

Es funktionierte nicht wirklich.

Also putzte ich mal wieder, was auch nicht gerade half.

Die Zeit verstrich so langsam und nichts passierte – oder es passierte etwas, von dem ich keine Ahnung hatte. Ich wusste nicht, was schlimmer war.

Am späten Nachmittag rief Kai an. Er war jetzt zuhause und fragte mich, ob ich nicht herüberkommen wolle: er wolle für uns kochen.

Glücklich sagte ich zu.

Mit einer Schachtel Pralinen für den Nachtisch traf ich dann bei ihm ein.

Er öffnete mit einer Schürze bekleidet – nur mit einer Schürze!

„Hallo, schöne Frau...", flüsterte er heiser. „Sie haben mich im ungünstigen Moment erwischt. Ich bin noch nicht mit dem Hauptgang fertig..."

Damit zog er mich in die Wohnung, nahm mich mit in die Küche und platzierte mich an den Esstisch.

„Was wird das?", wollte ich vorsichtig wissen. Kai war wirklich für jede Überraschung gut.

Er servierte seelenruhig kleine Tapas, beugte sich zu mir runter und schob sie mir fast in den Mund.

Wenn das so weiterging, würden wir nicht bis zum Hauptgang kommen, schwante mir.

Dabei war ich doch so gespannt, was es geben würde...

Um die Sache abzukürzen: wir schafften es tatsächlich nicht, zu Ende zu essen und es gab Spaghetti mit Gambas in Chili-Sahne-Sauce.

Bis ins Schlafzimmer schafften wir es auch nicht mehr und ich weiß jetzt, was man so im Esszimmer alles machen kann, außer zu essen...

Was das Beste war, als wir dann doch noch im Bett landeten, war dass, als ich morgens aufwachte, nicht von Erakh geträumt hatte.

Kai war schon im Bad verschwunden, um sich arbeitsfein zu machen.

Wir frühstückten zusammen, dann fuhr ich nach Hause und er zu seiner Firma.

Zuhause rief mich dann Sara an. Sie war komisch.

„Erzähl schon", kam ich auf den Punkt. „Du hast vom Schattendieb geträumt und er hat gesagt, er holt dich als nächstes, hab ich recht?"

„Mir war klar, dass du davon wissen musstest", gab sie zurück. „Was soll ich jetzt tun?"

Aus ihrer Stimme klang Angst und ich bereute mein forsches Verhalten. Sie war nur unbeteiligter Mitspieler in diesem Schachspiel; ein Bauer, der geopfert werden konnte. Nicht von mir natürlich; sie war ja schließlich MEIN Bauer.

„Tut mir leid...", entschuldigte ich mich zerknirscht. „Er gibt allen meinen Freunden diese Botschaft. Die anderen versuchen, gegen ihn anzukämpfen, ohne dass sie wissen, um was es geht. Ich kann dir nur dasselbe raten. Vielleicht solltest du auch mit Maria reden. Bei ihr ist diese Botschaft auch schon angekommen."

Es hörte sich jetzt bedauernd, aber auch ganz schön abgebrüht an. Das war es aber nicht. Ich hatte Angst um meine Freunde und ich wusste nicht, was noch alles passieren würden, wen dieser Dämon noch auswählen würde.

Tatsache war schon mal: er nahm jeden – sogar Herrn Pingel, dabei bedeutete der mir nun wirklich nicht das meiste – ich meine, es kämen noch eine Menge Menschen vor ihm auf meiner Liste der liebsten Menschen.

Sara verabschiedete sich. Es kam keine Freundinnenstimmung mehr auf. Ich hatte den Eindruck, sie machte mich für diese Botschaften verantwortlich und nahm mir das übel.

Verstehen konnte ich sie schon. Vor allen Dingen, weil sie ja auch gesehen hatte, was der Schattendieb anstellen konnte. Aber sie musste doch auch begreifen, dass ich da gar nichts machen konnte, um das zu verhindern.

Eine kleine leise Stimme in mir sagte, dass ich doch etwas machen könnte. Ich könnte einen auf unterwürfig machen und dem Schattendieb das Blaue vom Himmel versprechen, dann würde er vielleicht alle freilassen.

Dann fiel mir wieder ein, was die Göttin zu mir gesagt hatte: dass es am Ende auch gegen mich gehen würde und ich nichts verhindern könnte.

Eine einzige Chance blieb mir: ich musste ihn vernichten.

Und das ging nur mithilfe dieses Sonnensteinrings.

Wenn ich doch bloß wüsste, wie das blöde Ding funktionierte.

Und außerdem hatte ich Erakh nicht wieder getroffen, seit dem letzten Mal.

Bis zum nächsten Mal musste ich einfach herausbekommen, wie mein Ring einzusetzen war.

Ich schnappte mir meine Handtasche und fuhr in ein Internetcafé.

Dort googelte ich Sonne, Sonnenstein und alles, was mir noch dazu einfiel, ohne auch nur einen Schritt weiterzukommen.

Das heißt: ich bekam zwar eine Menge Infos, aber nichts, was auf meine Situation passen könnte.

Genervt gab ich auf.

Ich fuhr noch in eine Buchhandlung, um mir Bücher zum Thema Edelsteine anzusehen, am Ende kaufte ich aber doch nichts und machte mich gefrustet auf den Nachhauseweg.

Dort gab es auch nichts Neues und ich wurde langsam nervös.

„Zum Teufel!", fluchte ich laut. „Warum kannst du mich nicht einfach in Ruhe lassen?"

Die Antwort kannte ich schon, danke, aber da ich Erakh in letzter Zeit nicht gesehen hatte, passte es mir prima in den Kram, in der Gegend herumzuschimpfen.

Vielleicht konnte ich ihn doch noch erreichen, indem ich an sein Gewissen appellierte. Ich rechnete mir eine minimale Chance aus und beschloss, schlafen zu gehen.

Zwölf

Genialerweise hatte ich nicht darüber nachgedacht, dass mir vielleicht etwas Gefährliches drohte. Eigentlich hatte ich überhaupt nicht nachgedacht, sondern war einfach meinem Instinkt gefolgt.

Spätestens jetzt muss ich sagen, das ist nicht immer der richtige Weg.

Ich hatte erwartet, in meinem üblichen Raum wachzuwerden, und ebenso, dass Erakh in der Ecke auf diesem Schaukelstuhl oder was auch immer sitzen würde.

Aber so ganz richtig war das nicht.

Erst einmal stimmte es: ich wachte in dem Bett auf. Doch ich war gefesselt und die goldenen Gitter waren hochgeklappt. Das hätte mich warnen sollen.

Dann war der Schattendieb nicht im Raum.

Das konnte ich deutlich spüren.

Es war nicht unheimlich, sogar das Mondlicht schien durch eine Tür, die auf einen Balkon führen musste.

Das war mir vorher gar nicht aufgefallen.

Ich kam mir vor wie ein verschnürtes Paket.

Na, zumindest hatte er keine Ketten genommen, sondern... Seidenschals?

Sollte das irgendeine Anspielung sein?

Plötzlich konnte ich seine Anwesenheit fühlen. Es wurde auch viel dunkler in dem Raum.

„Erakh...", flüsterte ich. „Warum tust du das? Du weißt doch, dass ich dir nicht überlegen bin. Es ist doch gar nicht nötig, mich zu fesseln."

„Nötig nicht", gab er zu. „Aber für mich ist es eine Art Befriedigung."

Gequält atmete ich ein.

„Was willst du?", fragte er barsch. „Ich dachte, du hast dich entschieden."

„Ich möchte dich um etwas bitten", begann ich langsam und versuchte ihn auszumachen, was nicht so leicht war, da ich mich kaum bewegen konnte. „Bitte lass meine Freunde frei..."

Jetzt war es heraus und es war nicht so schwer gewesen wie ich gedacht hatte.

Dann hörte ich sein Lachen, erst leise, dann immer lauter.

Ich erschauderte.

„Du bittest mich, deine Freunde zu verschonen?", wiederholte er amüsiert und lachte nochmal kurz auf. „Glaubst du, du hast ein Recht dazu?"

„Du hast doch genauso wenig das Recht, mich zu belästigen!", wehrte ich mich. „Du kommst in meine Träume, nimmst mir meinen freien Willen und willst alle, die mir lieb sind, töten."

Für einen Augenblick lang sagte niemand von uns etwas.

„Du hast gesagt, du liebst mich!", fuhr ich weiter fort. „Du hast gesagt, du hast mich jahrelang gesucht! Wenn das wirklich wahr ist, dann bitte ich dich: Lass alle meine Freunde frei aus Liebe zu mir."

Ich atmete heftig und wartete auf die Antwort. Er ließ sich lange Zeit.

„Das kann ich nicht!" Seine Stimme klang belegt, irgendwie sogar bedauernd. „Selbst wenn ich das wollte, es ist jetzt zu spät dazu."

Wieder war eine Pause, in der ich nur meinen eigenen Atem hörte.

„Ich will es auch gar nicht", meinte er dann und es klang jetzt eigensinnig, verletzt oder sogar gefährlich. „Du hast unseren Pakt gebrochen, indem du den Ring abgelegt hast. Ich hatte mich an die Regelung gehalten, indem ich niemanden belästigt habe, der dir nahe steht. Aber du hast mich betrogen – mit diesem Kerl. Du bist meiner Liebe nicht wert."

Für mich war das regelrecht ein Schock.

Es war so, als hätte er mir einen Schlag verpasst und ich begriff, dass ich hier in Gefahr war, weder etwas für die anderen noch für mich tun konnte.

„Erakh", sagte ich leise. „Ich habe dir niemals vorenthalten, dass ich dich nicht liebe. Viele Male habe ich es dir sogar gesagt. Immer wieder habe ich betont, dass ich Kai liebe, nicht dich! Wofür also bestrafst du mich, wenn du das alles schon gewusst hast?"

„Ich mache die Regeln in diesem Spiel!", schrie er plötzlich und warf etwas durch den Raum.

Er war der Schaukelstuhl, auf dem er immer gesessen hatte –

und es machte ein unschönes Geräusch, als er an dem Gitter aus Gold zerbarst.

Ich hatte Angst, aber was gab es jetzt noch zu verlieren.

„Ich spiele nicht mehr mit!", rief ich mit heiserer Stimme. „Spiel dein Spiel ohne mich!"

Jetzt lachte er wieder.

Dann spürte ich seinen Atem an meinem Ohr. „Aber es wird doch erst richtig gut! Genieße die Zeit, die dir noch mit deinem Liebhaber und deinen Leuten bleibt. Wenn keiner mehr da ist, werde ich dich richtig leiden lassen. Dann verstehst du, dass du nie eine Wahl gehabt hast."

Er küsste mich auf den Mund und ich versuchte, mich zu wehren.

Mit einem Aufschrei wachte ich auf.

Mir war speiübel.

Nachdem ich mich im Bad so zirka fünfmal übergeben hatte, konnte ich wieder klar denken.

Okay, ich wusste jetzt, woran ich war.

Erakh würde erst alle meine Freunde, Bekannten und Verwandten, eigentlich jeden, den ich kannte, vernichten, dann würde er sich mich vorknöpfen, um mich schön langsam vom Leben zum Tode zu befördern. - Und er würde er genießen.

Eigentümlicherweise hatte ich keine Angst mehr, nur so ein eigenartiges eiskaltes Gefühl in mir.

Ich konnte mich nicht rühren, dachte alle Möglichkeiten noch einmal durch und plante.

So fand mich Kai vor.

Durch irgendeinen dummen Zufall hatte ich die Tür wohl offen gelassen, jedenfalls stand er plötzlich in der Wohnung und fasste mich an der Schulter.

„Diana?", fragte er besorgt. „Geht's dir gut?"

Ich erwachte aus der Starre.

„Natürlich!", sagte ich, als wäre nichts gewesen. Ich lächelte sogar. „Und du, wie geht's dir?"

„Gut", bestätigte Kai, wenn auch etwas verwirrt.

„Sehr gut!", lachte ich auf und griff in sein Oberhemd, so dass der erste offene Knopf absprang.

„He!", protestierte er. „Was wird das denn?"

„Das siehst du schon!", wusste ich und zog ihn ins

Schlafzimmer.

Und er sah es.

Wir kamen nicht zur Entspannung.

Kurz nachdem wir beide uns zum Kuscheln aneinandergeschmiegt hatten, klopfte es Sturm an meiner Haustür.

Zuerst wollte ich das ignorieren, aber es hörte nicht auf zu klopfen – ganz im Gegenteil, es verstärkte sich nur noch.

Ich warf ein Nachthemd über und schickte mich an, die Tür zu öffnen.

„Was?", bellte ich und riss diejenige brutal auf.

Vor mir stand eine junge Frau in meinem Alter, dunkle Haare, herzförmiges Gesicht und angemessen gekleidet, so dass man fast sagen könnte: elegant. Sie war schwanger.

„Doris...", hauchte ich entsetzt.

Sie beäugte mich von oben bis unten. „Ist das eine neue Mode oder hast du gerade geschlafen?", blaffte sie mich an, ging an mir vorbei und ließ sich in den Sessel im Wohnzimmer fallen.

„Also, ich muss schon sagen, es ist nicht nett von dir, mich so lange stehen zu lassen, in meinem Zustand..."

Ich beeilte mich, die Tür zu schließen und folgte ihr ins Wohnzimmer.

Jetzt kam auch Kai aus dem Schlafzimmer und versuchte verzweifelt, sich ordentlich zurechtzumachen.

Doris nahm ihn ins Visier, musterte ihn ungeniert und warf mir dann einen fragenden Blick zu. „Willst du uns nicht vorstellen?"

Nein, wollte ich eigentlich nicht. Ich wollte sie auf der Stelle aus meiner Wohnung werfen und die Tür hinter ihr zuknallen, so dass sie die Treppe herunterfiel!

„Ich bin Kai Buht!", ließ sich mein Bettpartner vernehmen und gab Doris die Hand.

„Doris Schulte!", meinte sie und genoss sein unwissendes Gesicht.

„Doris ist meine Schwägerin", klärte ich ihn auf und drehte mich dann um, um ins Schlafzimmer zu verschwinden. „Ihr entschuldigt mich wohl!"

Selbst wenn nicht, war mir das egal.

Am besten, ich blieb im Schlafzimmer und kam nicht mehr raus.

Während ich mich anzog, konnte ich hören, dass Kai sich mit

Doris unterhielt und er ihr brav etwas zu Trinken anbot.
Innerlich dachte ich, dass er besser Gift zusammenmischen sollte, erschrak dann aber über mich selbst. Ich hatte gemeint, darüber hinweggekommen zu sein. Ganz offensichtlich war dem nicht so.
Warum zum Geier hatte der Schattendieb nicht sie geschnappt? Das wäre mir recht gewesen.
Der Gedanke war gerade raus, da merkte ich, wie gemein das ihr gegenüber war. Vielleicht hatte sie sich in der langen Zeit geändert, und ich war so böse.
Tief durchatmend machte ich mich daran, wieder ins Wohnzimmer zu kommen, wo Kai schwitzend Doris Rede und Antwort stand.
Er schaute direkt erleichtert, als ich kam.
„Also Doris", wagte ich mich nach vorn. „Was verschafft mir die Ehre deines Besuches?"
Sie machte ein ernstes Gesicht. „Rita hat versucht, dich telefonisch zu erreichen, aber du bist wohl nie zuhause."
Das war glattweg gelogen!
Erstens war ich meist zu Hause und dann würde mich Rita niemals anrufen. Sie hasste mich!
Kai schaute verständnislos von einem zum anderen.
„Rita ist meine Stiefmutter", erklärte ich ihm, um mich gleich wieder an Doris zu wenden. „Und? Was gibt es?"
Doris bemerkte, dass ihre kleinen Spitzen an mir abprallten und kam zum Thema: „Dein Vater liegt im Krankenhaus. Er ist ins Koma gefallen und man hat ihn hierher transportiert, weil das Krankenhaus eine bessere Versorgung hat. Das solltest du nur wissen."
Ich nickte.
Sekundenschnell war mir klar geworden, dass da der Schattendieb seine Finger im Spiel haben musste, denn mein Vater war sonst immer gesund gewesen – na ja, in den letzten Jahren konnte ich das nicht beurteilen, da wir keinen Kontakt hatten.
Wie sollte ich mich fühlen?
Einerseits war ich betroffen, dass Erakh so weit gegangen war, andererseits fühlte ich nur eine Art Bedauern. Ich hatte alle Gefühle für meine Familie so weit und so tief begraben, wie es

eben ging.

Kai war schnell an meiner Seite. „Ach, Diana, das tut mir leid..."

Ich bemerkte allerdings rasch, dass er komplett verwirrt war, da ich nicht dementsprechend handelte.

Nun, ein Mensch, dem gerade erklärt wird, dass sein Vater krank ist, reagiert wohl betroffen, einige fangen sogar an zu weinen – ich hingegen stand da wie der sprichwörtliche Fels in der Brandung und mich schien das alles nichts anzugehen.

„Was haben die im Krankenhaus für Prognosen?", war das einzige, was ich mir abringen konnte.

Doris pustete eine ihrer Haarsträhnen in die Luft. „Ich dachte, du willst selbst mal schauen..." Und als ich den Kopf langsam schüttelte: „Du kannst doch nicht immer noch sauer sein."

„Bitte?", spie ich aus. „Sauer? Nein, sauer ist nicht das, was ich fühle!" Sie konnte froh sein, dass ich mich so gut unter Kontrolle hatte, sonst hätte es heftig gekracht!

„Ach komm schon", forderte sie mich ungeachtet unausgesprochener Konflikte auf. „Das ist jetzt schon so lange her! Und ich bin wieder schwanger! Also: vergiss endlich deinen Groll!"

Mühsam beherrscht ging ich und öffnete die Wohnungstür zum Treppenhaus. „Es interessiert mich nicht, ob und von wem du schwanger bist. Damals nicht und heute nicht! - Und jetzt: raus hier!"

Ebenso mühsam hievte sich Doris aus dem Sessel. „Es war immer nur Ricky! Und das weißt du auch!"

Wir standen voreinander.

„Er war damals erst fünfzehn", ließ ich mich vernehmen. „Er war noch fast ein Kind! Ihm kann ich nicht böse sein. Du allerdings hättest es besser wissen sollen! - Ich will dich und alle anderen nicht mehr sehen. Das ist alles!" Und wie zur Bestätigung machte ich eine Bewegung, sie zum Gehen zu bewegen.

Sie zog eine Braue hoch. „Und warum hast du Daniel Willoschek und Vinzenz Färber vergeben und nicht uns?"

Woher wusste sie denn davon? Der Klatsch schien noch bestens zu funktionieren.

„Das lässt sich nicht miteinander vergleichen", verteidigte ich mich, um mich gleich darauf zu ärgern. Sie hatte mich aus der Reserve gelockt.

„Wieso nicht?", schrie Doris und stampfte mit dem Fuß auf. „Dieser Schwule hat dich doch längerfristig betrogen! Du wolltest ihn sogar heiraten! Und ich? Ich habe nur eine klitzekleine Unwahrheit gesagt und mir willst du nicht verzeihen? Wir sind immerhin mal beste Freundinnen gewesen!"

Diesmal war es an mir zu pusten. „Deine ‚klitzekleine Unwahrheit' hätte mich beinahe meine Lehrstelle gekostet und ist schuld daran, dass ich von zuhause herausgeworfen wurde! Freundinnen? Ich glaube, du hast mich benutzt! Das macht keine Freundin! Von mir aus geh zum Teufel – oder dahin, wo der Pfeffer wächst! Nur lass dich hier nicht mehr blicken!"

„Hallo, Ladys!", rief Kai in die streitgeschwängerte Luft hinein und zog mich ein Stück zurück, als hätte er Angst, ich könne Doris etwas antun.

Er brachte sich zwischen uns.

„Doris!", sprach er sie dann an. „Das ist kein guter Zeitpunkt für einen Besuch! Sie sollten wirklich gehen!"

Sie versuchte, ihn beiseite zu drängen, ließ es dann aber sein, als sie merkte, dass es keinen Sinn hatte. Wo Kai stand, da stand er eben.

„Du versteckst dich hinter ihm!", hielt sie mir vor.

„Das braucht sie gar nicht!", wandte sich Kai an sie. „Sie verstehen nicht, dass ich Sie gerade schützen will. Aber das fällt mir von Minute zu Minute schwerer..."

„Was soll das denn heißen?", wollte sie erbost wissen.

Kai räusperte sich. „Ich habe genug gehört, um zu erkennen, dass Sie, Doris, eine unmögliche Frau sind. Sie haben Diana weh getan, auf die eine oder andere Art und Weise. Und ich bin ein loyaler Freund von Diana. Da haben Sie Pech gehabt! Mich können Sie nicht auf Ihre Seite ziehen. Am besten ist, Sie gehen jetzt wirklich, bevor ich meine Geduld verliere!"

Doris schluckte. So etwas war ihr im ganzen Leben noch nicht passiert.

„Sollte das eine Drohung sein?", erkundigte sie sich vorsichtig.

Aber Kai schüttelte den Kopf.

„Ich drohe niemals", sagte er ernst. „Ich handele."

Das war wohl wirklich zu viel für meine Schwägerin. Mit einem wütenden Kiekser stob sie davon, so schnell es in ihrem Zustand ging.

Kai knallte die Tür hinter ihr zu.

Dann nahm er mich genau in Augenschein. „Ich muss mit dir reden!"

So etwas hatte ich befürchtet!

„Und ich mit dir..."

Ruhig ging er zum Sofa, nahm Platz und bedeutete mir, mich zu ihm zu setzen und zwar ihm gegenüber, so dass er mich schön im Blick hatte.

Als ich das dann endlich tat, begann er zu reden. „Ich habe verstanden, dass du damals dein Heimatdorf verlassen musstest, weil du als Hexe denunziert wurdest. Du hast mir erzählt, dass es dein Bruder Ricky war, der den Ausschlag gab. Warum?"

Ich wich seinem Blick aus. Innerlich zollte ich ihm Respekt: er hatte gut aufgepasst, als ich die Sache damals Herrn Krüger von der Polizei so annähernd erklärte.

Langsam nickte ich. „Gut. Du hast es gewollt! Die ganze Geschichte ohne Ausschmückungen." Tief holte ich Luft. „Doris war meine beste Freundin. Ich war damals achtzehn und schon in Ausbildung bei Dr. Goldner, dem Vater von Jo. Aber den besten Stand im Dorf hatte ich nie – du weißt schon, wegen meiner Großmutter. Doch Doris war immer für mich da. Wir gingen zusammen durch dick und dünn. Sie ging zum Gymnasium in die 13. Klasse, ich war fast fertig mit der Ausbildung, da kam sie zu mir und beichtete mir, sie sei schwanger. Ich war natürlich entsetzt, fragte, wer es denn gewesen sei und was sie jetzt machen wolle. Sie aber wollte mir nicht sagen, wer der Vater war. Das Baby wollte sie auch nicht behalten. Und weil ich doch beim Arzt arbeitete, wüsste ich doch bestimmt, wie sie es loswerden könnte."

Kai nickte, ich konnte nicht erkennen, ob nun zustimmend oder eher wissend. „Und wie hast du reagiert?"

„Na, wie schon?" Ich machte eine unwirsche Handbewegung. „Erst einmal hatte ich gar keine Ahnung, was einen Abbruch ausgelöst hätte, dann war das völlig gegen meine Überzeugung – und das sagte ich Doris auch. Sie wurde böse, beschimpfte mich und lief davon. Ich dachte, sie kommt schon wieder und sie muss sich erst mal beruhigen. Das tat sie nicht." Ich machte eine Pause.

„Weiter", forderte Kai energisch.

„Nach ein paar Tagen hatte ich immer noch nichts von ihr gehört. Ich hatte frei und ging sie besuchen."

Er machte ein knurriges Gesicht, als ich wieder stoppte. „Weiter", forderte er noch energischer.

Seinem Blick ausweichend fuhr ich fort: „Sie lag auf dem Boden in ihrem Zimmer und rollte sich vor Schmerz hin und her. Ich bekam heraus, dass sie irgendein Mittel von einem Schulkamerad bekommen hatte, dass wohl einen Abbruch auslösen sollte. Offensichtlich war aber etwas falsch gelaufen, denn sie hatte starke Blutungen, so dass ich den Krankenwagen rufen musste. Doris kam ins Krankenhaus und wurde dort behandelt. Ich hörte die nächsten Tage nichts von ihr. Dann begann das Gerede..."

„Aber du hattest doch alles für sie getan", entrüstete sich Kai. „Es ging doch nach den Regeln zu. Was gab es denn da für ein Gerede?"

Ich lachte kurz und unschön auf. „Doris war nicht ganz ehrlich zu den Leuten, die sie besuchten. Sie wollte auch nicht dumm dastehen. Also erzählte sie allen, die es wissen wollten – und auch denen, die es nicht wissen wollten, ich sei neidisch auf sie gewesen, dass sie ein Baby bekommen würde, und ich hätte ihr ein Mittel aus der Praxis gegeben – angeblich, um ihr die morgendliche Übelkeit zu nehmen, in Wirklichkeit aber, um ihr kleines Baby zu töten."

Jetzt schwiegen wir beide.

Der Gedanke daran tat immer noch weh, obwohl ich das verdrängt hatte. Ich wollte nicht leiden, also sprach ich leise weiter: „Am Anfang wusste ich nicht, warum die Patienten ausblieben, doch der Doktor zitierte mich dann zu sich und nahm mich in die Mangel. Ich fiel aus allen Wolken! Gott sei Dank glaubte er mir, dass ich ihr nichts gegeben hatte. Er hatte seine Medikamente ganz gut unter Verschluss und war sich sicher, dass ich an solche Drogen nicht herangekommen wäre. Aber der Klatsch vertrieb seine Patienten und er musste schließlich seine Familie ernähren. So sorgte er dafür, dass ich die Prüfung eher ablegen konnte. Ich bestand mit gut."

Kai schüttelte den Kopf. „Trotzdem hätte er zu dir stehen können! Du warst unschuldig!"

„Ja", meinte ich betreten. „Aber er hatte eine Praxis zu führen und die Leute hatten mittlerweile schon Listen für meine Entlassung unterschrieben. Sie drohten ihm, nie wiederzukommen, wenn ich nicht verschwinden würde. Ich bekam dann mit, dass immer wildere Gerüchte kursierten – und dass viele von ihnen von meinem Bruder Ricky kamen. Das konnte ich gar nicht verstehen – denn wir hatten uns eigentlich leidlich verstanden. Nun ja, ich kam erst in die Familie, als ich zwölf war und er ungefähr neun, aber hatten uns immer in Ruhe gelassen. Erst später bekam ich heraus, dass Doris von ihm schwanger war – dabei war er erst fünfzehn! Sie hatte das nie gesagt, sie hat einfach geschwiegen, was den Vater betraf. Ricky hat es mir selber gesagt, als er mir zuhause auflauerte und mich verprügelte. Meine Stiefmutter Rita stand dabei und wartete, bis er fertig war. Dann schmiss sie mich aus dem Haus. Mein Vater unternahm nichts. Das war der Tag, an dem ich die Prüfung zur Arzthelferin bestanden hatte."

Kai stand auf, setzte sich neben mich und nahm mich in den Arm. „Das tut mir so leid. - Wie hast du dich nur so entwickeln können, wie du heute bist – so stark und gut?"

Entschlossen, die Geschichte zu beenden, zuckte ich mit den Schultern. „Ich habe mich einfach nicht unterkriegen lassen. Als ich damals zu meinem Chef kam, zusammengeschlagen wie ich war, behandelte er mich notfallmäßig, gab mir Geld für den Anfang und fuhr mich in diese Stadt, wo ich gleich eine Wohnung fand und er mir den Job bei Dr. Peters besorgte. Seitdem wollte ich nichts mehr mit meiner Familie zu tun haben. - Ach ja: Ricky hat Doris geheiratet, als er achtzehn wurde. Das ist jetzt ein paar Jahre her. Sie haben mir eine Einladung geschickt, aber ich habe sie ausgeschlagen."

„Das ist ja wohl ganz klar!", schnaubte Kai. „Ich hätte ihn angezeigt! Oder sie! Warum hast du nie diese Möglichkeit in Betracht gezogen?"

Ich zuckte die Schultern. „Erstmal musste ich wieder zu mir selbst finden. Ich war ganz alleine – kannte niemanden hier. Und ich hatte Angst, dass mir niemand glauben würde."

Kai küsste mich sanft auf den Kopf. „Das tut mir alles so leid. Wenn ich das vorher gewusst hätte, dann wäre diese alte Sumpfkuh sofort rausgeflogen, noch bevor ich ihr ein Glas

Wasser anbieten hätte können. - Jetzt begreife ich auch, was dir deine Kollegin Sara bedeutet. Wahrscheinlich hat sie dir geholfen, mit der Situation fertig zu werden."

Es überraschte mich, dass Kai sich noch an Sara erinnerte. Schließlich war sie hereingeplatzt, als wir...

„Nein", schüttelte ich den Kopf. „Erst arbeitete eine ältere Dame bei Dr. Peters. Sie verließ uns nach einem Jahr ungefähr. Dann kam Sara und wir verstanden uns sofort. Schließlich und endlich begann ich, mit Daniel auszugehen und sie mit Filippo." Ich stutzte und rückte etwas von ihm ab. „Kai, du weißt jetzt alles über mich! - Aber über dich weiß ich eigentlich gar nichts..."

Er lachte und zog mich wieder an sich. „Da gibt es nicht viel zu wissen. Frag mich was – ich will dir nichts verheimlichen."

Ich überlegte. „Was ist zum Beispiel mit deinen Eltern?"

„Gar nichts", gab er an. „Beide schon vor langer Zeit bei einem Unfall gestorben. Ich habe übrigens auch keine Geschwister, falls das deine nächste Frage gewesen wäre. Aus meiner Familie gibt es nur noch mich. Aber...", er küsste mich frech auf die Nase, „vielleicht werde ich mich irgendwann weitervermehren."

Verschämt knuffte ich ihn in die Seite.

„Was ist?", wollte er wissen und knabberte an meinem Ohr. „Ist das schon alles, was du wissen willst?"

Lachend wies ich ihn in die Schranken. Nein, ich wollte alles wissen.

Was seine Lieblingsfarbe war, welche Schule er besucht hatte, wo er überall schon gewesen war, ob er schon viele Freundinnen gehabt hatte, sein Lieblingsessen, was sein Auto ihm bedeutete und wie zum Teufel er zu seinem guten Aussehen gekommen war...

Wir verbrachten einen vergnüglichen Abend, bei dem Kai viel aus seinem Leben erzählte und wir beide entspannt kuschelten.

Gegen drei Uhr nachts verabschiedete sich Kai, er musste nach Hause, denn morgen sollte ein wichtiger Geschäftspartner in seine Firma kommen und er wollte sich noch angemessen kleiden.

Ich küsste ihn voll Verzweiflung und bat ihn, nicht zu gehen.

„Liebling...", hauchte er verwundert, „ich komme doch wieder! Morgen Abend geht es weiter. Merk dir, wo wir waren..."

Mir traten die Tränen in die Augen, denn ich wusste nicht, ob ich ihn je wiedersehen würde.

Noch heute Nacht würde ich dem Schattendieb gegenübertreten und versuchen, ihn zu bekämpfen.

Und ob ich es schaffen könnte, wusste ich nicht.

Als die Tür ins Schloss fiel, weinte ich hemmungslos, bis ich keine Tränen mehr hatte.

Dann duschte ich lange und heiß, bis meine Lebensgeister wieder erwacht waren.

Ich trank ein kleines Glas Sekt und legte mich auf das Sofa.

Nun war ich bereit, mich dem Ultimatum zu stellen.

Eines war sicher: ich würde ihm alles entgegensetzen, was ich konnte.

So einfach war es dann nun doch nicht. Ich konnte und konnte nicht einschlafen. Aber genau das musste ich doch! Wie sollte ich denn sonst den Schattendieb treffen?

Ruhelos wälzte ich mich hin und her, mein Hirn arbeitete und arbeitete diesen und jenen Plan aus, doch einschlafen konnte ich nicht.

Gegen sechs Uhr wechselte ich den Raum und ging ins Schlafzimmer. Vielleicht war es hier einfacher.

Eingekuschelt in die Bettwäsche, die noch verführerisch nach Kai duftete, harrte ich dem Schlaf entgegen.

Ich bemerkte nicht mal, dass ich einschlief.

Irgendwann fühlte es sich unter mir nicht mehr weich und kuschelig an, sondern hart und kalt.

Langsam hob ich den Kopf.

Das war doch nicht der Raum mit dem vergitterten Bett, in dem ich sonst immer erwacht war. Hier war es noch viel unheimlicher.

Ich lag auf einem massiven schwarzen Stein, der für mich bald so wie ein Altar wirkte.

Neben mir standen zwei Kerzen, ebenfalls in schwarz, die schaurige Bilder an die gemauerten Wände warfen.

Direkt neben mir befanden sich mannshohe Skulpturen von einem Hund und ich erkannte den ägyptischen Totengott Anubis.

Mir blieb der Atem stehen und ich legte den Kopf wieder auf den Stein.

Der Schattendieb schien es ernst zu meinen. Die ganze Szene war wie geschaffen dafür, Menschen einzuschüchtern. Bei mir hatte es schon mal gewirkt.

Ich konnte mich nicht wirklich bewegen; meine Hände waren auf meiner Brust gekreuzt und mit einem goldenen Band gefesselt worden, außerdem spürte ich meine Füße, die auch gefesselt waren.

Bekleidet war ich mit einem weißen durchscheinendem Wickelkleid, ähnlich dem, das ich in einem Geschichtsbuch über Ägypten gesehen hatte. Angstvoll atmete ich ein und aus. Es gab einen gequälten Ton.

„Nun?", durchschnitt die herrische Stimme des Schattendiebs den Raum und sie hallte von den Wänden wieder.

Ich konnte ihn sehen, er stand etwa einen Meter von meinem „Altar" entfernt und ich konnte nur erkennen, dass er ein dunkler Schatten war - ein Mann zweifelsohne, doch immer noch ein Schatten.

Manche Dinge ändern sich nicht, ging es mir durch den Kopf.

„Wo bin ich hier?", wollte ich dann etwas atemlos wissen.

„In einem meiner Lieblingsräume", lachte er und begann, hin- und herzugehen. „Gefällt es dir hier nicht?"

Ganz wie von selbst schüttelte ich den Kopf. „Es ist gruselig hier."

Sein lautes Lachen gab wieder ein Echo, was mir als Schauer den Rücken herunterlief.

„Erakh...", sagte ich leise und bittend, „können wir nicht einfach Freunde bleiben?"

Plötzlich war er neben meinem Kopf und flüsterte in mein Ohr.

„Liebling, dafür ist es jetzt viel zu spät..."

Es hörte sich so bedauernd an, dass ich fast Mitleid mit ihm hatte.

Ich hätte lieber Mitleid für mich selbst haben sollen...

„Es ist nie zu spät", wisperte ich sacht.

Er küsste mich, erst ganz vorsichtig, dann heftig, wie ein Ertrinkender.

Als er sich von mir löste, bekamen wir beide schlecht Luft.

Jeder hörte den anderen keuchen.

Dann hatte er sich gefasst.

„Ich erkläre dir, was jetzt passiert", sagte er arrogant und ich wünschte, er hätte es lieber für sich behalten.

„Als Tribut an dich wirst du sehen, wie ich allen deinen Freunden und Verwandten ihre Seele nehme und als letztes werde ich deinen Schatten quasi als Dessert vernaschen. Du wirst alles bis zum Schluss mitbekommen und kannst nichts unternehmen."

„Tribut?", fragte ich fassungslos und die Wut machte sich in mir breit. „Du bist ja völlig bescheuert, wenn du denkst, dass ich das zu schätzen weiß!"

„Na gut", meinte er nach einem kurzen Lacher, „dann ist es eben ein Tribut an mich. Nimm es, wie du willst. Am Ende bin ich immer der Gewinner."

Wir werden sehen, dachte ich kalt.

Ich wusste, so langsam musste ich etwas unternehmen – nur leider wusste ich nicht, was!

Dieser Ring!

Irgendwas musste doch passieren!

Das konnte doch nicht das Ende sein!

Aufgewühlte zerrte ich an meinen Fesseln und wand mich hin und her.

„Das kannst du genauso gut lassen", riet er mir. „Es sind magische Fesseln. Selbst wenn du die Göttin Diana wärst, würdest du sie nicht lösen können! - Genieß das Schauspiel!"

Mir fielen so ziemlich noch hundert Dinge ein, die ich lieber tun würde, aber ich war gezwungen zuzusehen.

Es war so fantastisch wie bizarr.

Erakh hob die Hände gen Himmel (oder in diesem Fall Kuppel) und begann, in eigenartigen Tönen zu singen, eine traurige, schaurige Melodie, nicht von dieser Welt.

Aus allen Ecken dieser grauenvollen Behausung kamen dunkle Schatten angekrochen, die sich hin- und herwanden, fast so, als würden sie Schmerzen haben.

Das Eigenartigste daran war, dass ich erkennen konnte, wessen Schatten es waren.

Äußerlich sahen die alle gleich aus, aber ich konnte trotzdem sehen, dass der Schatten ganz links der meines Vaters war – und der rechte der von Sara, während der von Maria ganz außen wartete.

Ich schrie, aber nichts passierte.

Er sang und sang und die Schatten bewegten sich, wie eine Schlange zu den Tönen einer Flöte.

Es war fast so wie beim Rattenfänger von Hameln.

Ich musste etwas tun, schnell!

Wieder schrie ich.

Nichts.

Ganz plötzlich verstummte er, legte den Kopf in den Nacken und saugte den Schatten ein, der ihm am nächsten war.

Es war der von Herrn Pingel und der versuchte, dem Peiniger durch Hin- und Herschwingen zu entkommen.

Im selben Moment war er im Kopf des Schattendiebs verschwunden und er stieß einen lauten Triumphschrei aus.

„Nummer eins!", schrie er und lachte laut, um sich gleich darauf dem nächsten zu widmen.

Ich konnte nicht aufhören zu schreien.

Nach und nach verschlang er Maria, Jo, Filippo, Sara, meine Nachbarin und meinen Vater.

Und ich konnte nur fassungslos zusehen, nicht mal schreien konnte ich mehr.

Spätestens jetzt musste ich etwas unternehmen!

Ich fasste meinen Ring an.

Bitte, betete ich, bitte, bitte, bitte, lass mich irgendwas tun, ich flehe dich an!

Nichts geschah!

„Göttin!", schrie ich verzweifelt.

Er schien es gehört zu haben, denn er schüttelte kurz den Kopf, nur um mir mitzuteilen, dass das völlig unnötig war.

Was zum Teufel hatte sie gesagt!

Wenn er die Dunkelheit ist, musst du das Licht sein!

Ich musste das Licht sein!

Jetzt!

Ich bin das Licht! sagte ich mir. Das Licht, das Licht, das Licht!

Die Schatten nahmen drastisch ab, es waren nur noch wenige übrig!

Wieder krallte ich die Finger in meinen Ring und betete!

Dann begriff ich es.

Wenn er die Dunkelheit war, musste ich doch nur das Licht sein.

Es war so einfach.

In mir breitete sich Wärme aus, Wärme und... Licht.

Leise, ganz leise hörte ich eine kleine Stimme in mir: „Diana, ich bin Amaterasu, die japanische Sonnengöttin."

Ja? fragte ich in mich hinein.

Warum konnte ich sie verstehen, wenn sie aus Japan kam?

„Meine Freundin Diana hat mich gebeten, etwas meiner Kraft abzugeben. - Und nun leuchte!"

Ein Blitz durchschoss mich.

Und eine weitere Stimme meldete sich: „Ich bin Saule, die baltische Sonnengöttin. Diana hat mich gebeten, dir etwa meines Lichtes zu leihen. Also: leuchte!

Wieder durchfuhr mich ein Blitz.

Die Schatten waren verbraucht. Alle hatte er eingesaugt.

Nun drehte er sich mir zu.

„Ich bin Bastet! Leuchte!" Mehr und mehr Stimmen machten sich in mir breit, Aine, Grian, Marici, Medusa, Sachmet, Sulis, Sunna und jedes Mal fühlte ich die mir zur Verfügung gestellte Energie.

Der Dämon stand jetzt direkt vor mir.

Wie in Trance erhob ich mich und meine Fesseln sprengten sich wie von selbst.

„Was...?", hob er an, verstummte dann aber.

„Ich bin Diana, Göttin des Mondes und des Waldes!", sagte da die Stimme in mir. „Auch ich habe Licht in mir, von dem ich dir abgebe! Und jetzt leuchte!"

„Egal!", fauchte er. „Du bist jetzt dran!"

Er legte den Kopf in den Nacken.

„Ich habe es jetzt verstanden!", sagte ich und meine Stimme klang ruhig und gelassen. „Du kannst mir gar nichts tun!"

Sein Lachen war schaurig, aber er hatte noch nicht begriffen.

Ich breitete die Arme aus und atmete.

Die ganze Energie floss aus mir heraus und plötzlich war der Raum hell erleuchtet, so hell, dass ich nichts mehr sehen konnte.

„Ich bin das Licht!", klärte ich ihn auf. „Ich bin die Sonne!"

Er schrie auf, gequält und heiser.

„Und wenn ich die Sonne bin, habe ich keinen Schatten, ich mache ihn!"

Noch ein Stoß des Lichts durchflutete den Raum und hinterließ nur ein Gleißen und Leuchten, dass es fast wehtat.

Ich leuchtete tatsächlich wie die Sonne zu Mittag.

Der Schattendieb-Dämon lag auf dem Boden und schrie vor Schmerzen, er löste sich nach und nach auf, je mehr Strahlen ihn trafen.

Und die Schatten meiner Freunde und Verwandten, die er erst kurz zuvor aufgenommen hatte, verließen ihn nach und nach.

Es war schaurig!

Seine Schreie wurden heiserer und er war fast ganz verschwunden, als er mich ansah.

Jetzt sah ich das Gesicht des Schattendiebs, Erakhs Gesicht, das er mir nie gezeigt hatte.

Und es kam mir bekannt vor.

„Es ist noch nicht vorbei...", hörte ich ihn noch, bevor der letzte Schatten ihn verließ und er sich komplett auflöste.

Übrig blieb nur ein kleines Häufchen Asche, das langsam wegwehte.

Das Leuchten hörte auf.

Ich kippte vorne herüber und lag auf den Knien.

Die Energie verließ mich, jetzt war ich wieder ich.

„Danke", sagte ich. „Danke für Eure Hilfe!"

Dann wurde ich ohnmächtig.

Dreizehn

Das durchdringende Schellen des Telefons weckte mich. Im ersten Moment wusste ich nicht, wo ich war, dann bemerkte ich, dass ich in meinem Bett lag.

Immens schwerfällig hastete ich ins Wohnzimmer und suchte das tragbare Telefon, das laut vor sich hintönte.

„Ja?", meldete ich mich ganz unkonventionell.

„Diana!", jubelte Maria am anderen Ende der Leitung. „Du hast es geschafft! Mädchen, du warst einfach super!"

„Was?", bellte ich heiser. Ich kam mir vor, als wäre ich einen Marathon gelaufen.

Maria war immer noch enthusiastisch. „Du hast den Schattendieb besiegt! Du bist die Beste!"

Ja, ich hatte den Schattendieb besiegt, aber wieso wusste Maria davon?

„Warum...", setzte ich an, wurde aber von ihr unterbrochen.

„Ich habe dich gesehen. Du hast geleuchtet, wie die Sonne und der Mond zusammen! Weißt du, ich habe noch nie etwas Schöneres gesehen."

Beschämt ließ ich mich auf die Couch plumpsen. „Aber du warst nur als Schatten da, wie hast du das mitbekommen?"

„Ich konnte es in einer Meditation miterleben", gab sie zu. „Als es mir schlechter ging, waren zwei meiner Freundinnen da, die eine Heilmeditation mit mir gemacht haben. Ich konnte alles sehen und eine meiner Freundinnen hat es auch erlebt. War die Göttin in dir?"

„Ja", nickte ich. „Ziemlich viele Göttinnen. Sogar eine japanische. Ich konnte sie alle verstehen, obwohl sie aus allen Teilen der Welt zu kommen schienen. Es war so seltsam und gleichzeitig so ergreifend. Sie haben mir alle ein Teil ihrer Energie zur Verfügung gestellt, so dass ich das Licht werden konnte."

Ich erlebte das Ganze nochmal im Schnelldurchgang und mich schauderte bei der Erinnerung, wie knapp es gewesen war.

Maria dankte mir nochmal, doch irgendwie konnte ich das gar nicht annehmen.

Der Schattendieb war gegangen und ich war frei, doch begreifen konnte ich das Ganze noch nicht.

Dann fiel mir etwas auf.

Bislang hatte ich nicht darauf geachtet, aber jetzt, da mein Kopf klarer und klarer wurde, da kamen die Gedanken wie von selbst.

Es war Kai!

Kais Schatten wollte der Schattendieb auf jeden Fall haben, weil er ja mein Freund war – aber als ich gegen Erakh gekämpft hatte, da war Kai nicht da gewesen. Seinen Schatten hatte ich nie gesehen!

Was hatte das jetzt zu bedeuten?

Hatte der Schattendieb ihn schon vorher eingesaugt oder war Kai nie von ihm belästigt worden.

Einiges sprach dafür: zu keiner Zeit hatte er von Träumen gesprochen, die anderen allerdings alle schon.

Die Angst befiel mich wie ein Virus.

Ich nahm das Telefon wieder auf und wählte seine Nummer.

Es klingelte durch, aber niemand ging ran.

Nicht mal der Anrufbeantworter!

Hatte Kai den AB nicht angestellt? Aber der lief doch sonst immer!

Ich legte auf und suchte seine Handynummer raus, um die anzurufen.

„The person you are calling is temporary not available...", sagte eine freundliche Stimme vom Band.

Mist!

Mir fiel ein, dass Kai einen wichtigen Termin mit einem Geschäftsmann hatte, vielleicht hatte er da das Handy abgestellt.

Aber ich wollte einfach wissen, dass es ihm gut ging.

Also suchte ich im Telefonbuch die Nummer seiner Arbeitsstelle raus, konnte sie aber nirgends finden.

Entnervt rief ich die Auskunft an. „Ich brauch die Nummer von Commercial PC..."

„Tut mir leid", war die Antwort. „Diese Firma gibt es bundesweit nicht. Ich schau mal schnell, ob es so was Ähnliches gibt... - Nein, tut mir leid, kann ich leider nichts für Sie tun..."

Ganz toll! Und das hatte mich jetzt ein Vermögen gekostet, bei den Preisen!

Was sollte ich tun?

Erst einmal musste ich mich salonfähig machen, dann konnte

ich etwas tun.

Das hieß im Klartext: duschen, Haare machen und frühstücken. Das Frühstück war schon eher Mittagessen, denn es war schon nach Zwölf, als ich endlich dazu kam, mir ein Brot zu schmieren. Andauernd ging das Telefon und meine Freunde wollten wissen, wie es mir ging.

Anscheinend hatte jeder mitbekommen, dass ich etwas gegen ihre Träume tun konnte, nur genau Bescheid, was abgelaufen war, wusste nur Maria. Sara hatte ich auch erzählt, was passiert war und sie war sehr erleichtert.

Wir verabredeten und für den folgenden Tag zum Kaffee.

Zwischendurch versuchte ich ein paarmal Kai zu erreichen, aber ich konnte weder auf dem Handy noch beim Festnetz etwas reißen.

Als es an der Tür schellte, riss ich sie auf, in der Hoffnung, mein Liebster stünde davor.

Pech gehabt!

Es war mal wieder meine Schwägerin Doris.

Ich ließ sie nicht mal in die Wohnung.

„Was willst du schon wieder?", fauchte ich.

Doris atmete entnervt aus. Sie war ganz schön außer Atem von meinen vielen Stufen, aber bei mir konnte sie kein Mitleid bekommen. „Ich wollte dir nur sagen, dass es deinem Vater besser geht."

Gnädig nickte ich.

Das konnte ich mir schon vorstellen. Sein Schatten war auch bei denen gewesen, die ich dem Schattendieb wieder entrissen hatte.

„Er ist aus dem Koma aufgewacht und seine Werte haben sich normalisiert", informierte sie mich. „Und er hat nach dir gefragt."

„Schöne Grüße!", meinte ich eisig.

„Sag mal, bist du wirklich so kalt?", fragte sie stirnrunzelnd. „Er ist immerhin dein Vater!"

Ich nickte. „Ja" Ungerührt schaute ich sie an. „Mit dem Thema habe ich abgeschlossen. Ich komme ganz gut allein zurecht. Grüß ihn schön von mir, mehr gibt es nicht."

Damit wollte ich die Tür schließen, doch Doris schob ihren Fuß dazwischen. „Es tut mir sehr leid, was damals alles passiert ist, aber es ist nun schon so lange her. Glaubst du, es kann

irgendwann eine Annäherung geben?"
Eigentlich wollte ich ihr auf den Fuß treten und die Tür dann
zuknallen, doch etwas hielt mich zurück. Das Leben war so kurz,
hatte ich am eigenen Leibe erfahren dürfen. Vielleicht sollte ich
ein Türchen öffnen.
Ich schluckte. „Vielleicht, aber nicht jetzt."
„Danke" Doris nahm meine Hand und drückte sie. Diese Gefühle
hatte ich ihr gar nicht zugetraut.
Sie hatte Tränen in den Augen. „Wir können warten..."
Dann nickte sie mir noch zu und schickte sich an, die Treppen
hinunterzusteigen.
Eine Weile stand ich noch im Türrahmen, unfähig zu begreifen,
was mir da gerade passiert war.
Ich war einen Schritt auf etwas zugegangen, das ich nicht
kontrollieren konnte.
Ach was, sagte ich mir. Es ändert sich kaum etwas. Die müssen
einfach auf mich warten...
Es war Zeit, dass ich endlich mit Kai sprach. Er fehlte mir so!
Rastlos setzte ich mich ins Auto und fuhr zu seiner Wohnung. Er
musste doch jetzt zuhause sein.
Es war immerhin schon nach 16.00 Uhr.
Ich klingelte. Lange und ruhelos, immer wieder.
Aber es tat sich nichts.
War Kai denn immer noch nicht zuhause?
Plötzlich öffnete sich die Tür und eine junge Frau kam aus dem
Haus.
Ich fackelte nicht lange und schlüpfte in den Flur. Von hier aus
war es nicht weit bis zur ersten Etage, wo Kais Wohnung war.
Vor seiner Tür klingelte ich wieder Sturm und klopfte.
Er musste doch da sein! Das gab es doch einfach nicht!
Entnervt stieß ich einen kleinen Schrei aus.
Die Tür der Wohnung gegenüber von Kai öffnete sich und ein
junger Mann kam heraus. Er nickte mir zu. „Du wollen
Wohnung?"
Etwas irritiert schaute ich ihn an. Er war klein und dünn und ganz
offensichtlich nicht aus Deutschland, was mir seine Sprache und
dunkle Hautfarbe deutlich zu sagen schienen.
„Wie bitte?", fragte ich stirnrunzelnd.
„Die Wohnung", sagte er lächelnd und wies auf Kais Tür. „Du

wollen wohnen da?"

„Nein, nein", wies ich ab. „Ich wollte nur zu Herrn Kai Buht."

Der Mann schien mich nicht zu verstehen. „Kai Buht?", wiederholte er, dabei hörte es sich bei ihm an wie Chai Puut.

„Ja", meinte ich und deutete auf Kais Wohnung. „Er wohnt hier." Jetzt lächelte der Mann wieder und schüttelte den Kopf. „Ist frei! Du wollen wohnen da? Kann ich holen die Hausmeister!"

Ich war wie vor den Kopf geschlagen.

Die Wohnung gehörte Kai. Ich war schließlich mehrfach dort gewesen.

Wie in Trance nickte ich dem freundlichen Migranten zu und der wieselte los, um gleich darauf mit einem anderen Mann, dem Hausmeister, wiederzukommen.

„Meisterjahn", stellte der sich vor. „Sie haben Interesse an der Wohnung?"

„Eigentlich wollte ich zu Herrn Buht", meinte ich hilflos. „Der wohnt doch dort..." Damit wies ich wieder auf Kais Wohnung – oder seine angebliche Wohnung.

Herr Meisterjahn schaute erst auf die Tür, dann kratzte er sich am Kopf. „Junge Frau, in der Wohnung wohnt schon seit einem Jahr keiner mehr. Sind Sie sicher, dass Sie im richtigen Haus sind?"

Da war ich mir sogar sehr sicher!

Was wollten die mir denn alle erzählen?

„Ich war vor ein paar Tagen hier in dieser Wohnung, zusammen mit meinem Freund, Kai Buht", gab ich an und wurde sogar ein kleines bisschen rot. „Sie können mir doch nicht sagen, dass dort keiner wohnt!"

Jetzt schaute Herr Meisterjahn verwirrt auf den jungen Ausländer, der ebenfalls ihn anguckte und die Schultern zuckte.

„Sie waren in der Wohnung?", wollte der Hausmeister dann wissen und es klang sehr ungläubig. „Ich habe den Schlüssel, Sie können ja gern mal hineinsehen, aber ich warne Sie. Es sieht nicht gut aus darin. Es hat einen Wasserschaden gegeben, deshalb kann die Hausverwaltung die Wohnung ja nicht vermieten. Wenn Sie wollen...?

Na klar wollte ich!

Achselzuckend schloss Herr Meisterjahn auf und ich wagte einen Blick hinein.

Mich traf fast der Schlag!

An den Wänden waren alte Tapeten, die Schimmelspuren aufwiesen und der Boden, wohl ehemals Parkett, war aufgedunsen und geborsten. Die Wohnung war leer und in einem katastrophalen Zustand. Ich erkannte nichts hier wieder.

„Entschuldigen Sie", stammelte ich. „Ich habe mich vertan, offensichtlich bin ich wirklich im falschen Haus..."

Damit stürzte ich auf die Straße hinaus und flüchtete in mein Auto.

Das gab es doch wohl nicht!

Was passierte hier?

Ein Zittern überkam mich!

Hatte der Schattendieb Kai für immer mitgenommen?

Und war das gemeint mit seinen Worten: Es ist noch nicht vorbei?

Ich wollte nicht aufgeben! Schließlich musste Kai ja irgendwo sein.

Ich ließ meinen Wagen an und klapperte alle Ecken ab, wo ich mit Kai gewesen war. Doch niemand konnte sich an ihn erinnern oder hatte ihn gesehen.

„Und dann sind Sie zu mir gekommen?", fragte mich der Mann und nippte an einem Glas Wasser.

Ich nickte. „Ich konnte mich daran erinnern, dass Dr. Peters mal erzählt hat, mit Ihnen könnte man über alles reden. Und ich wusste einfach nicht mehr weiter."

Der Mann nickte. Er saß mir direkt gegenüber und hörte mir zu, dann und wann stellte er mir Fragen. „Haben Sie Kai wiedergefunden?"

„Nein" Ich schüttelte den Kopf. „Ich bin sogar nochmal zu seinem angeblichen Kumpel Wolfgang gefahren, der mir mein Auto repariert hat, aber selbst der konnte sich nicht an ihn erinnern. Dabei dachte ich, sie wären Freunde. Niemand konnte sich überhaupt an ihn erinnern. Ich war wie vor den Kopf gestoßen."

Wieder nickte der Mann. „Und was glauben Sie jetzt? Hat der Schattendieb ihn mitgenommen?"

Einen Moment lang schwieg ich. „Ich glaube etwas ganz anderes", gab ich dann zu. „Bevor ich zu Ihnen gekommen bin, habe ich Herrn Pingel getroffen. Sie erinnern sich an meinen Nachbarn?"

Ich wartete ab, bis sein zustimmendes Nicken kam, dann fuhr ich weiter fort: „Er hat sich bei mir bedankt. Und er sagte etwas, was mir zu denken gab. Nämlich, dass ich froh sein könne, diesen unmöglichen Freund losgeworden zu sein. Der hätte mir nicht gutgetan. Und dass er zwei Seiten gehabt hätte. Eine Zeitlang war mir nicht klar, ob er vom Schattendieb oder von Kai sprach, aber dann begriff ich es. Er sprach von beiden."
Jetzt kam Bewegung in meinen Gegenüber. Er kam mir ganz nahe. „Ach, Sie glauben, der Schattendieb und Ihr Freund Kai waren ein und dieselbe Person? Und das begründen Sie mit der Aussage Ihres Nachbarn?"
Langsam nickte ich. „Herr Pingel war der einzige, der Kai erkannt hatte – als Schattendieb, meine ich. Er hat versucht, es mir schon vorher zu erklären, aber ich habe ihm nicht zugehört. Oder ich habe ihn nicht verstanden. Aber er wusste es."
Ich machte eine kurze Pause. „Es gab noch andere Hinweise. Ich war niemals mit beiden gleichzeitig zusammen. Entweder war Kai bei mir – oder Erakh. Und noch etwas: Kai war einfach zu gut, um wahr zu sein. Er hatte so viel Verständnis, so viel Geduld. Solche Menschen gibt es doch heutzutage gar nicht mehr."
„Ah, ich verstehe. Sie meinen also, dass Kai eine Abspaltung vom Schattendieb-Dämon gewesen ist", meinte der Mann. „So eine Art Alibifunktion für diese Realität."
„Sie haben es erfasst", murmelte ich. Alibifunktion, schon wieder. Offensichtlich zog ich das magisch an. „Und noch etwas: ich habe nochmal die Aufzeichnungen von Maria durchgesehen. In einem Schriftstück heißt es: die Ägypter nannten ihren Schatten Chaiput. Da habe ich mich daran erinnert, wie der nette junge Ausländer Kais Namen ausgesprochen hat, nämlich Chai Puut. Das hörte sich ganz ähnlich an."
„Da haben Sie recht", stimmte er mir zu. „Aber was ist mit dem Ausspruch vom Schattendieb, es wäre noch nicht vorüber. Wie deuten Sie das?"
Ein Lächeln breitete sich auf meinem Gesicht aus und ganz langsam glitten meine Hände zu meinem Bauch.
„Sie brauchen nichts zu sagen", meinte mein Gegenüber. „Ich weiß es schon. Sie haben das Strahlen in den Augen."
Ich erhob mich. „Danke, dass Sie mir zugehört haben. Ich

glaube, ich kann jetzt wieder objektiver sehen."

Auch er erhob sich. „Es war eine sehr außergewöhnliche Geschichte und ich kann Sie sehr gut verstehen. Als Priester bin ich immer für Sie da, auch wenn Sie nicht zu meiner Gemeinde gehören. Kommen Sie bitte wieder, wann immer Ihnen danach ist."

„Danke", sagte ich artig und reichte ihm die Hand zum Abschied.

Ich würde nicht wiederkommen, das war nun unnötig geworden.

Jetzt kam ich wieder allein zurecht.

Der Drang, dass ich jemandem alles erzählen konnte, ohne dafür gleich als verrückt abgestempelt zu werden, war vergangen.

Und jetzt, nachdem ich alles gesagt hatte, konnte ich die Dinge verarbeiten.

Kai hatte ich für immer verloren.

Aber ein Teil von ihm war mir geblieben.

Ein anderer Gedanke machte sich in mir breit: würde unser Baby auch ein Teil von Erakh, dem Schattendieb, in sich bergen?

Ich wischte die aufkommende Furcht beiseite.

Dieses Problem würde ich ein anderes Mal lösen.

Ein anderer Tag, eine andere Chance...

Danke

An dieser Stelle möchte ich nicht versäumen, danke an alle zu sagen, die mir mitgeholfen haben, den „Schattendieb" zu dem zu machen, was er ist.

Danke an Raimund und Björn-Malte, die mir mehr oder weniger freiwillig als Testleser zur Verfügung stehen und geduldig alle meine technischen Fragen beantworten durften.

Ebenso danke an Michael Müller, Jürgen Hüsing, Jana und Britta Börjes, Udo Träbert und Ulrike Schulte.

Ihr habt an mich geglaubt und mich unterstützt.

Vielleicht sogar so sehr, dass ich an einer Fortsetzung arbeiten kann?!

Und extra für meine Mutter: nein, Mam, das ist kein Sexroman!

Medea Calovini